大字清晰版

初學者

附中日發音
音檔QR Code

開口說日語

中間多惠/編著

今日はとても
楽しかったです。

笛藤出版

五十音図表

Let's study the Japanese alphabet あいうえお！

平仮名と片仮名

- 日文字母順序照あいうえお……排列
- 日文字母分平假名和片假名，（ ）部份為片假名
- 片假名常用於外來語

1. 清音

行／段	あ（ア）段	い（イ）段	う（ウ）段	え（エ）段	お（オ）段
あ（ア）行	あ（ア）a	い（イ）i	う（ウ）u	え（エ）e	お（オ）o
か（カ）行	か（カ）ka	き（キ）ki	く（ク）ku	け（ケ）ke	こ（コ）ko
さ（サ）行	さ（サ）sa	し（シ）shi	す（ス）su	せ（セ）se	そ（ソ）so
た（タ）行	た（タ）ta	ち（チ）chi	つ（ツ）tsu	て（テ）te	と（ト）to
な（ナ）行	な（ナ）na	に（ニ）ni	ぬ（ヌ）nu	ね（ネ）ne	の（ノ）no
は（ハ）行	は（ハ）ha	ひ（ヒ）hi	ふ（フ）fu	へ（ヘ）he	ほ（ホ）ho
ま（マ）行	ま（マ）ma	み（ミ）mi	む（ム）mu	め（メ）me	も（モ）mo
や（ヤ）行	や（ヤ）ya		ゆ（ユ）yu		よ（ヨ）yo
ら（ラ）行	ら（ラ）ra	り（リ）ri	る（ル）ru	れ（レ）re	ろ（ロ）ro
わ（ワ）行	わ（ワ）wa				（ヲ）o
ん（ン）行	ん（ン）n				

2. 濁音

が（ガ）行	が（ガ）ga	ぎ（ギ）gi	ぐ（グ）gu	げ（ゲ）ge	ご（ゴ）go
ざ（ザ）行	ざ（ザ）za	じ（ジ）ji	ず（ズ）zu	ぜ（ゼ）ze	ぞ（ゾ）zo
だ（ダ）行	だ（ダ）da	ぢ（ヂ）ji	づ（ヅ）zu	で（デ）de	ど（ド）do
ば（バ）行	ば（バ）ba	び（ビ）bi	ぶ（ブ）bu	べ（ベ）be	ぼ（ボ）bo

3. 半濁音

ぱ（パ）行	ぱ（パ）pa	ぴ（ピ）pi	ぷ（プ）pu	ぺ（ペ）pe	ぽ（ポ）po

Introduction

因應讀者需求，受廣大讀者們肯定的《大字清晰版初學者開口說日語》特別將原有的中日對照 MP3 光碟，改為 MP3 音檔 QR Code，方便讀者隨時聆聽。全書中日對照單字、例句音檔，走到哪聽到哪，記憶更深刻，聽說更流暢！（音檔連結請參見 P.5 下方。）

全書共分成五大章節，以循序漸進的方式，引導讀者們學習。第 1 ～ 3 章，介紹基本的日語生活用語；第 4 ～ 5 章，介紹如何實際與日本人溝通，以及到日本旅遊的例句會話。還附上日本地鐵圖、各站名稱及日本主要知名景點、名店等。

● 《五大章節，從基礎到進階》循序漸進教您用最基本的句子表達想法和溝通。

● 《1000 句 ‧ 3500 字彙》上千個單字例句並穿插實用會話，一次滿足所有讀者的學習慾望！

● 《日、中區隔 ‧ 羅馬音輔助》日、中區隔，並標注羅馬音，方便學習好對照。即使不會五十音，也能輕鬆開口說日語！

● 《框格式單字排版》簡單明瞭的框格式單字記憶法，學習日語更上手，直接手指溝通也大丈夫。

● 《各地地鐵路線圖、各路線站名》除了地鐵路線圖外，各路線站名也標示出日語發音和羅馬拼音，讓您在日本搭地鐵順利抵達目的地。

● 《完整介紹日本各地知名景點、店名》本書最後特別介紹日本各地旅遊景點及耳熟能詳的店名一覽，幫助您在遊日過程中更得心應手。

● 《輔助 MP3，日語說得漂亮又流利》附上日中對照 MP3 音檔 QR Code，搭配本書學習，初學立即開口說，日語越說越流利！

本書內容中譯文計算金錢單位的「元」均指日圓。

おもしろいですよ！

あとでやります。

一緒にバドミントンをやりませんか？

Contents * 目錄

PART 1 會話即時通

PART 2 單字入門通

こどもの日

家庭成員

お父さん　お母さん　お兄さん　お姉さん　弟　妹　おじいさん　おばあさん

♪ MP3 音檔請掃 QR code 或至下方連結下載：

https://bit.ly/SpeakJP16K

※ 請注意英文字母大小寫區別

■ 日語發聲｜林鈴子・須永賢一
■ 中文發聲｜常青・李正純

5

三人分
作ったよ！

¥10000

一万円
落とした!!

象は何頭
いますか？

二頭
います。

Elephant

PART 4 旅遊日語開口說

両替を
したいです。

寿司

コスメショップ

お守り

タクシー

ポスト

サッカー

バスケットボール

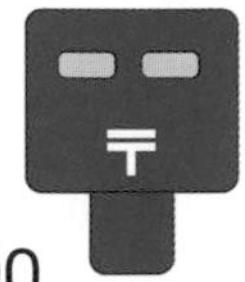

ひげをそって
ください。

雨が降りそう！
はやく家に
帰らないと…

🍌 郵便局

はい、
かしこまりました。

この小包の
重さをはかって
いただけますか？

PART 5 日本便利通

名古屋の天むすおいしいよ！

せっかく名古屋に来たんだから！天むすを食べに行かない？

天むすいいね！

もうすぐ降りるから

うん！わかった！

PART 1

會話即時通

おはよう
ございます！

打招呼

日常招呼

1 おはようございます。
o.ha.yo.o.go.za.i.ma.su
早安。

2 こんにちは。
ko.n.ni.chi.wa
你好。(白天的問候語)

3 こんばんは。
ko.n.ba.n.wa
你好。(晚上的問候語)

4 お休みなさい。
o.ya.su.mi.na.sa.i
晚安、再見。

5 さようなら。
sa.yo.o.na.ra
再見。

6 じゃ、また。／では、また。
ja、ma.ta ／ de.wa、ma.ta
再見、改天見。

 你也可以這樣說喔！

＊では、また今度。
de.wa、ma.ta.ko.n.do
下次見。

＊では、またあとで。
de.wa、ma.ta.a.to.de
待會見、改天見。

會話

お元気ですか。
o.ge.n.ki.de.su.ka
你好嗎？

はい、元気です。おかげさまで。あなたは。
ha.i、ge.n.ki.de.su。o.ka.ge.sa.ma.de
a.na.ta.wa
是的，我很好。托你的福。你呢？

ええ、私も元気です。
e.e、wa.ta.shi.mo.ge.n.ki.de.su
嗯、我也很好。

第一次見面

1 私の名前は桜井由美です。
wa.ta.shi.no.na.ma.e.wa
sa.ku.ra.i.yu.mi.de.su

我的名字是櫻井由美。

由美と呼んで
ください。

2 由美と呼んでください。
yu.mi.to.yo.n.de.ku.da.sa.i

叫我由美就可以了。

會話

はじめまして、私は林です。
ha.ji.me.ma.shi.te、wa.ta.shi.wa.ri.n.de.su

你好，我姓林。

どうぞよろしくお願いします。
do.o.zo.yo.ro.shi.ku.o.ne.ga.i.shi.ma.su

請多多指教。

私は中田です。
wa.ta.shi.wa.na.ka.ta.de.su

我姓中田。

こちらこそどうぞよろしくお願いします。
ko.chi.ra.ko.so.do.o.zo.yo.ro.shi.ku
o.ne.ga.i.shi.ma.su

也請你多多指教。

お会いできて嬉しいです。
o.a.i.de.ki.te.u.re.shi.i.de.su

很高興見到你。

到別人家拜訪

會話①

お邪魔します。
o.ja.ma.shi.ma.su

打擾了。

どうぞ。
do.o.zo

請進。

どうぞ。

お邪魔
します。

〔主人〕 お飲み物はいかがですか。
o.no.mi.mo.no.wa.i.ka.ga.de.su.ka

要不要喝點東西呢？

〔客人〕 お構いなく。
o.ka.ma.i.na.ku

不用麻煩了。

🌱 到別人公司

會話

失礼します。
shi.tsu.re.i.shi.ma.su

打擾了。

どうぞお入りください。
do.o.zo.o.ha.i.ri.ku.da.sa.i

請進。

お元気で。

告別語

🌿 日常告別

會話

🐵 さようなら、また明日。　　　　　明天見。
　　sa.yo.o.na.ra、ma.ta.a.shi.ta

🐵 また明日。　　　　　　　　　　　明天見。
　　ma.ta.a.shi.ta

　　お気をつけて。　　　　　　　　　路上小心。
　　o.ki.o.tsu.ke.te

🌿 拜訪結束

1 お邪魔しました。　　　　　　　打擾您了。
　　o.ja.ma.shi.ma.shi.ta

2 失礼します。　　　　　　　　　告辭了。
　　shi.tsu.re.i.shi.ma.su

會話 ❶

🐵 そろそろ失礼します。　　　　　我差不多該走了。
　　so.ro.so.ro.shi.tsu.re.i.shi.ma.su

🐵 そうですか、ぜひまたお越しください。　這樣啊、下次歡迎
　　so.o.de.su.ka、ze.hi.ma.ta　　　　　　　再來。
　　o.ko.shi.ku.da.sa.i

そろそろ行かなければなりません。
so.ro.so.ro.i.ka.na.ke.re.ba.na.ri.ma.se.n

我得走了。

残念です。また遊びに来てください。
za.n.ne.n.de.su。
ma.ta.a.so.bi.ni.ki.te.ku.da.sa.i

真可惜。
有空再來玩。

はい、ぜひ。
ha.i、ze.hi

一定會的！

今日はお招きいただきありがとう
ございました。
kyo.o.wa.o.ma.ne.ki.i.ta.da.ki
a.ri.ga.to.o.go.za.i.ma.shi.ta

今天非常謝謝您的
招待。

いえいえ、よかったら、
またいらっしゃってください。
i.e.i.e、yo.ka.t.ta.ra、
ma.ta.i.ra.s.sha.t.te.ku.da.sa.i

哪裡，不介意的話，
歡迎再來。

抒發感想

今日はとても楽しかったです。
kyo.o.wa.to.te.mo.ta.no.shi.ka.t.ta.de.su

我今天過得很快樂。

私も楽しかったです。
wa.ta.shi.mo.ta.no.shi.ka.t.ta.de.su

我也是。

また遊びに
来てください。

はい、
ぜひ！

お話しできて、嬉しかったです。
o.ha.na.shi.de.ki.te、u.re.shi.ka.t.ta.de.su

很高興能夠和你聊天。

私もです。
wa.ta.shi.mo.de.su

我也是。

下班要先行離開時

會話

お先に失礼します。
〔下屬〕 o.sa.ki.ni.shi.tsu.re.i.shi.ma.su

我先走了。

お疲れ様。
〔上司〕 o.tsu.ka.re.sa.ma

辛苦了。

お疲れ様でした。
〔下屬〕 o.tsu.ka.re.sa.ma.de.shi.ta

辛苦了。

離開前，拜託別人轉告事情時

會話①

伊藤さんによろしくお伝えください。
i.to.o.sa.n.ni
yo.ro.shi.ku.o.tsu.ta.e.ku.da.sa.i

請代我向伊藤小姐
說一聲。

はい、お伝えいたします。
ha.i、o.tsu.ta.e.i.ta.shi.ma.su

好的，我會轉告她的。

會話❷

みなさまによろしく。
mi.na.sa.ma.ni.yo.ro.shi.ku

代我向大家問好。

はい、伝えておきます。
ha.i、tsu.ta.e.te.o.ki.ma.su

好的，我會替你轉達。

會話❸

これを壺田さんに渡してください。
ko.re.o.tsu.bo.ta.sa.n.ni
wa.ta.shi.te.ku.da.sa.i

麻煩你把這個交給
壺田小姐。

分かりました。
wa.ka.ri.ma.shi.ta

好的。

🌱 約定下次再相見

會話❶

今度はいつお会いできますか。
ko.n.do.wa.i.tsu.o.a.i.de.ki.ma.su.ka

下次何時可以見面呢？

次の火曜日はどうですか。
tsu.gi.no.ka.yo.o.bi.wa.do.o.de.su.ka

下星期二如何？

いいですね。
i.i.de.su.ne

好啊。

次の火曜日にお会いしましょう。
tsu.gi.no.ka.yo.o.bi.ni.o.a.i.shi.ma.sho.o

下星期二見囉！

今度はいつお会いできますか？

次の火曜日はどうですか？

會話❷

お元気で。また、お会いしましょう。
o.ge.n.ki.de。ma.ta、o.a.i.shi.ma.sho.o

保重。下次見！

ええ。楽しみにしてます。
e.e。ta.no.shi.mi.ni.shi.te.ma.su

嗯、期待下次再見。

會話❸

ちかぢか、また会いましょう。
chi.ka.ji.ka、ma.ta.a.i.ma.sho.o

改天再見面吧！

はい、また連絡をください。
ha.i、ma.ta.re.n.ra.ku.o.ku.da.sa.i

好啊。請再跟我連絡。

探訪完病人時

1 お大事に。
o.da.i.ji.ni

多保重。

2 あまり無理をしないで下さい。
a.ma.ri.mu.ri.o.shi.na.i.de.ku.da.sa.i

請不要太勉強自己的身體。

3 早く元気になって下さい。
ha.ya.ku.ge.n.ki.ni.na.t.te.ku.da.sa.i

祝你早日康復。

要分離很久時

早く元気になって下さい。

会いに来てくれてありがとう！

會話

お元気で。
o.ge.n.ki.de

保重。

あなたもお元気で。
a.na.ta.mo.o.ge.n.ki.de

你也保重。

You got mail!

メール楽しみにしてます。
me.e.ru.ta.no.shi.mi.ni.shi.te.ma.su

期待你的 E－mail。

祝賀語

🌾 日常祝賀語

1 おめでとうございます。
o.me.de.to.o.go.za.i.ma.su

恭喜。

2 ご入学／ご卒業おめでとうございます。
にゅうがく　　そつぎょう
go.nyu.u.ga.ku ／ go.so.tsu.gyo.o.o.me.de.to.o
go.za.i.ma.su

恭喜你入學／畢業。

3 ご就職おめでとうございます。
しゅうしょく
go.shu.u.sho.ku.o.me.de.to.o.go.za.i.ma.su

恭喜你就職。

4 退院おめでとうございます。
たいいん
ta.i.i.n.o.me.de.to.o.go.za.i.ma.su

恭喜你出院。

5 ご成人おめでとうございます。
せいじん
go.se.i.ji.n.o.me.de.to.o.go.za.i.ma.su

恭喜你成年。

＊成人式：
成年禮。在日本，一到20歲都要參加成年禮。女生
會穿著和服、男生穿著西裝，盛裝打扮參加各地區
所舉辦的成年禮。是一種見證成年的儀式。

6 ご結婚おめでとうございます。
けっこん
go.ke.k.ko.n.o.me.de.to.o.go.za.i.ma.su

新婚愉快。

7 お誕生日おめでとうございます。
たんじょうび
o.ta.n.jo.o.bi.o.me.de.to.o.go.za.i.ma.su

生日快樂。

8 メリークリスマス。
me.ri.i.ku.ri.su.ma.su

聖誕快樂。

9 お父さん／お母さん、いつもありがとう。
とう　　　かあ
o.to.o.sa.n ／ o.ka.a.sa.n、i.tsu.mo.a.ri.ga.to.o

父親節／母親節快樂。

🌱 新年祝賀語

1 謹賀新年。
きんがしんねん
ki.n.ga.shi.n.ne.n

新年快樂。（書面用語）

2 昨年はお世話になりました。
さくねん　　　　せわ
sa.ku.ne.n.wa.o.se.wa.ni.na.ri.ma.shi.ta

去年謝謝你的關照。

3 良い年になりますように。
よ　　とし
yo.i.to.shi.ni.na.ri.ma.su.yo.o.ni

祝你今年事事如意。

會話

明けましておめでとうございます。
あ
a.ke.ma.shi.te.o.me.de.to.o.go.za.i.ma.su

新年快樂。

今年もよろしくお願いします。
ことし　　　　　　　　ねが
ko.to.shi.mo.yo.ro.shi.ku.o.ne.ga.i.shi.ma.su

今年還請多多關照。

こちらこそどうぞよろしくお願いします。
ねが
ko.chi.ra.ko.so.do.o.zo.yo.ro.shi.ku
o.ne.ga.i.shi.ma.su

哪裡哪裡。我也要請你
多多關照。

明けまして
おめでとう
ございます。

今年も
よろしく
おねがいします。

本当に
すみません。

感謝・道歉

🌿 日常感謝語

1 どうもありがとうございました。
do.o.mo.a.ri.ga.to.o.go.za.i.ma.shi.ta

非常謝謝你。

會話

🐵 ありがとうございます。
a.ri.ga.to.o.go.za.i.ma.su

謝謝你。

🐵 どういたしまして。
do.o.i.ta.shi.ma.shi.te

不客氣。

🌿 接受別人幫忙時

1 お世話になりました。
せ わ
o.se.wa.ni.na.ri.ma.shi.ta

謝謝你的關照。

2 お手数をおかけしました。
て すう
o.te.su.u.o.o.ka.ke.shi.ma.shi.ta

真是麻煩您了。

3 ご親切にありがとうございます。
しんせつ
go.shi.n.se.tsu.ni.a.ri.ga.to.o.go.za.i.ma.su

多謝你的好意。

會話 ❶

🐵 本当に助かりました。
ほんとう たす
ho.n.to.o.ni.ta.su.ka.ri.ma.shi.ta

你真的幫了我一個
大忙。

🐵 いえいえ。いつでもどうぞ。
i.e.i.e。i.tsu.de.mo.do.o.zo

哪裡。(有問題)隨時
都歡迎。

いろいろとお世話になりました。
i.ro.i.ro.to.o.se.wa.ni.na.ri.ma.shi.ta

承蒙您多方關照。

こちらこそ。
ko.chi.ra.ko.so

哪裡，彼此彼此。

道歉與回應

＊道歉

1 すみません。
su.mi.ma.se.n

不好意思。

2 ごめんなさい。
go.me.n.na.sa.i

對不起。

3 失礼しました。
shi.tsu.re.i.shi.ma.shi.ta

抱歉。

4 ご面倒をおかけしました。
go.me.n.do.o.o.o.ka.ke.shi.ma.shi.ta

真是麻煩您了。

5 ご迷惑をおかけして
もうしわけありません。
go.me.i.wa.ku.o.o.ka.ke.shi.te
mo.o.shi.wa.ke.a.ri.ma.se.n

不好意思給您帶來困擾。

6 本当にもうしわけありません。
ho.n.to.o.ni.mo.o.shi.wa.ke.a.ri.ma.se.n

非常對不起。

＊回應

1 ご心配なく。
go.shi.n.pa.i.na.ku

不用擔心。

2 どうぞお気になさらずに。
do.o.zo.o.ki.ni.na.sa.ra.zu.ni

請不要放在心上。

3 どうぞご心配なさらずに。
do.o.zo.go.shi.n.pa.i.na.sa.ra.zu.ni

請你不用擔心。

讓別人久等時

會話 ①

お待たせしました。
o.ma.ta.se.shi.ma.shi.ta

讓你久等了。

いえ、私もさっき着いたばかりです。
i.e、wa.ta.shi.mo.sa.k.ki
tsu.i.ta.ba.ka.ri.de.su

沒關係，我也剛到而已。

會話 ②

待ちましたか。
ma.chi.ma.shi.ta.ka

等很久了嗎？

いえ、今来たばかりです。
i.e、i.ma.ki.ta.ba.ka.ri.de.su

沒有，我剛到而已。

會話 ③

すみません、遅くなりました。
su.mi.ma.se.n、o.so.ku.na.ri.ma.shi.ta

對不起，我遲到了。

いいえ。
i.i.e

沒關係。

お願いしても
いいですか。

拝託

 麻煩別人

會話 ❶

お手数かけますが、よろしくおねがい
します。
o.te.su.u.ka.ke.ma.su.ga、
yo.ro.shi.ku.o.ne.ga.i.shi.ma.su

拜託，麻煩您了。

わかりました。／承知しました。
／まかせてください。
wa.ka.ri.ma.shi.ta／sho.o.chi.shi.ma.shi.ta
／ma.ka.se.te.ku.da.sa.i

好的。／了解了。
／包在我身上。

會話 ❷

お願いしてもいいですか。
o.ne.ga.i.shi.te.mo.i.i.de.su.ka

可以拜託你一下嗎？

いいですよ。
i.i.de.su.yo

可以啊！

會話 ❸

ちょっとお邪魔してもいいですか。
cho.t.to.o.ja.ma.shi.te.mo.i.i.de.su.ka

可以打擾一下嗎？

どうぞ。
do.o.zo

請進。

🐵 手伝っていただけませんか。
て つだ
te.tsu.da.t.te.i.ta.da.ke.ma.se.n.ka

可以請你幫一下忙嗎？

🐵 よろこんで。
yo.ro.ko.n.de

我很樂意。

🌱 請別人等一下時

1 ちょっと待ってください。
ま
cho.t.to.ma.t.te.ku.da.sa.i

請等一下。

2 少々 お待ちください。
しょうしょう ま
sho.o.sho.o.o.ma.chi.ku.da.sa.i

請稍等一下。

＊這句通常用在對客人或電話接待時，聽起來比較有禮貌。

3 しばらく待っていただけますか。
ま
shi.ba.ra.ku.ma.t.te.i.ta.da.ke.ma.su.ka

能不能請你稍待片刻。

4 もう二三分待っていただけますか。
に さんぷん ま
mo.o.ni.sa.n.pu.n.ma.t.te.i.ta.da.ke.ma.su.ka

能不能請你再稍等兩、
三分鐘？

5 三十分遅くなります。
さんじゅっ ぷんおそ
sa.n.ju.p.pu.n.o.so.ku.na.ri.ma.su

我會晚到三十分鐘。

問路

問路

1 すみません、お尋ねします。
su.mi.ma.se.n、o.ta.zu.ne.shi.ma.su

對不起，請問一下。

2 東京タワーは東京駅の近くですか。
to.o.kyo.o.ta.wa.a.wa
to.o.kyo.o.e.ki.no.chi.ka.ku.de.su.ka

東京鐵塔在東京車站的附近嗎？

3 ここからどのくらいの距離ですか。
ko.ko.ka.ra.do.no.ku.ra.i.no.kyo.ri.de.su.ka

從這裡到那裡有多遠？

4 歩いてどのくらいかかりますか。
a.ru.i.te.do.no.ku.ra.i.ka.ka.ri.ma.su.ka

走路要花多久時間呢？

5 池袋への行き方を教えてください。
i.ke.bu.ku.ro.e.no.i.ki.ka.ta.o
o.shi.e.te.ku.da.sa.i

請告訴我怎麼到池袋。

6 地図を書いていただけませんか。
chi.zu.o.ka.i.te.i.ta.da.ke.ma.se.n.ka

可以幫我畫一下地圖嗎？

7 この地図では、現在地はどこになりますか。
ko.no.chi.zu.de.wa、ge.n.za.i.chi.wa
do.ko.ni.na.ri.ma.su.ka

以這地圖來看，我們現在在哪裡呢？

8 この近くに地下鉄の駅はありますか。
ko.no.chi.ka.ku.ni.chi.ka.te.tsu.no.e.ki.wa
a.ri.ma.su.ka

這附近有沒有地下鐵的車站？

9 銀座へはどちらの道ですか。
gi.n.za.e.wa.do.chi.ra.no.mi.chi.de.su.ka

到銀座該走哪一條路呢？

10 道に迷いました。
mi.chi.ni.ma.yo.i.ma.shi.ta

道に迷った！

我迷路了。

PART1　會話即時通 ✿ 27

彼女の名前を
覚えています。

答覆

🎤 007

肯定的回答

1 はい。
ha.i

是的。

2 分(わ)かりました。
wa.ka.ri.ma.shi.ta

我懂了、我知道了。

3 分(わ)かっています。
wa.ka.t.te.i.ma.su

我知道。

4 はい、そう思(おも)います。
ha.i、so.o.o.mo.i.ma.su

我也這麼覺得。

5 知(し)っています。
shi.t.te.i.ma.su

我知道。

6 覚(おぼ)えています。
o.bo.e.te.i.ma.su

我記得。

7 その通(とお)りです。
so.no.to.o.ri.de.su

沒錯。

8 それは確(たし)かです。
so.re.wa.ta.shi.ka.de.su

確實如此。

9 そうです。
so.o.de.su

對的。

10 間違(まちが)いないです。
ma.chi.ga.i.na.i.de.su

沒有錯。

否定的回答

1 いいえ。
i.i.e
不是。

2 分(わ)かりません。
wa.ka.ri.ma.se.n
我不懂、我不知道。

3 まだはっきり分(わ)かりません。
ma.da.ha.k.ki.ri.wa.ka.ri.ma.se.n
我還不清楚。

4 そうは思(おも)いません。
so.o.wa.o.mo.i.ma.se.n
我不這麼覺得。

5 それは知(し)りませんでした。
so.re.wa.shi.ri.ma.se.n.de.shi.ta
這我就不知道了。

6 よく覚(おぼ)えていません。
yo.ku.o.bo.e.te.i.ma.se.n
我不太記得。

7 違(ちが)います。
chi.ga.i.ma.su
不對。

8 確(たし)かではありません。
ta.shi.ka.de.wa.a.ri.ma.se.n
並非如此。

9 いいえ、そうではありません。
i.i.e、so.o.de.wa.a.ri.ma.se.n
不、不是這樣的。

10 誤解(ごかい)しないでください。
go.ka.i.shi.na.i.de.ku.da.sa.i
請不要誤會。

語言不通

🌿 聽不懂日語時

1 すみません、聞き取れませんでした。
su.mi.ma.se.n、ki.ki.to.re.ma.se.n.de.shi.ta

對不起，我聽不懂。

2 もう一度お願いします。
mo.o.i.chi.do.o.ne.ga.i.shi.ma.su

麻煩你再說一次。

3 もう少しゆっくり話していただけますか。
mo.o.su.ko.shi.yu.k.ku.ri.ha.na.shi.te.i.ta.da.ke.ma.su.ka

請你說慢一點好嗎？

4 英語でお願いします。
e.i.go.de.o.ne.ga.i.shi.ma.su

麻煩你用英文說。

5 彼はなんと言いましたか。
ka.re.wa.na.n.to.i.i.ma.shi.ta.ka

他剛剛說什麼？

6 どういう意味ですか。
do.o.i.u.i.mi.de.su.ka

什麼意思？

7 ここに書いていただけますか。
ko.ko.ni.ka.i.te.i.ta.da.ke.ma.su.ka

可以幫我寫在這嗎？

🌿 告訴對方自己不會日語

1 日本語はあまり話せません。
ni.ho.n.go.wa.a.ma.ri.ha.na.se.ma.se.n

我不太會講日語。

2 まったくできません。
ma.t.ta.ku.de.ki.ma.se.n

我完全不會。

↳🍌加上程度副詞，可以讓對方更了解你的理解狀況喔！

肯定說法	* よく分かります。 yo.ku.wa.ka.ri.ma.su	我非常了解。
	* だいたい分かります。 da.i.ta.i.wa.ka.ri.ma.su	我大概知道。
	* 少し分かります。 su.ko.shi.wa.ka.ri.ma.su	我稍微知道。
否定說法	* あまり分かりません。 a.ma.ri.wa.ka.ri.ma.se.n	我不太知道。
	* ぜんぜん分かりません。 ze.n.ze.n.wa.ka.ri.ma.se.n	我完全不知道。

🔊009

残念ですが、
できません。

婉拒

🌱 拒絕

1 いいえ、結構です。
i.i.e、ke.k.ko.o.de.su
不用了。

2 必要ありません。
hi.tsu.yo.o.a.ri.ma.se.n
我不需要。

3 あまり好きではありません。
a.ma.ri.su.ki.de.wa.a.ri.ma.se.n
我不太喜歡。

4 残念ですが、できません。
za.n.ne.n.de.su.ga、de.ki.ma.se.n
抱歉，我不會。

5 それは無理です。
so.re.wa.mu.ri.de.su
那我做不到。

6 それはいりません。
so.re.wa.i.ri.ma.se.n
那不需要。

わたしの名前は恵です。

🔊o10

自我介紹

初次見面的會話・了解對方

會話 ①

お名前を教えていただけますか。
o.na.ma.e.o.o.shi.e.te.i.ta.da.ke.ma.su.ka

可以請教你的大名嗎？

わたしの名前は恵です。
wa.ta.shi.no.na.ma.e.wa.me.gu.mi.de.su

我的名字叫惠。

會話 ②

どこから来ましたか。
do.ko.ka.ra.ki.ma.shi.ta.ka

你從哪裡來的？

台湾から来ました。
ta.i.wa.n.ka.ra.ki.ma.shi.ta

我從台灣來的。

會話 ③

お国はどちらですか。
o.ku.ni.wa.do.chi.ra.de.su.ka

你來自哪一國？

台湾です。
ta.i.wa.n.de.su

台灣。

會話 ④

どのくらい日本に住んでいますか。
do.no.ku.ra.i.ni.ho.n.ni.su.n.de.i.ma.su.ka

你在日本住多久了？

一年半です。
i.chi.ne.n.ha.n.de.su

一年半。

會話❺

どうして日本に来たのですか。
do.o.shi.te.ni.ho.n.ni.ki.ta.no.de.su.ka

你為什麼來日本呢？

日本語を勉強するために来ました。
ni.ho.n.go.o.be.n.kyo.o.su.ru.ta.me.ni
ki.ma.shi.ta

我是來學日語的。

你也可以這樣回答：

＊観光です。
ka.n.ko.o.de.su

我是來觀光的。

＊仕事のためです。
shi.go.to.no.ta.me.de.su

我是為了工作來的。

＊出張です。
shu.c.cho.o.de.su

我是來出差的。

會話❻

どこで勉強していますか。
do.ko.de.be.n.kyo.o.shi.te.i.ma.su.ka

你在哪裡唸書？

京都大学で勉強しています。
kyo.o.to.da.i.ga.ku.de
be.n.kyo.o.shi.te.i.ma.su

我在京都大學唸書。

會話❼

お仕事は何ですか。
o.shi.go.to.wa.na.n.de.su.ka

你在做什麼工作？

通訳をしています。
tsu.u.ya.ku.o.shi.te.i.ma.su

我在做口譯。

どこから来ましたか？

台湾から来ました。

會話⑧

どこに住んでいますか。
do.ko.ni.su.n.de.i.ma.su.ka

你住在哪裡？

福岡に住んでいます。
fu.ku.o.ka.ni.su.n.de.i.ma.su

我住在福岡。

會話⑨

映画は好きですか。
e.i.ga.wa.su.ki.de.su.ka

你喜歡看電影嗎？

とても好きです。
to.te.mo.su.ki.de.su

非常喜歡。

會話⑩

趣味は何ですか。
shu.mi.wa.na.n.de.su.ka

你的興趣是什麼？

私の趣味はピアノです。
wa.ta.shi.no.shu.mi.wa.pi.a.no.de.su

我的興趣是鋼琴。

詢問

針對語言詢問時

1 この字はどう読みますか。
ko.no.ji.wa.do.o.yo.mi.ma.su.ka
這個字怎麼唸？

2 この言葉の意味は何ですか。
ko.no.ko.to.ba.no.i.mi.wa.na.n.de.su.ka
這個字的意思是什麼？

3 これを日本語でなんと言いますか。
ko.re.o.ni.ho.n.go.de.na.n.to.i.i.ma.su.ka
這個，日文怎麼說？

詢問地點

1 ここはどこですか。
ko.ko.wa.do.ko.de.su.ka
這裡是哪裡？

2 トイレはどこですか。
to.i.re.wa.do.ko.de.su.ka
洗手間在哪裡？

詢問人

1 あの人は誰ですか。
a.no.hi.to.wa.da.re.de.su.ka
那個人是誰？

2 あの方はどなたですか。
a.no.ka.ta.wa.do.na.ta.de.su.ka
他是哪位？

詢問原因・理由

1 なぜですか。／どうしてですか。
na.ze.de.su.ka ／ do.o.shi.te.de.su.ka
為什麼？

2 どうして火事が発生したのですか。
do.o.shi.te.ka.ji.ga.ha.s.se.i.shi.ta.no.de.su.ka
為什麼會發生火災？

3 原因はなんですか。
げんいん
ge.n.i.n.wa.na.n.de.su.ka

原因是什麼？

4 詳しく説明してください。
くわ　　　　せつめい
ku.wa.shi.ku.se.tsu.me.i.shi.te.ku.da.sa.i

請你詳細說明。

5 理由を教えてください。
りゆう　　おし
ri.yu.u.o.o.shi.e.te.ku.da.sa.i

請你告訴我理由。

會話❶

なにがあったのですか。
na.ni.ga.a.tta.no.de.su.ka

發生了什麼事？

交通事故がありました。
こうつうじ　こ
ko.o.tsu.u.ji.ko.ga.a.ri.ma.shi.ta

出車禍了。

會話❷

どうしましたか。
do.o.shi.ma.shi.ta.ka

怎麼了？

トイレの水が流れないのです。
みず　なが
to.i.re.no.mi.zu.ga.na.ga.re.na.i.no.de.su

廁所的水流不出來。

會話❸

今日はこの道は通れません。
きょう　　　みち　とお
kyo.o.wa.ko.no.mi.chi.wa.to.o.re.ma.se.n

今天這條路不能走。

なんのためですか。
na.n.no.ta.me.de.su.ka

為什麼？

マラソン大会があるからです。
たいかい
ma.ra.so.n.ta.i.ka.i.ga.a.ru.ka.ra.de.su

因為有馬拉松比賽。

要求對方允許

1 これでいいですか。
ko.re.de.i.i.de.su.ka
這樣可以嗎？

2 写真を撮ってもいいですか。
sha.shi.n.o.to.t.te.mo.i.i.de.su.ka
可以拍照嗎？

3 たばこをすってもいいですか。
ta.ba.ko.o.su.t.te.mo.i.i.de.su.ka
可以抽菸嗎？

4 ちょっと見せてもらってもいいですか。
cho.t.to.mi.se.te.mo.ra.t.te.mo.i.i.de.su.ka
可以讓我看一下嗎？

5 ここに座ってもいいですか。
ko.ko.ni.su.wa.t.te.mo.i.i.de.su.ka
我可以坐這裡嗎？

6 ちょっとお願いしてもいいですか。
cho.t.to.o.ne.ga.i.shi.te.mo.i.i.de.su.ka
可以麻煩你一下嗎？

7 試着してもいいですか。
shi.cha.ku.shi.te.mo.i.i.de.su.ka
可以試穿嗎？

8 試食してもいいですか。
shi.sho.ku.shi.te.mo.i.i.de.su.ka
可以試吃嗎？

單字入門通

わたしの
おにぎりが
半分しかないよ！

代名詞

🔊 o12

你我他

1 わたし
wa.ta.shi
我

2 わたしたち
wa.ta.shi.ta.chi
我們

3 あなた
a.na.ta
你

4 あなたたち（あなたがた）
a.na.ta.ta.chi (a.na.ta.ga.ta)
你們

5 ～たち
～ta.chi
～們

6 かのじょ
ka.no.jo
她

7 かれ
ka.re
他

8 かれら／かのじょら
ka.re.ra ／ ka.no.jo.ra
他們／她們

9 これ／それ、あれ
ko.re ／ so.re、a.re
這個／那個

10 これら／それら、あれら
ko.re.ra ／ so.re.ra、a.re.ra
這些／那些

11 この／その、あの（＋名詞）
ko.no ／ so.no、a.no
這／那

12 わたしの
wa.ta.shi.no
我的

13 あなたの
a.na.ta.no
你的

14 ～の
～no
～的

みんな家族ですよ！

家庭成員

🔊 013

ちち／とう 父／お父さん chi.chi／o.to.o.sa.n 父親	はは／かあ 母／お母さん ha.ha／o.ka.a.sa.n 母親	あに／にい 兄／お兄さん a.ni／o.ni.i.sa.n 哥哥	あね／ねえ 姉／お姉さん a.ne／o.ne.e.sa.n 姉姉

おとうと おとうと 弟／弟さん o.to.o.to／o.to.o.to.sa.n 弟弟	いもうと いもうと 妹／妹さん i.mo.o.to／i.mo.o.to.sa.n 妹妹	そ ふ 祖父／おじいさん so.fu／o.ji.i.sa.n 祖父、外公	そ ほ 祖母／おばあさん so.bo／o.ba.a.sa.n 祖母、外婆

おじ／おじさん o.ji／o.ji.sa.n 叔叔・伯伯	おば／おばさん o.ba／o.ba.sa.n 姑姑・阿姨	いとこ i.to.ko 堂兄弟姉妹	おく 奥さま o.ku.sa.ma 夫人

しゅじん ご主人 go.shu.ji.n 你先生	むすこ むすこ 息子／息子さん mu.su.ko／mu.su.ko.sa.n 兒子・令郎	むすめ むすめ 娘／娘さん mu.su.me／mu.su.me.sa.n 女兒・令嬡	こさま お子様 o.ko.sa.ma 您的小孩

すみません、遅くなりました。

形容詞

🔊 014

反義詞

よい／いい yo.i／i.i 好	⬄	^{わる}悪い wa.ru.i 壞
^{はや}早い ha.ya.i 早	⬄	^{おそ}遅い o.so.i 晚
^{はや}速い ha.ya.i 快	⬄	^{おそ}遅い o.so.i 慢
ひろい hi.ro.i 寬廣	⬄	せまい se.ma.i 狹窄
^{おお}大きい o.o.ki.i 大	⬄	^{ちい}小さい chi.i.sa.i 小
^{おも}重い o.mo.i 重	⬄	^{かる}軽い ka.ru.i 輕
^{たか}高い ta.ka.i 高	⬄	^{ひく}低い hi.ku.i 低

^{ふと}太い fu.to.i 粗、胖	⬄	^{ほそ}細い ho.so.i 細、瘦
^{あつ}厚い a.tsu.i 厚	⬄	^{うす}薄い u.su.i 薄
^{なが}長い na.ga.i 長	⬄	^{みじか}短い mi.ji.ka.i 短
やわらかい ya.wa.ra.ka.i 軟	⬄	かたい ka.ta.i 硬
^{つよ}強い tsu.yo.i 強	⬄	^{よわ}弱い yo.wa.i 弱
^{やさ}易しい ya.sa.shi.i 容易	⬄	^{むずか}難しい mu.zu.ka.shi.i 難
^{とお}遠い to.o.i 遠	⬄	^{ちか}近い chi.ka.i 近

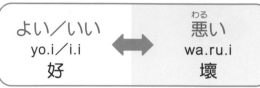
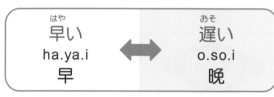

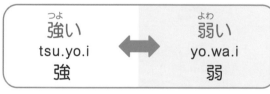
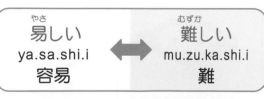

高い たか ta.ka.i 貴 ⬌ 安い やす ya.su.i 便宜	きつい ki.tsu.i 緊 ⬌ ゆるい yu.ru.i 鬆
涼しい すず su.zu.shi.i 涼 ⬌ 暖かい あたた a.ta.ta.ka.i 暖	暑い あつ a.tsu.i 熱 ⬌ 寒い さむ sa.mu.i 冷
濃い こ ko.i 濃 ⬌ 薄い うす u.su.i 淡	好き す su.ki 喜歡 ⬌ 嫌い きら ki.ra.i 討厭

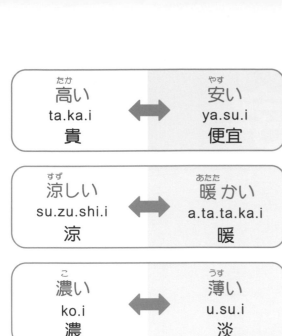

これは安い
ですよ！

🌿 味覺

甘い あま a.ma.i 甜	からい ka.ra.i 辣	苦い にが ni.ga.i 苦	塩辛い／しょっぱい しおから shi.o.ka.ra.i／sho.p.pa.i 鹹
すっぱい su.p.pa.i 酸	おいしい o.i.shi.i 好吃	まずい ma.zu.i 難吃	ちょうどいい cho.o.do.i.i 剛剛好	脂っこい あぶら a.bu.ra.k.ko.i 油膩
	さっぱり sa.p.pa.ri 清爽	こってり ko.t.te.ri 濃厚	

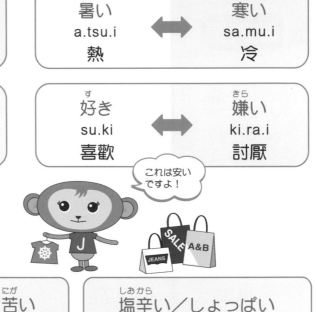

私の
カレーライス
おいしいよ！

🌿 形狀

顔が丸い！！

丸い まる ma.ru.i 圓的	四角 しかく shi.ka.ku 四角的	細長い ほそなが ho.so.na.ga.i 細長的

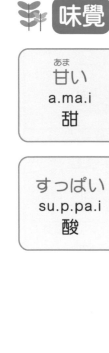

二千円なくしました。

數字

数数看

0／零	一	二	三
ゼロ／れい	いち	に	さん
ze.ro／re.i	i.chi	ni	sa.n
零	一	二	三
四	**五**	**六**	**七**
し／よん	ご	ろく	しち／なな
shi／yo.n	go	ro.ku	shi.chi／na.na
四	五	六	七
八	**九**	**十**	**十一**
はち	きゅう／く	じゅう	じゅういち
ha.chi	kyu.u／ku	ju.u	ju.u.i.chi
八	九	十	十一
十二	**十三**	**十四**	**十五**
じゅう に	じゅう さん	じゅうし／じゅうよん	じゅう ご
ju.u.ni	ju.u.sa.n	ju.u.shi／ju.u.yo.n	ju.u.go
十二	十三	十四	十五
十六	**十七**	**十八**	**十九**
じゅう ろく	じゅうしち／じゅうなな	じゅう はち	じゅうきゅう／じゅうく
ju.u.ro.ku	ju.u.shi.chi／ju.u.na.na	ju.u.ha.chi	ju.u.kyu.u／ju.u.ku
十六	十七	十八	十九
二十	**三十**	**四十**	**五十**
に じゅう	さん じゅう	よん じゅう	ご じゅう
ni.ju.u	sa.n.ju.u	yo.n.ju.u	go.ju.u
二十	三十	四十	五十
六十	**七十**	**八十**	**九十**
ろく じゅう	なな じゅう	はち じゅう	きゅうじゅう
ro.ku.ju.u	na.na.ju.u	ha.chi.ju.u	kyu.u.ju.u
六十	七十	八十	九十

ひゃく 百 hya.ku 一百	に ひゃく 二百 ni.hya.ku 兩百	さん びゃく 三百 sa.n.bya.ku 三百	よん ひゃく 四百 yo.n.hya.ku 四百
ご ひゃく 五百 go.hya.ku 五百	ろっ びゃく 六百 ro.p.pya.ku 六百	なな ひゃく 七百 na.na.hya.ku 七百	はっ びゃく 八百 ha.p.pya.ku 八百
きゅう ひゃく 九百 kyu.u.hya.ku 九百	せん 千 se.n 一千	に せん 二千 ni.se.n 兩千	さん ぜん 三千 sa.n.ze.n 三千
よん せん 四千 yo.n.se.n 四千	ご せん 五千 go.se.n 五千	ろく せん 六千 ro.ku.se.n 六千	なな せん 七千 na.na.se.n 七千
はっ せん 八千 ha.s.se.n 八千	きゅう せん 九千 kyu.u.se.n 九千	いち まん 一万 i.chi.ma.n 一萬	じゅう まん 十万 ju.u.ma.n 十萬
ひゃく まん 百万 hya.ku.ma.n 一百萬	せん まん 千万 se.n.ma.n 一千萬	いち おく 一億 i.chi.o.ku 一億	

十二月
寒いですね！

時間

誕生日は
いつですか？

1 何月ですか。
なんがつ
na.n.ga.tsu.de.su.ka

幾月？

1月	いち がつ **一月** i.chi.ga.tsu 一月
2月	に がつ **二月** ni.ga.tsu 二月
3月	さん がつ **三月** sa.n.ga.tsu 三月
4月	し がつ **四月** shi.ga.tsu 四月
5月	ご がつ **五月** go.ga.tsu 五月
6月	ろく がつ **六月** ro.ku.ga.tsu 六月
7月	しち がつ **七月** shi.chi.ga.tsu 七月
8月	はち がつ **八月** ha.chi.ga.tsu 八月
9月	く がつ **九月** ku.ga.tsu 九月
10月	じゅう がつ **十月** ju.u.ga.tsu 十月

11 月
じゅう いち がつ
十一月
ju.u.i.chi.ga.tsu
十一月

12 月
じゅう に がつ
十二月
ju.u.ni.ga.tsu
十二月

🌱 **日期**

なんにち
1 何日ですか。
na.n.ni.chi.de.su.ka

幾號？

1 日
つい たち
一日
tsu.i.ta.chi
1號

2 日
ふつか
二日
fu.tsu.ka
2號

3 日
みっ か
三日
mi.k.ka
3號

4 日
よっ か
四日
yo.k.ka
4號

5 日
いつ か
五日
i.tsu.ka
5號

6 日
むい か
六日
mu.i.ka
6號

7 日
なの か
七日
na.no.ka
7號

8 日
よう か
八日
yo.o.ka
8號

9 日
ここの か
九日
ko.ko.no.ka
9號

10 日
とお か
十日
to.o.ka
10號

11日 じゅう いち にち 十一日 ju.u.i.chi.ni.chi 11號	**12**日 じゅう に にち 十二日 ju.u.ni.ni.chi 12號
13日 じゅう さん にち 十三日 ju.u.sa.n.ni.chi 13號	**14**日 じゅう よっ か 十四日 ju.u.yo.k.ka 14號
15日 じゅう ご にち 十五日 ju.u.go.ni.chi 15號	**16**日 じゅう ろく にち 十六日 ju.u.ro.ku.ni.chi 16號
17日 じゅう しち にち 十七日 ju.u.shi.chi.ni.chi 17號	**18**日 じゅう はち にち 十八日 ju.u.ha.chi.ni.chi 18號
19日 じゅう く にち 十九日 ju.u.ku.ni.chi 19號	**20**日 はつか 二十日 ha.tsu.ka 20號
21日 に じゅういち にち 二十一日 ni.ju.u.i.chi.ni.chi 21號	**22**日 に じゅう に にち 二十二日 ni.ju.u.ni.ni.chi 22號
23日 に じゅうさん にち 二十三日 ni.ju.u.sa.n.ni.chi 23號	**24**日 に じゅうよっ か 二十四日 ni.ju.u.yo.k.ka 24號

二十五日
に じゅう ご にち
ni.ju.u.go.ni.chi
25號

二十六日
に じゅうろく にち
ni.ju.u.ro.ku.ni.chi
26號

二十七日
に じゅうしち にち
ni.ju.u.shi.chi.ni.chi
27號

二十八日
に じゅうはち にち
ni.ju.u.ha.chi.ni.chi
28號

二十九日
に じゅう く にち
ni.ju.u.ku.ni.chi
29號

三十日
さんじゅうにち
sa.n.ju.u.ni.chi
30號

三十一日
さんじゅういち にち
sa.n.ju.u.i.chi.ni.chi
31號

 星期

1 何曜日ですか。
なんようび
na.n.yo.o.bi.de.su.ka

星期幾？

日曜日
にち よう び
ni.chi.yo.o.bi
星期日

月曜日
げつ よう び
ge.tsu.yo.o.bi
星期一

火曜日
か よう び
ka.yo.o.bi
星期二

水曜日
すい よう び
su.i.yo.o.bi
星期三

木曜日
もくようび
mo.ku.yo.o.bi
星期四

金曜日
きんようび
ki.n.yo.o.bi
星期五

土曜日
どようび
do.yo.o.bi
星期六

日曜日に
バスケットボールを
しようか。

🔊 017

 點鐘

1 何時ですか。
なんじ
na.n.ji.de.su.ka

幾點？

00:00	零時 れいじ re.i.ji 午夜十二點

01:00	一時 いちじ i.chi.ji 一點

02:00	二時 にじ ni.ji 兩點

03:00	三時 さんじ sa.n.ji 三點

04:00	四時 よじ yo.ji 四點

05:00	五時 ごじ go.ji 五點

06:00	六時 ろくじ ro.ku.ji 六點

07:00	七時 しちじ shi.chi.ji 七點

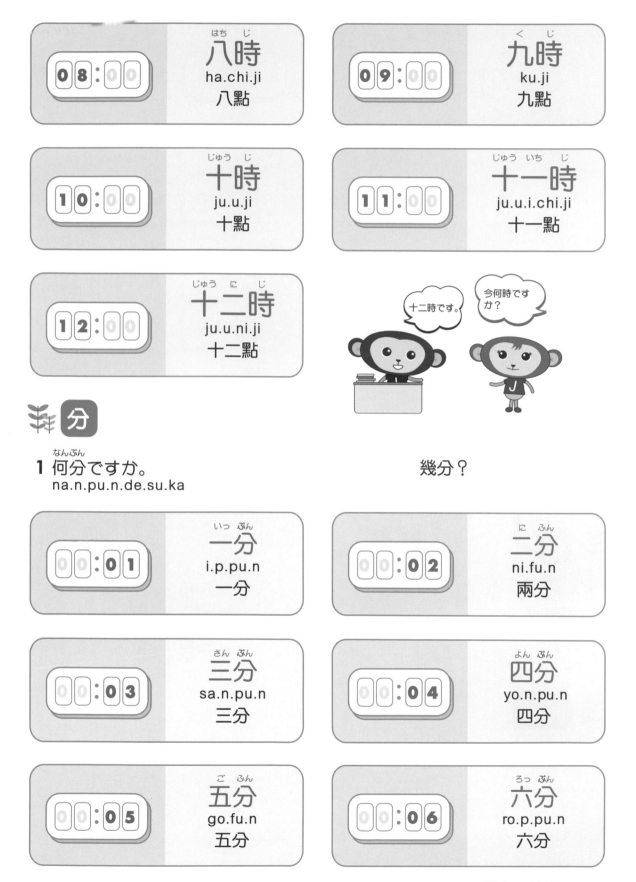

八時
ha.chi.ji
八點
`08:00`

九時
ku.ji
九點
`09:00`

十時
ju.u.ji
十點
`10:00`

十一時
ju.u.i.chi.ji
十一點
`11:00`

十二時
ju.u.ni.ji
十二點
`12:00`

十二時です。

今何時ですか？

🌿 分

1 何分ですか。
na.n.pu.n.de.su.ka

幾分？

一分
i.p.pu.n
一分
`00:01`

二分
ni.fu.n
兩分
`00:02`

三分
sa.n.pu.n
三分
`00:03`

四分
yo.n.pu.n
四分
`00:04`

五分
go.fu.n
五分
`00:05`

六分
ro.p.pu.n
六分
`00:06`

<ruby>七<rt>なな</rt></ruby><ruby>分<rt>ふん</rt></ruby>
na.na.fu.n
七分

<ruby>八<rt>はっ</rt></ruby><ruby>分<rt>ぷん</rt></ruby>
ha.p.pu.n
八分

<ruby>九<rt>きゅう</rt></ruby><ruby>分<rt>ふん</rt></ruby>
kyu.u.fu.n
九分

<ruby>十<rt>じゅっぷん／じっぷん</rt></ruby>分
ju.p.pu.n／ji.p.pu.n
十分

<ruby>十五<rt>じゅう　ご</rt></ruby><ruby>分<rt>ふん</rt></ruby>
ju.u.go.fu.n
十五分

<ruby>二十<rt>にじゅっぷん／にじっぷん</rt></ruby>分
ni.ju.p.pu.n／ni.ji.p.pu.n
二十分

<ruby>三十<rt>さんじゅっぷん／さんじっぷん</rt></ruby>分
sa.n.ju.p.pu.n／sa.n.ji.p.pu.n
三十分

すみません、遅くなりました。

 秒

1 ～<ruby>秒<rt>びょう</rt></ruby>
～byo.o

～秒

2 <ruby>何秒<rt>なんびょう</rt></ruby>
na.n.byo.o

幾秒

🌿 時數

<ruby>何時間<rt>なん　じ　かん</rt></ruby>
na.n.ji.ka.n
幾個小時

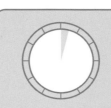
<ruby>半<rt>はん</rt></ruby>
ha.n
半(小時)

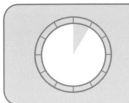
<ruby>一<rt>いち</rt></ruby><ruby>時<rt>じ</rt></ruby><ruby>間<rt>かん</rt></ruby>
i.chi.ji.ka.n
一小時

<ruby>二<rt>に</rt></ruby><ruby>時<rt>じ</rt></ruby><ruby>間<rt>かん</rt></ruby>
ni.ji.ka.n
兩小時

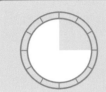
<ruby>三<rt>さん</rt></ruby><ruby>時<rt>じ</rt></ruby><ruby>間<rt>かん</rt></ruby>
sa.n.ji.ka.n
三小時

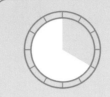
<ruby>四<rt>よ</rt></ruby><ruby>時<rt>じ</rt></ruby><ruby>間<rt>かん</rt></ruby>
yo.ji.ka.n
四小時

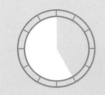
<ruby>五<rt>ご</rt></ruby><ruby>時<rt>じ</rt></ruby><ruby>間<rt>かん</rt></ruby>
go.ji.ka.n
五小時

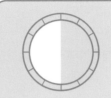
<ruby>六<rt>ろく</rt></ruby><ruby>時<rt>じ</rt></ruby><ruby>間<rt>かん</rt></ruby>
ro.ku.ji.ka.n
六小時

<ruby>七<rt>しち</rt></ruby><ruby>時<rt>じ</rt></ruby><ruby>間<rt>かん</rt></ruby>
shi.chi.ji.ka.n
七小時

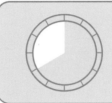
<ruby>八<rt>はち</rt></ruby><ruby>時<rt>じ</rt></ruby><ruby>間<rt>かん</rt></ruby>
ha.chi.ji.ka.n
八小時

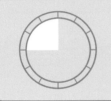
<ruby>九<rt>く</rt></ruby><ruby>時<rt>じ</rt></ruby><ruby>間<rt>かん</rt></ruby>
ku.ji.ka.n
九小時

<ruby>十<rt>じゅう</rt></ruby><ruby>時<rt>じ</rt></ruby><ruby>間<rt>かん</rt></ruby>
ju.u.ji.ka.n
十小時

今 いま i.ma 現在	後 あと a.to 以後	後で あと a.to.de 後來、稍後、隨後	前 まえ ma.e 以前

今日 きょう kyo.o 今天	昨日 きのう ki.no.o 昨天	おととい o.to.to.i 前天	明日 あした a.shi.ta 明天	明後日 あさって a.sa.t.te 後天
今週 こんしゅう ko.n.shu.u 本週	先週 せんしゅう se.n.shu.u 上週	先々週 せんせんしゅう se.n.se.n.shu.u 上上週	来週 らいしゅう ra.i.shu.u 下週	再来週 さらいしゅう sa.ra.i.shu.u 下下週
週末 しゅうまつ shu.u.ma.tsu 週末	今月 こんげつ ko.n.ge.tsu 本月	先月 せんげつ se.n.ge.tsu 上個月	来月 らいげつ ra.i.ge.tsu 下個月	先々月 せんせんげつ se.n.se.n.ge.tsu 上上個月
再来月 さらいげつ sa.ra.i.ge.tsu 下下個月	今年 ことし ko.to.shi 今年	去年 きょねん kyo.ne.n 去年	一昨年 おととし o.to.to.shi 前年	来年 らいねん ra.i.ne.n 明年
再来年 さらいねん sa.ra.i.ne.n 後年	朝 あさ a.sa 早晨	午前 ごぜん go.ze.n 上午	正午 しょうご sho.o.go 中午	午後 ごご go.go 下午
夕方 ゆうがた yu.u.ga.ta 傍晚	夜 よる yo.ru 晚上	夜中 よなか yo.na.ka 半夜		

おはよう！いまもう朝ですよ！

今日は
敬老の日です。

節日・季節

日本國定假日

国民の休日
ko.ku.mi.n.no.kyu.u.ji.tsu
國民休假日

元日
ga.n.ji.tsu
元旦（1.1）

成人の日
se.i.ji.n.no.hi
成人日（1月第2個星期一）

建国記念日
ke.n.ko.ku.ki.ne.n.bi
開國紀念日（2.11）

春分の日
shu.n.bu.n.no.hi
春分（3.21左右）

昭和の日
sho.o.wa.no.hi
昭和天皇誕辰（4.29）

憲法記念日
ke.n.po.o.ki.ne.n.bi
憲法紀念日（5.3）

みどりの日
mi.do.ri.no.hi
綠之節（5.4）

こどもの日
ko.do.mo.no.hi
兒童節（5.5）

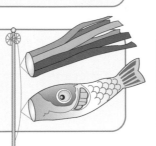

ゴールデンウィーク
go.o.ru.de.n.u.i.i.ku
黃金週 *

* 每年 4 月底至 5 月初的連續假期

海の日
u.mi.no.hi
海之節（7月第3個星期一）

敬老の日
ke.i.ro.o.no.hi
敬老節（9月第3個星期一）

秋分の日
shu.u.bu.n.no.hi
秋分（9.23左右）

体育の日
ta.i.i.ku.no.hi
體育節（10月第2個星期一）

文化の日
bu.n.ka.no.hi
文化節（11.3）

勤労感謝の日
ki.n.ro.o.ka.n.sha.no.hi
勞動節（11.23）

天皇誕生日
te.n.no.o.ta.n.jo.o.bi
天皇誕辰（12.23）

振り替え休日
fu.ri.ka.e.kyu.u.ji.tsu
補假

季節

春
ha.ru
春

夏
na.tsu
夏

秋
a.ki
秋

冬
fu.yu
冬

春天

春うらら
ha.ru.u.ra.ra
風和日麗

春一番
ha.ru.i.chi.ba.n
立春至春分期間，從南方吹來的第一陣風。

夏天

猛暑
mo.o.sho
酷熱 ＊

朝焼
a.sa.ya.ke
朝霞

初夏
sho.ka
初夏

炎天下
e.n.te.n.ka
烈日當頭

＊ 新聞用語，指攝氏溫度超過 35 度以上的天氣。

秋天

秋晴れ
a.ki.ba.re
秋高氣爽

読書の秋
do.ku.sho.no.a.ki
讀書之秋

食欲の秋
sho.ku.yo.ku.no.a.ki
食欲之秋

スポーツの秋
su.po.o.tsu.no.a.ki
運動之秋

芸術の秋
ge.i.ju.tsu.no.a.ki
藝術之秋

木枯らし
ko.ga.ra.shi
秋風。秋末初冬所颳起的第一道凜冽寒風。

さびしい...

あそこに
ポストが
あるよ！

方位

 位置

うえ 上 u.e 上面	した 下 shi.ta 下面	ま なか 真ん中 ma.n.na.ka 中央	みぎ 右 mi.gi 右邊	ひだり 左 hi.da.ri 左邊

まえ 前 ma.e 前面	うし 後ろ u.shi.ro 後面、背後	なか 中 na.ka 裡面、內部

そと 外 so.to 外面	あそこ a.so.ko 那裡	ここ ko.ko 這裡

すみません、
遅くなりました。

 方向

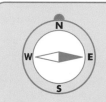
ひがし
東
hi.ga.shi
東

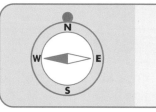
にし
西
ni.shi
西

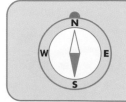
みなみ
南
mi.na.mi
南

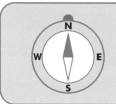
きた
北
ki.ta
北

わたしは
オレンジ色が
すきですよ！

色彩

顔色

1 何色が好きですか。
なにいろ　　す
na.ni.i.ro.ga.su.ki.de.su.ka

你喜歡什麼顏色？

 白
しろ
shi.ro
白色

 黒
くろ
ku.ro
黑色

 赤
あか
a.ka
紅色

 青
あお
a.o
藍色

 紫
むらさき
mu.ra.sa.ki
紫色

黄色
き　いろ
ki.i.ro
黃色

茶色
ちゃ　いろ
cha.i.ro
褐色

水色
みず　いろ
mi.zu.i.ro
淺藍色

 ピンク
pi.n.ku
粉紅色

 小豆色／ワインレッド
あずき　　いろ
a.zu.ki.i.ro／wa.i.n.re.d.do
豆沙色、暗紅色、紅葡萄酒色

 ベージュ
be.e.ju
米白色

 オレンジ
o.re.n.ji
橘色

 グレー／灰色
はい　いろ
gu.re.e／ha.i.i.ro
灰色

 金色
きん　いろ
ki.n.i.ro
金色

銀色
ぎん　いろ
gi.n.i.ro
銀色

次序

第幾個

1 一番目
i.chi.ba.n.me
第一個

2 二番目
ni.ba.n.me
第二個

3 三番目
sa.n.ba.n.me
第三個

4 四番目
yo.n.ba.n.me
第四個

5 五番目
go.ba.n.me
第五個

6 六番目
ro.ku.ba.n.me
第六個

7 七番目
na.na.ba.n.me
第七個

8 八番目
ha.chi.ba.n.me
第八個

9 九番目
kyu.u.ba.n.me
第九個

10 十番目
ju.u.ba.n.me
第十個

11 何番目
na.n.ba.n.me
第幾個

射手座 ↗

生肖・地支・星座・血型

🌾 生肖、地支

1 干支はなんですか？
　え　と
e.to.wa.na.n.de.su.ka

你生肖屬什麼呢？

2 酉です。
　とり
to.ri.de.su

我屬酉（雞）。

ねずみ・ね
鼠・子
ne.zu.mi・ne
鼠・子

うし・うし
牛・丑
u.shi・u.shi
牛・丑

とら・とら
虎・寅
to.ra・to.ra
虎・寅

うさぎ・う
兎・卯
u.sa.gi・u
兔・卯

たつ・たつ
竜・辰
ta.tsu・ta.tsu
龍・辰

へび・み
蛇・巳
he.bi・mi
蛇・巳

うま・うま
馬・午
u.ma・u.ma
馬・午

ひつじ・ひつじ
羊・未
hi.tsu.ji・hi.tsu.ji
羊・未

さる・さる
猿・申
sa.ru・sa.ru
猴・申

とり・とり
鶏・酉
to.ri・to.ri
雞・酉

いぬ・いぬ
犬・戌
i.nu・i.nu
狗・戌

いのしし・い
猪・亥
i.no.shi.shi・i
豬・亥

🌿 星座

1 星座は何座ですか？
se.i.za.wa.na.ni.za.de.su.ka

你的星座是什麼呢？

2 おとめ座です
o.to.me.za.de.su

我是處女座。

牡羊座
o.hi.tsu.ji.za
牡羊座

牡牛座
o.u.shi.za
金牛座
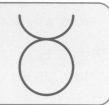

双子座
fu.ta.go.za
雙子座

蟹座
ka.ni.za
巨蟹座

獅子座
shi.shi.za
獅子座

乙女座
o.to.me.za
處女座

天秤座
te.n.bi.n.za
天秤座

蠍座
sa.so.ri.za
天蠍座
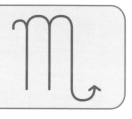

射手座
i.te.za
射手座

山羊座
ya.gi.za
山羊座（魔羯座）
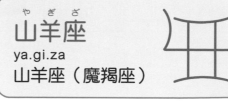

水瓶座
みず がめ ざ
mi.zu.ga.me.za
水瓶座

魚座
うお ざ
u.o.za
雙魚座

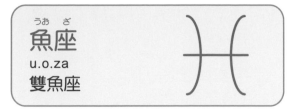

 **血型**

1 血液型は何型ですか？
けつ えき がた　なに がた
ke.tsu.e.ki.ga.ta.wa.na.ni.ga.ta.de.su.ka

你的血型是什麼？

2 O型です。
がた
o.o.ga.ta.de.su

我是O型。

A 型
がた
e.i.ga.ta
A 型

B 型
がた
bi.i.ga.ta
B 型

O 型
がた
o.o.ga.ta
O 型

AB 型
がた
e.i.bi.i.ga.ta
AB 型

B型です。

血液型は
何型ですか。

數量稱呼大不同

わたしは
おもちゃを
ふたつもって
ますよ。

物品數量單位

雞蛋等小的東西

1 ～個
こ
～ko

～個

2 何個ですか。
なん こ
na.n.ko.de.su.ka

幾個？

いっこ 一個 i.k.ko 一個	にこ 二個 ni.ko 兩個	さんこ 三個 sa.n.ko 三個	よんこ 四個 yo.n.ko 四個	ごこ 五個 go.ko 五個
ろっこ 六個 ro.k.ko 六個	ななこ 七個 na.na.ko 七個	はっこ 八個 ha.k.ko 八個	きゅうこ 九個 kyu.u.ko 九個	じゅっこ 十個 ju.k.ko 十個

おにぎりを
十個もらったから
一緒に食べよう！

ありがとう！

おいしそう！

一般物品

1 いくつですか。 　　　　　　　　　　　　　　　幾個？
i.ku.tsu.de.su.ka

ひとつ hi.to.tsu 一個	ふたつ fu.ta.tsu 兩個	みっつ mi.t.tsu 三個	よっつ yo.t.tsu 四個	いつつ i.tsu.tsu 五個
むっつ mu.t.tsu 六個	ななつ na.na.tsu 七個	やっつ ya.t.tsu 八個	ここのつ ko.ko.no.tsu 九個	とお to.o 十個

人數

1 何人ですか。 　　　　　　　　　　　　　　　幾個人
なんにん
na.n.ni.n.de.su.ka

一人 ひとり hi.to.ri 一個人	二人 ふたり fu.ta.ri 兩個人	三人 さんにん sa.n.ni.n 三個人	四人 よにん yo.ni.n 四個人	五人 ごにん go.ni.n 五個人
六人 ろくにん ro.ku.ni.n 六個人	七人 ななにん na.na.ni.n 七個人	八人 はちにん ha.chi.ni.n 八個人	九人 きゅうにん kyu.u.ni.n 九個人	十人 じゅうにん ju.u.ni.n 十個人
十一人 じゅういちにん ju.u.i.chi.ni.n 十一個人	十二人 じゅうににん ju.u.ni.ni.n 十二個人	二十人 にじゅうにん ni.ju.u.ni.n 二十個人		

わたしは
いま一人で
家にいるよ。

次數

1 何回ですか。
na.n.ka.i.de.su.ka
なんかい

幾次？

一回 i.k.ka.i 一次	二回 ni.ka.i 兩次	三回 sa.n.ka.i 三次	四回 yo.n.ka.i 四次	五回 go.ka.i 五次
いっかい	にかい	さんかい	よんかい	ごかい

六回 ro.k.ka.i 六次	七回 na.na.ka.i 七次	八回 ha.k.ka.i 八次	九回 kyu.u.ka.i 九次	十回 ju.k.ka.i／ji.k.ka.i 十次
ろっかい	ななかい	はっかい	きゅうかい	じゅっかい／じっかい

一日三回くらい
おふろに
はいりたい！

月數

1 どのぐらい台湾にいる予定ですか。
do.no.gu.ra.i.ta.i.wa.n.ni.i.ru.yo.te.i.de.su.ka
たいわん　　　　よてい

你預定在台灣待多久？

一ヶ月 i.k.ka.ge.tsu 一個月	二ヶ月 ni.ka.ge.tsu 兩個月	三ヶ月 sa.n.ka.ge.tsu 三個月	四ヶ月 yo.n.ka.ge.tsu 四個月	五ヶ月 go.ka.ge.tsu 五個月
いっかげつ	にかげつ	さんかげつ	よんかげつ	ごかげつ

六ヶ月 ro.k.ka.ge.tsu 六個月	七ヶ月 na.na.ka.ge.tsu 七個月	八ヶ月 ha.k.ka.ge.tsu 八個月	九ヶ月 kyu.u.ka.ge.tsu 九個月	十ヶ月 ju.k.ka.ge.tsu／ ji.k.ka.ge.tsu 十個月
ろっかげつ	ななかげつ	はっかげつ	きゅうかげつ	じゅっかげつ／じっかげつ

🔊 o25

1 何週間ですか。
なんしゅうかん
na.n.shu.u.ka.n.de.su.ka

幾個禮拜?

いっしゅうかん 一週間 i.s.shu.u.ka.n 一個禮拜	に しゅうかん 二週間 ni.shu.u.ka.n 兩個禮拜	さんしゅうかん 三週間 sa.n.shu.u.ka.n 三個禮拜
よんしゅうかん 四週間 yo.n.shu.u.ka.n 四個禮拜	ご しゅうかん 五週間 go.shu.u.ka.n 五個禮拜	ろくしゅうかん 六週間 ro.ku.shu.u.ka.n 六個禮拜
ななしゅうかん 七週間 na.na.shu.u.ka.n 七個禮拜	はっしゅうかん 八週間 ha.s.shu.u.ka.n 八個禮拜	きゅうしゅうかん 九週間 kyu.u.shu.u.ka.n 九個禮拜

じゅっしゅうかん／じっしゅうかん
十週間
ju.s.shu.u.ka.n／
ji.s.shu.u.ka.n
十個禮拜

何週間
出かけますか？

三週間ぐらい
出かけます。

バナナ村

いくらかな？

金錢

1 いくらですか。
i.ku.ra.de.su.ka

多少錢？

いちえん 一円 i.chi.e.n 一元	に えん 二円 ni.e.n 兩元	さんえん 三円 sa.n.e.n 三元	よ えん 四円 yo.e.n 四元
ご えん 五円 go.e.n 五元	ろくえん 六円 ro.ku.e.n 六元	ななえん／しちえん 七円 na.na.e.n／ shi.chi.e.n 七元	はちえん 八円 ha.chi.e.n 八元
きゅうえん 九円 kyu.u.e.n 九元	じゅうえん 十円 ju.u.e.n 十元	ひゃくえん 百円 hya.ku.e.n 一百元	に ひゃく えん 二百円 ni.hya.ku.e.n 兩百元
さんびゃくえん 三百円 sa.n.bya.ku.e.n 三百元	よんひゃくえん 四百円 yo.n.hya.ku.e.n 四百元	ごひゃくえん 五百円 go.hya.ku.e.n 伍佰元	ろっぴゃくえん 六百円 ro.p.pya.ku.e.n 六百元
ななひゃくえん 七百円 na.na.hya.ku.e.n 七百元	はっぴゃくえん 八百円 ha.p.pya.ku.e.n 八百元	きゅうひゃくえん 九百円 kyu.u.hya.ku.e.n 九百元	せんえん 千円 se.n.e.n 一千元
に せんえん 二千円 ni.se.n.e.n 兩千元	さんぜんえん 三千円 sa.n.ze.n.e.n 三千元	よんせんえん 四千円 yo.n.se.n.e.n 四千元	ご せんえん 五千円 go.se.n.e.n 五千元

六千円
ろくせんえん
ro.ku.se.ne.n
六千元

七千円
ななせんえん
na.na.se.ne.n
七千元

八千円
はっせんえん
ha.s.se.ne.n
八千元

九千円
きゅうせんえん
kyu.u.se.ne.n
九千元

一万円
いちまんえん
i.chi.ma.ne.n
一萬元

五十万円
ごじゅうまんえん
go.ju.u.ma.ne.n
五十萬元

百万円
ひゃくまんえん
hya.ku.ma.ne.n
一百萬元

一万円を
落としちゃった！

¥10000

樓層

1 何階ですか。
なんがい
na.n.ga.i.de.su.ka

幾樓？

一階
いっかい
i.k.ka.i
一樓

二階
にかい
ni.ka.i
二樓

三階
さんがい
sa.n.ga.i
三樓

四階
よんかい
yo.n.ka.i
四樓

五階
ごかい
go.ka.i
五樓

六階
ろっかい
ro.k.ka.i
六樓

七階
ななかい
na.na.ka.i
七樓

八階
はちかい／はっかい
ha.chi.ka.i／
ha.k.ka.i
八樓

九階
きゅうかい
kyu.u.ka.i
九樓

十階
じゅっかい／じっかい
ju.k.ka.i／
ji.k.ka.i
十樓

地下一階
ちかいっかい
chi.ka.i.k.ka.i
地下一樓

屋上
おくじょう
o.ku.jo.o
屋頂

十階に
住んでます。

何階に
住んでますか？

分數

半分
ha.n.bu.n
一半、二分之一

二分の一
ni.bu.n.no.i.chi
二分之一

三分の一
sa.n.bu.n.no.i.chi
三分之一

四分の一
yo.n.bu.n.no.i.chi
四分之一

半分しか
ないよ！

茶、咖啡等杯裝飲料或麵飯

1 何杯ですか。　　　　　　　　　　幾杯（碗）？
na.n.ba.i.de.su.ka

一杯
i.p.pa.i
一杯（碗）

二杯
ni.ha.i
兩杯（碗）

三杯
sa.n.ba.i
三杯（碗）

四杯
yo.n.ha.i
四杯（碗）

五杯
go.ha.i
五杯（碗）

六杯
ro.p.pa.i
六杯（碗）

七杯
na.na.ha.i
七杯（碗）

八杯
ha.p.pa.i
八杯（碗）

ご飯を三杯も
食べた！

九杯
kyu.u.ha.i
九杯（碗）

十杯
ju.p.pa.i／
ji.p.pa.i
十杯（碗）

紙、衣服等扁薄的物品

1 何枚ですか。
（なんまい）
na.n.ma.i.de.su.ka

幾張（件）？

一枚 （いちまい） i.chi.ma.i 一張（件）	二枚 （にまい） ni.ma.i 兩張（件）	三枚 （さんまい） sa.n.ma.i 三張（件）	四枚 （よんまい） yo.n.ma.i 四張（件）	五枚 （ごまい） go.ma.i 五張（件）
六枚 （ろくまい） ro.ku.ma.i 六張（件）	七枚 （ななまい） na.na.ma.i 七張（件）	八枚 （はちまい） ha.chi.ma.i 八張（件）	九枚 （きゅうまい） kyu.u.ma.i 九張（件）	十枚 （じゅうまい） ju.u.ma.i 十張（件）

筆、樹木、酒瓶或褲子等細長物

1 何本ですか。
（なんぼん）
na.n.bo.n.de.su.ka

幾枝（棵、瓶）？

一本 （いっぽん） i.p.po.n 一枝（棵、瓶）	二本 （にほん） ni.ho.n 兩枝（棵、瓶）	三本 （さんぼん） sa.n.bo.n 三枝（棵、瓶）	四本 （よんほん） yo.n.ho.n 四枝（棵、瓶）
五本 （ごほん） go.ho.n 五枝（棵、瓶）	六本 （ろっぽん） ro.p.po.n 六枝（棵、瓶）	七本 （ななほん） na.na.ho.n 七枝（棵、瓶）	八本 （はっぽん） ha.p.po.n 八枝（棵、瓶）
九本 （きゅうほん） kyu.u.ho.n 九枝（棵、瓶）	十本 （じゅっぽん／じっぽん） ju.p.po.n／ ji.p.po.n 十枝（棵、瓶）		

お酒が六本あるよ！

1 何足ですか。
なんそく
na.n.so.ku.de.su.ka

幾雙?

いっそく 一足 i.s.so.ku 一雙	に そく 二足 ni.so.ku 兩雙	さんそく 三足 sa.n.so.ku 三雙	よんそく 四足 yo.n.so.ku 四雙	ご そく 五足 go.so.ku 五雙
ろくそく 六足 ro.ku.so.ku 六雙	ななそく 七足 na.na.so.ku 七雙	はっそく 八足 ha.s.so.ku 八雙	きゅうそく 九足 kyu.u.so.ku 九雙	じゅっそく／じっそく 十足 ju.s.so.ku／ ji.s.so.ku 十雙

衣服

1 何着ですか。
なんちゃく
na.n.cha.ku.de.su.ka

幾套?

いっちゃく 一着 i.c.cha.ku 一套	に ちゃく 二着 ni.cha.ku 兩套	さんちゃく 三着 sa.n.cha.ku 三套	よんちゃく 四着 yo.n.cha.ku 四套
ごちゃく 五着 go.cha.ku 五套	ろくちゃく 六着 ro.ku.cha.ku 六套	ななちゃく 七着 na.na.cha.ku 七套	はっちゃく 八着 ha.c.cha.ku 八套
きゅうちゃく 九着 kyu.u.cha.ku 九套	じゅっちゃく／じっちゃく 十着 ju.c.cha.ku／ ji.c.cha.ku 十套		

體重或物品重量

1 何キロですか。
な ん
na.n.ki.ro.de.su.ka

幾公斤？

いち 一キロ i.chi.ki.ro 一公斤	に 二キロ ni.ki.ro 兩公斤	さん 三キロ sa.n.ki.ro 三公斤	よん 四キロ yo.n.ki.ro 四公斤	ご 五キロ go.ki.ro 五公斤
ろっ 六キロ ro.k.ki.ro 六公斤	なな 七キロ na.na.ki.ro 七公斤	はち 八キロ ha.chi.ki.ro 八公斤	きゅう 九キロ kyu.u.ki.ro 九公斤	じゅっ／じっ 十キロ ju.k.ki.ro／ ji.k.ki.ro 十公斤

餐點

1 何人前ですか。
な ん に ん ま え
na.n.ni.n.ma.e.de.su.ka

幾人份？

いちにんまえ 一人前 i.chi.ni.n.ma.e 一人份	に にん まえ 二人前 ni.ni.n.ma.e 兩人份	さんにんまえ 三人前 sa.n.ni.n.ma.e 三人份	よ にん まえ 四人前 yo.ni.n.ma.e 四人份
ご にん まえ 五人前 go.ni.n.ma.e 五人份	ろくにんまえ 六人前 ro.ku.ni.n.ma.e 六人份	しちにんまえ 七人前 shi.chi.ni.n.ma.e 七人份	はちにんまえ 八人前 ha.chi.ni.n.ma.e 八人份
きゅうにん まえ 九人前 kyu.u.ni.n.ma.e 九人份	じゅうにんまえ 十人前 ju.u.ni.n.ma.e 十人份		

ご飯の時間よ！

打數

028

1 <ruby>何<rt>なん</rt></ruby>ダースですか。
na.n.da.a.su.de.su.ka

幾打？

<ruby>一<rt>いち</rt></ruby>ダース i.chi.da.a.su 一打	<ruby>二<rt>に</rt></ruby>ダース ni.da.a.su 兩打	<ruby>三<rt>さん</rt></ruby>ダース sa.n.da.a.su 三打	<ruby>四<rt>よん</rt></ruby>ダース yo.n.da.a.su 四打	<ruby>五<rt>ご</rt></ruby>ダース go.da.a.su 五打
<ruby>六<rt>ろく</rt></ruby>ダース ro.ku.da.a.su 六打	<ruby>七<rt>なな</rt></ruby>ダース na.na.da.a.su 七打	<ruby>八<rt>はち</rt></ruby>ダース ha.chi.da.a.su 八打	<ruby>九<rt>きゅう</rt></ruby>ダース kyu.u.da.a.su 九打	<ruby>十<rt>じゅう</rt></ruby>ダース ju.u.da.a.su 十打

成組成對的物品

1 <ruby>何組<rt>なんくみ</rt></ruby>ですか。
na.n.ku.mi.de.su.ka

幾組（對）？

<ruby>一組<rt>ひとくみ</rt></ruby> hi.to.ku.mi 一組（對）	<ruby>二組<rt>ふたくみ</rt></ruby> fu.ta.ku.mi 兩組（對）	<ruby>三組<rt>さんくみ</rt></ruby> sa.n.ku.mi 三組（對）	<ruby>四組<rt>よんくみ</rt></ruby> yo.n.ku.mi 四組（對）	<ruby>五組<rt>ご　くみ</rt></ruby> go.ku.mi 五組（對）
<ruby>六組<rt>ろっくみ</rt></ruby> ro.k.ku.mi 六組（對）	<ruby>七組<rt>しちくみ／ななくみ</rt></ruby> shi.chi.ku.mi/ na.na.ku.mi 七組（對）	<ruby>八組<rt>はちくみ</rt></ruby> ha.chi.ku.mi 八組（對）	<ruby>九組<rt>きゅうくみ</rt></ruby> kyu.u.ku.mi 九組（對）	<ruby>十組<rt>じゅっくみ／じっくみ</rt></ruby> ju.k.ku.mi/ ji.k.ku.mi 十組（對）

わぁ～
うれしい！

一組のピアスを
買ってきたよ！

藥片

1 何錠ですか。 なんじょう
na.n.jo.o.de.su.ka

幾顆？

いちじょう 一錠 i.chi.jo.o 一顆	に じょう 二錠 ni.jo.o 兩顆	さんじょう 三錠 sa.n.jo.o 三顆	よんじょう 四錠 yo.n.jo.o 四顆	ご じょう 五錠 go.jo.o 五顆
ろくじょう 六錠 ro.ku.jo.o 六顆	ななじょう 七錠 na.na.jo.o 七顆	はちじょう 八錠 ha.chi.jo.o 八顆	きゅうじょう 九錠 kyu.u.jo.o 九顆	じゅうじょう 十錠 ju.u.jo.o 十顆

顆粒狀物品

1 何粒ですか。 なんつぶ
na.n.tsu.bu.de.su.ka

幾粒？

ひとつぶ 一粒 hi.to.tsu.bu 一粒	ふたつぶ 二粒 fu.ta.tsu.bu 兩粒	さんつぶ 三粒 sa.n.tsu.bu 三粒	よんつぶ 四粒 yo.n.tsu.bu 四粒
ごつぶ 五粒 go.tsu.bu 五粒	ろくつぶ 六粒 ro.ku.tsu.bu 六粒	ななつぶ 七粒 na.na.tsu.bu 七粒	はっつぶ 八粒 ha.t.tsu.bu 八粒
きゅうつぶ 九粒 kyu.u.tsu.bu 九粒	じゅっつぶ 十粒 ju.t.tsu.bu 十粒		

くすり
何粒飲めば
いい？

029

機器或車輛

1 何台ですか。 (なんだい)
na.n.da.i.de.su.ka

幾台？

いちだい 一台 i.chi.da.i 一台	に だい 二台 ni.da.i 兩台	さんだい 三台 sa.n.da.i 三台	よんだい 四台 yo.n.da.i 四台	ご だい 五台 go.da.i 五台
ろくだい 六台 ro.ku.da.i 六台	ななだい 七台 na.na.da.i 七台	はちだい 八台 ha.chi.da.i 八台	きゅう だい 九台 kyu.u.da.i 九台	じゅう だい 十台 ju.u.da.i 十台

コンピューターを三台持ってるよ!

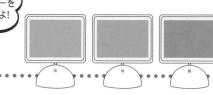

順序

1 何番ですか。 (なんばん)
na.n.ba.n.de.su.ka

幾號？

いちばん 一番 i.chi.ba.n 一號	に ばん 二番 ni.ba.n 二號	さんばん 三番 sa.n.ba.n 三號	よんばん 四番 yo.n.ba.n 四號	ご ばん 五番 go.ba.n 五號
ろくばん 六番 ro.ku.ba.n 六號	ななばん 七番 na.na.ba.n 七號	はちばん 八番 ha.chi.ba.n 八號	きゅうばん 九番 kyu.u.ba.n 九號	じゅうばん 十番 ju.u.ba.n 十號

小動物、昆蟲，如貓、犬、蚊子等

1 <ruby>何匹<rt>なんびき</rt></ruby>いますか。
na.n.bi.ki.i.ma.su.ka

幾隻？

<ruby>一匹<rt>いっぴき</rt></ruby> i.p.pi.ki 一隻	<ruby>二匹<rt>に ひき</rt></ruby> ni.hi.ki 兩隻	<ruby>三匹<rt>さんびき</rt></ruby> sa.n.bi.ki 三隻	<ruby>四匹<rt>よんひき</rt></ruby> yo.n.hi.ki 四隻	<ruby>五匹<rt>ご ひき</rt></ruby> go.hi.ki 五隻
<ruby>六匹<rt>ろっぴき</rt></ruby> ro.p.pi.ki 六隻	<ruby>七匹<rt>ななひき</rt></ruby> na.na.hi.ki 七隻	<ruby>八匹<rt>はっぴき</rt></ruby> ha.p.pi.ki 八隻	<ruby>九匹<rt>きゅう ひき</rt></ruby> kyu.u.hi.ki 九隻	<ruby>十匹<rt>じゅっぴき／じっぴき</rt></ruby> ju.p.pi.ki／ ji.p.pi.ki 十隻

大動物，如大象、老虎、牛、馬等

1 <ruby>何頭<rt>なんとう</rt></ruby>いますか。
na.n.to.o.i.ma.su.ka

幾頭？

<ruby>一頭<rt>いっとう</rt></ruby> i.t.to.o 一頭	<ruby>二頭<rt>に とう</rt></ruby> ni.to.o 兩頭	<ruby>三頭<rt>さんとう</rt></ruby> sa.n.to.o 三頭	<ruby>四頭<rt>よんとう</rt></ruby> yo.n.to.o 四頭	<ruby>五頭<rt>ご とう</rt></ruby> go.to.o 五頭
<ruby>六頭<rt>ろくとう</rt></ruby> ro.ku.to.o 六頭	<ruby>七頭<rt>ななとう</rt></ruby> na.na.to.o 七頭	<ruby>八頭<rt>はっとう</rt></ruby> ha.t.to.o 八頭	<ruby>九頭<rt>きゅう とう</rt></ruby> kyu.u.to.o 九頭	<ruby>十頭<rt>じゅっとう</rt></ruby> ju.t.to.o 十頭

象は何頭いますか？

二頭います。

鳥類、兔子

1 何羽いますか。
なんわ
na.n.wa.i.ma.su.ka

幾隻？

いち わ 一羽 i.chi.wa 一隻	に わ 二羽 ni.wa 兩隻	さん わ 三羽 sa.n.wa 三隻	よん わ 四羽 yo.n.wa 四隻	ご わ 五羽 go.wa 五隻
ろく わ 六羽 ro.ku.wa 六隻	しちわ／ななわ 七羽 shi.chi.wa／ na.na.wa 七隻	はち わ 八羽 ha.chi.wa 八隻	きゅう わ 九羽 kyu.u.wa 九隻	じゅう わ 十羽 ju.u.wa 十隻

年齢

1 いくつですか。
i.ku.tsu.de.su.ka

幾歲？

いっさい 一歳 i.s.sa.i 一歲	に さい 二歳 ni.sa.i 兩歲	さんさい 三歳 sa.n.sa.i 三歲	よんさい 四歳 yo.n.sa.i 四歲	ご さい 五歳 go.sa.i 五歲
ろくさい 六歳 ro.ku.sa.i 六歲	ななさい 七歳 na.na.sa.i 七歲	はっさい 八歳 ha.s.sa.i 八歲	きゅう さい 九歳 kyu.u.sa.i 九歲	じゅっさい／じっさい 十歳 ju.s.sa.i／ ji.s.sa.i 十歲
はたち 二十歳 ha.ta.chi 二十歲	ひゃくさい 百歳 hya.ku.sa.i 一百歲			

わたしは
五歳です。

ぼくは
四歳です。

書籍、雑誌

1 何冊ですか。
なんさつ
na.n.sa.tsu.de.su.ka

幾冊？

いっさつ 一冊 i.s.sa.tsu 一冊	に さつ 二冊 ni.sa.tsu 二冊	さんさつ 三冊 sa.n.sa.tsu 三冊	よんさつ 四冊 yo.n.sa.tsu 四冊	ご さつ 五冊 go.sa.tsu 五冊
ろくさつ 六冊 ro.ku.sa.tsu 六冊	ななさつ 七冊 na.na.sa.tsu 七冊	はっさつ 八冊 ha.s.sa.tsu 八冊	きゅう さつ 九冊 kyu.u.sa.tsu 九冊	じゅっさつ／じっさつ 十冊 ju.s.sa.tsu／ ji.s.sa.tsu 十冊

もう5冊
読んだよ！

漫畫、叢書

1 何巻ですか。
なんかん
na.n.ka.n.de.su.ka

幾本？

いっかん 一巻 i.k.ka.n 一本	に かん 二巻 ni.ka.n 兩本	さんかん 三巻 sa.n.ka.n 三本	よんかん 四巻 yo.n.ka.n 四本	ご かん 五巻 go.ka.n 五本
ろっかん 六巻 ro.k.ka.n 六本	ななかん 七巻 na.na.ka.n 七本	はっかん 八巻 ha.k.ka.n 八本	きゅう かん 九 巻 kyu.u.ka.n 九本	じゅっかん／じっかん 十巻 ju.k.ka.n／ ji.k.ka.n 十本

PART 4

部屋代は
いくらですか？

飯店

🌿 尋找飯店

1 いい 宿泊先 を教えていただけますか。
i.i.shu.ku.ha.ku.sa.ki.o
o.shi.e.te.i.ta.da.ke.ma.su.ka

能告訴我哪裡有不錯的投宿地方嗎？

2 いい ホテル を紹介していただけますか。
i.i.ho.te.ru.o.sho.o.ka.i.shi.te.i.ta.da.ke.ma.su.ka

能幫我介紹好的飯店嗎？

3 この近くに ホテル はありますか。
ko.no.chi.ka.ku.ni.ho.te.ru.wa.a.ri.ma.su.ka

這附近有飯店嗎？

↳ 🍌 你也可以將 ◯ 裡的字代換成以下詞彙喔！

＊旅館
ryo.ka.n

旅館

＊民宿
mi.n.shu.ku

民宿

🌿 詢問房間價錢

1 部屋代はいくらですか。
he.ya.da.i.wa.i.ku.ra.de.su.ka

房間價格多少呢？

2 もっと安い部屋はありますか。
mo.t.to.ya.su.i.he.ya.wa.a.ri.ma.su.ka

有沒有更便宜的房間呢？

3 一泊五千円以下の部屋がいいです。
i.p.pa.ku.go.se.n.e.n.i.ka.no.he.ya.ga.i.i.de.su

我想要一晚五千元以下的房間。

🌿 預約

1 予約がいりますか。
yo.ya.ku.ga.i.ri.ma.su.ka

需要預約嗎？

2 予約しないで泊まれますか。

よ やく と

yo.ya.ku.shi.na.i.de.to.ma.re.ma.su.ka

沒有預約可以投宿嗎？

會話①

部屋を予約したいのですが。
へ や よやく
he.ya.o.yo.ya.ku.shi.ta.i.no.de.su.ga

我想預約房間。

いつお泊りになりますか。
とま
i.tsu.o.to.ma.ri.ni.na.ri.ma.su.ka

請問何時住宿呢？

八月六日から二泊です。
はちがつ むいか に はく
ha.chi.ga.tsu.mu.i.ka.ka.ra
ni.ha.ku.de.su

我預定八月六日開始
住兩個晚上。

何名さまですか。
なんめい
na.n.me.i.sa.ma.de.su.ka

總共幾位呢？

二人です。
ふたり
fu.ta.ri.de.su

兩位。

ダブルですか、ツインですか。
da.bu.ru.de.su.ka、tsu.i.n.de.su.ka

請問要雙人床呢、還
是兩張單人床？

ツインでお願いします。
ねが
tsu.i.n.de.o.ne.ga.i.shi.ma.su

麻煩你給我兩張單人
床。

かしこまりました。
ka.shi.ko.ma.ri.ma.shi.ta

好的。

會話②

今晩部屋は空いてますか。
こんばん へ や あ
ko.n.ba.n.he.ya.wa.a.i.te.ma.su.ka

今晚有空房嗎？

申し訳ございません。本日は満室です。
もう わけ ほんじつ まんしつ
mo.o.shi.wa.ke.go.za.i.ma.se.n。
ho.n.ji.tsu.wa.ma.n.shi.tsu.de.su

非常抱歉。
今天都客滿了。

今晩部屋
は空いて
ますか？

バナナ ホテル

申し訳
ございません。
本日は満室です。

Front

住房登記

1 少し遅く到着します。
すこ おそ とうちゃく
su.ko.shi.o.so.ku.to.o.cha.ku.shi.ma.su

我會稍微晚到。

2 今夜十時半ごろホテルに着きます。
こん や じゅうじ はん つ
ko.n.ya.ju.u.ji.ha.n.go.ro.ho.te.ru.ni.tsu.ki.ma.su

今晚十點半左右會抵達飯店。

3 チェックインをお願いします。
ねが
che.k.ku.i.n.o.o.ne.ga.i.shi.ma.su

麻煩你我要辦理住房登記。

4 シングルの部屋を予約してあります。
へ や よ やく
shi.n.gu.ru.no.he.ya.o.yo.ya.ku.shi.te.a.ri.ma.su

我有預約單人房。

會話❶

今日の宿泊を予約していたのですが。
きょう しゅくはく よ やく
kyo.o.no.shu.ku.ha.ku.o
yo.ya.ku.shi.te.i.ta.no.de.su.ga

我預約了今天住宿。

お名前は。
な まえ
o.na.ma.e.wa

請問貴姓大名。

張です。
ちょう
cho.o.de.su

我姓張。

パスポートを見せてください。
み
pa.su.po.o.to.o.mi.se.te.ku.da.sa.i

麻煩護照給我看一下。

こちらに署名をお願いします。
しょめい ねが
ko.chi.ra.ni.sho.me.i.o.o.ne.ga.i.shi.ma.su

請在這裡簽名。

チェックアウトは十一時です。
じゅういち じ
che.k.ku.a.u.to.wa.ju.u.i.chi.ji.de.su

退房時間是11點。

ごゆっくりおくつろぎください。
go.yu.k.ku.ri.o.ku.tsu.ro.gi.ku.da.sa.i

請好好休息。

お名前は。

今日の宿泊を予約していたのですが。

Front

予約してありますか。
yo.ya.ku.shi.te.a.ri.ma.su.ka

有預約嗎？

予約してありません。
yo.ya.ku.shi.te.a.ri.ma.se.n

沒有預約。

飯店服務

🔊 032

1 朝食つきですか。
cho.o.sho.ku.tsu.ki.de.su.ka

有附早餐嗎？

2 朝食を部屋に届けてもらえますか。
cho.o.sho.ku.o.he.ya.ni
to.do.ke.te.mo.ra.e.ma.su.ka

可以請你把早餐送到房間來嗎？

3 もう一枚毛布をいただけますか。
mo.o.i.chi.ma.i.mo.o.fu.o.i.ta.da.ke.ma.su.ka

可以再跟你要一條毛毯嗎？

4 モーニングコールをお願いできますか。
mo.o.ni.n.gu.ko.o.ru.o.o.ne.ga.i.de.ki.ma.su.ka

請用電話叫醒我好嗎？

5 これを預かってください。
ko.re.o.a.zu.ka.t.te.ku.da.sa.i

請幫我保管這個東西。

6 インターネットは使えますか？
i.n.ta.a.ne.t.to.wa.tsu.ka.e.ma.su.ka

請問可以使用網路嗎？

7 無線LANはありますか？
mu.se.n.ra.n.wa.a.ri.ma.su.ka

請問有沒有無線網路呢？

8 チェックアウト後に、荷物を預かってもらえますか？
che.k.ku.a.u.to.go.ni、ni.mo.tsu.o.a.zu.ka.t.te.
mo.ra.e.ma.su.ka

退房後行李可以寄放在這裡嗎？

9 ベビーベッドのレンタルはありますか？
be.bi.i.be.d.do.no.re.n.ta.ru.wa.a.ri.ma.su.ka

請問有提供出借嬰兒床嗎？

クリーニングをお願_{ねが}いします。
ku.ri.i.ni.n.gu.o.o.ne.ga.i.shi.ma.su

我有衣物想麻煩送洗。

はい。
ha.i

好的。

いつできますか。
i.tsu.de.ki.ma.su.ka

什麼時候可以好？

今日中_{きょう じゅう}にできます。
kyo.o.ju.u.ni.de.ki.ma.su

今天就可以好了。

料金_{りょうきん}はいつ払_{はら}えばいいですか。
ryo.o.ki.n.wa.i.tsu.ha.ra.e.ba.i.i.de.su.ka

什麼時候付費呢？

先払_{さきばら}い／後払_{あとばら}いでお願_{ねが}いします。
sa.ki.ba.ra.i ／ a.to.ba.ra.i.de.o.ne.ga.i.shi.
ma.su

要請您先付款。／之後
（送洗完）再付款。

有狀況時

1 ドアの鍵_{かぎ}がかかりません。
do.a.no.ka.gi.ga.ka.ka.ri.ma.se.n

門鎖不上。

2 冷房_{れいぼう}（暖房_{だんぼう}）がききません。
re.i.bo.o.(da.n.bo.o)ga.ki.ki.ma.se.n

冷氣不冷。（暖氣不暖）

3 トイレの水_{みず}が止_とまりません。
to.i.re.no.mi.zu.ga.to.ma.ri.ma.se.n

廁所的水流不停。

4 テレビの調子_{ちょうし}が悪_{わる}いようです。
te.re.bi.no.cho.o.shi.ga.wa.ru.i.yo.o.de.su

電視好像有點怪怪的。

5 お湯_ゆが出_でません。
o.yu.ga.de.ma.se.n

熱水流不出來。

6 シャワーのお湯_ゆが熱_{あつ}すぎます。
sha.wa.a.no.o.yu.ga.a.tsu.su.gi.ma.su

蓮蓬頭的水太燙了。

7 電気_{でんき}がつきません。
de.n.ki.ga.tsu.ki.ma.se.n

電燈不亮。

8 タオル がありません。
ta.o.ru.ga.a.ri.ma.se.n

沒有毛巾。

↳ 🍌 你也可以將 ▢ 裡的字代換成以下詞彙喔！

＊せっけん
se.k.ke.n

肥皂

＊シャンプー
sha.n.pu.u

洗髮精

9 隣の部屋がすごく騒がしいです。
to.na.ri.no.he.ya.ga.su.go.ku
sa.wa.ga.shi.i.de.su

隔壁房太吵了。

10 洗濯物がまだきていません。
se.n.ta.ku.mo.no.ga.ma.da.ki.te.i.ma.se.n

我的送洗衣物還沒拿到。

11 部屋に鍵を忘れたまましめてしまいました。
he.ya.ni.ka.gi.o.wa.su.re.ta.ma.ma
shi.me.te.shi.ma.i.ma.shi.ta

我把門鎖上，但是鑰匙忘在房間裡了。

↳ 🍌 遇到狀況時，你可以這樣說喔！

＊調節の方法を教えて下さい。
cho.o.se.tsu.no.ho.o.ho.o.o
o.shi.e.te.ku.da.sa.i

請告訴我調節的方法。

＊部屋を変えていただけますか。
he.ya.o.ka.e.te.i.ta.da.ke.ma.su.ka

可以請你幫我換房間嗎？

🌱 辦理退房

1 チェックアウトします。
che.k.ku.a.u.to.shi.ma.su

我要退房。

2 領収書をお願いします。
ryo.o.shu.u.sho.o.o.ne.ga.i.shi.ma.su

麻煩給我收據。

3 予定より一日早く出ます。
yo.te.i.yo.ri.i.chi.ni.chi.ha.ya.ku.de.ma.su

我要比預定的時間早一天離開。

4 もう一泊延長できますか。
mo.o.i.p.pa.ku.e.n.cho.o.de.ki.ma.su.ka

可以再延長住一晚嗎？

5 クレジットカードで払_{はら}います。
ku.re.ji.t.to.ka.a.do.de.ha.ra.i.ma.su

我要用信用卡付款。

6 タクシーを呼_よんでいただけますか。
ta.ku.shi.i.o.yo.n.de.i.ta.da.ke.ma.su.ka

能幫我叫計程車嗎？

7 部屋_{へや}に忘_{わす}れ物_{もの}をしました。
he.ya.ni.wa.su.re.mo.no.o.shi.ma.shi.ta

我把東西忘在房間裡了。

じゃ、一階で
まってます。

部屋に忘れ物
をしました。

 單字充電站

◀ 033

預約

シングル shi.n.gu.ru 單人房	ツイン tsu.i.n 雙人房 （兩張單人床）	ダブル da.bu.ru 雙人房 （一張雙人床）	予約_{よやく} yo.ya.ku 預約
バス付き ba.su.tsu.ki 有浴室	朝食付_{ちょうしょくつ}き cho.o.sho.ku.tsu.ki 附早餐	二食付_{にしょくつ}き ni.sho.ku.tsu.ki 附兩餐	エアコン付_つき e.a.ko.n.tsu.ki 有空調

室内用品・設備

暖房_{だんぼう} da.n.bo.o 暖氣	トイレ to.i.re 廁所	浴室_{よくしつ} yo.ku.shi.tsu 浴室	ベッド be.d.do 床	布団_{ふとん} fu.to.n 棉被

毛布 mo.o.fu 毛毯	シーツ shi.i.tsu 床單、被單	枕 ma.ku.ra 枕頭 	タオル ta.o.ru 毛巾
加湿器 ka.shi.tsu.ki 加濕器	スリッパ su.ri.p.pa 拖鞋	冷蔵庫 re.i.zo.o.ko 冰箱	ハンガー ha.n.ga.a 衣架

其他

フロント fu.ro.n.to 櫃檯	ルームナンバー ru.u.mu.na.n.ba.a 房間號碼	キー／鍵 ki.i／ka.gi 鑰匙	和室 wa.shi.tsu 和室
洋室 yo.o.shi.tsu 洋室	お風呂 o.fu.ro 浴池	露天風呂 ro.te.n.bu.ro 露天浴池	温泉 o.n.se.n 溫泉
男湯 o.to.ko.yu 男用浴池	女湯 o.n.na.yu 女用浴池	お手洗い o.te.a.ra.i 洗手間	朝食 cho.o.sho.ku 早餐
ランチ ra.n.chi 午餐	ディナー di.na.a 晚餐		

露天風呂は
いいな〜

両替をしたい
のです。

銀行

尋找・詢問

1 銀行はどこですか。
ぎんこう
gi.n.ko.o.wa.do.ko.de.su.ka
銀行在哪裡？

2 一番近い銀行はどこですか。
いちばんちか　　ぎんこう
i.chi.ba.n.chi.ka.i.gi.n.ko.o.wa.do.ko.de.su.ka
最近的銀行在哪裡？

3 銀行は何時に開きますか。
ぎんこう　　なんじ　あ
gi.n.ko.o.wa.na.n.ji.ni.a.ki.ma.su.ka
銀行幾點開門？

4 ATMはどこにありますか？
e.i.ti.i.e.mu.wa.do.ko.ni.a.ri.ma.su.ka
請問哪裡有ATM自動櫃員機？

在櫃檯－客人要求

1 両替をしたいのです。
りょうがえ
ryo.o.ga.e.o.shi.ta.i.no.de.su
我想要兌換錢。

2 口座を開きたいのです。
こうざ　　ひら
ko.o.za.o.hi.ra.ki.ta.i.no.de.su
我想開戶。

3 トラベラーズチェックを現金に替えたいの
です。
げんきん　か
to.ra.be.ra.a.zu.che.k.ku.o.ge.n.ki.n.ni
ka.e.ta.i.no.de.su
我想將旅行支票換成現金。

4 この用紙の書き方を教えていただけませんか。
ようし　か　かた　おし
ko.no.yo.o.shi.no.ka.ki.ka.ta.o
o.shi.e.te.i.ta.da.ke.ma.se.n.ka
能告訴我如何寫這張表格嗎？

在櫃檯－服務人員的指示

1 ここにサインをしてください。
ko.ko.ni.sa.i.n.o.shi.te.ku.da.sa.i
請在這裡簽名。

2 確認<ruby>確認<rt>かくにん</rt></ruby>してください。
ka.ku.ni.n.shi.te.ku.da.sa.i

請確認一下。

3 訂正<ruby>訂正<rt>ていせい</rt></ruby>してください。
te.i.se.i.shi.te.ku.da.sa.i

請訂正一下。

4 印鑑<ruby>印鑑<rt>いんかん</rt></ruby>をお願<ruby>願<rt>ねが</rt></ruby>いします。
i.n.ka.n.o.o.ne.ga.i.shi.ma.su

麻煩印章給我一下。

5 パスポートを見<ruby>見<rt>み</rt></ruby>せてください。
pa.su.po.o.to.o.mi.se.te.ku.da.sa.i

請給我看一下護照。

使用提款機領錢時

1 この機械<ruby>機械<rt>きかい</rt></ruby>の使<ruby>使<rt>つか</rt></ruby>い方<ruby>方<rt>かた</rt></ruby>を教<ruby>教<rt>おし</rt></ruby>えてください。
ko.no.ki.ka.i.no.tsu.ka.i.ka.ta.o
o.shi.e.te.ku.da.sa.i

請教我如何使用這個機器。

2 お金<ruby>金<rt>かね</rt></ruby>が出<ruby>出<rt>で</rt></ruby>ません。
o.ka.ne.ga.de.ma.se.n

錢沒有出來。

3 暗証番号<ruby>暗証番号<rt>あんしょうばんごう</rt></ruby>を忘<ruby>忘<rt>わす</rt></ruby>れました。
a.n.sho.o.ba.n.go.o.o.wa.su.re.ma.shi.ta

我忘記密碼了。

4 キャッシュカードをなくしました。
kya.s.shu.ka.a.do.o.na.ku.shi.ma.shi.ta

我遺失了提款卡。

兌換

1 どこで両替<ruby>両替<rt>りょうがえ</rt></ruby>できますか。
do.ko.de.ryo.o.ga.e.de.ki.ma.su.ka

哪裡可以換錢呢？

2 両替<ruby>両替<rt>りょうがえ</rt></ruby>していただけますか。
ryo.o.ga.e.shi.te.i.ta.da.ke.ma.su.ka

能幫我換錢嗎？

3 １ドルはいくらですか。
i.chi.do.ru.wa.i.ku.ra.de.su.ka

一美元等於多少日幣呢？

4 交換<ruby>交換<rt>こうかん</rt></ruby>レートはいくらですか。
ko.o.ka.n.re.e.to.wa.i.ku.ra.de.su.ka

匯率是多少呢？

5 ドルを円<ruby>円<rt>えん</rt></ruby>に換<ruby>換<rt>か</rt></ruby>えたいです。
do.ru.o.e.n.ni.ka.e.ta.i.de.su

我想將美元換成日幣。

6 千円札にくずしてください。
せんえんさつ
se.n.e.n.sa.tsu.ni.ku.zu.shi.te.ku.da.sa.i

請幫我換成一仟元鈔票。

7 小銭に替えていただけませんか。
こぜに　か
ko.ze.ni.ni.ka.e.te.i.ta.da.ke.ma.se.n.ka

能幫我換成零錢嗎？

 匯款

1 台湾に送金したいのです。
たいわん　そうきん
ta.i.wa.n.ni.so.o.ki.n.shi.ta.i.no.de.su

我要匯款到台灣。

2 振込用紙の書き方を教えていただけませんか。
ふりこみようし　か　かた　おし
fu.ri.ko.mi.yo.o.shi.no.ka.ki.ka.ta.o
o.shi.e.te.i.ta.da.ke.ma.se.n.ka

能不能教我如何寫匯款
單？

3 明日の昼までにお金は届きますか。
あした　ひる　かね　とど
a.shi.ta.no.hi.ru.ma.de.ni
o.ka.ne.wa.to.do.ki.ma.su.ka

明天中午前能匯到嗎？

會話

お金を振り込みたいのです。
かね　ふ　こ
o.ka.ne.o.fu.ri.ko.mi.ta.i.no.de.su

我想匯款。

こちらの振込用紙に記入してください。
ふりこみようし　きにゅう
ko.chi.ra.no.fu.ri.ko.mi.yo.o.shi.ni
ki.nyu.u.shi.te.ku.da.sa.i

請填寫這張匯款單。

 其他

1 残高照会が知りたいのです。
ざんだかしょうかい　し
za.n.da.ka.sho.o.ka.i.ga.shi.ri.ta.i.no.de.su

我想知道我的存款餘額。

2 手数料はいくらですか。
てすうりょう
te.su.u.ryo.o.wa.i.ku.ra.de.su.ka

手續費是多少呢？

残高照会が知りたいのです。

銀行

はい、かしこまりました。

BANK

銀行・兌換

お金
（かね）
o.ka.ne
錢

細かいお金／小銭
（こま）（かね）（こ ぜに）
ko.ma.ka.i.o.ka.ne／ko.ze.ni
零錢

お札
（さつ）
o.sa.tsu
鈔票

小切手
（こ ぎって）
ko.gi.t.te
支票

トラベラーズチェック
to.ra.be.ra.a.zu.che.k.ku
旅行支票

外国為替
（がいこくかわ せ）
ga.i.ko.ku.ka.wa.se
國外匯兌

口座
（こう ざ）
ko.o.za
戶頭

通帳
（つうちょう）
tsu.u.cho.o
存摺

キャッシュカード
kya.s.shu.ka.a.do
金融卡

窓口
（まどぐち）
ma.do.gu.chi
櫃檯（窗口）

支店
（し てん）
shi.te.n
分行

両替
（りょうがえ）
ryo.o.ga.e
兌錢

振込み
（ふり こ）
fu.ri.ko.mi
匯款

引き出し
（ひ だ）
hi.ki.da.shi
領錢

送金
（そうきん）
so.o.ki.n
送款

為替レート
（かわせ）
ka.wa.se.re.e.to
匯率

自動引き落とし
（じ どう ひ）（お）
ji.do.o.hi.ki.o.to.shi
自動提款

残高
（ざんだか）
za.n.da.ka
餘額

円
（えん）
e.n
日元

ドル
do.ru
美元

台湾ドル
（たいわん）
ta.i.wa.n.do.ru
台幣

キャッシュカード
を無くした！

いらっしゃいませ。

🔊 036

餐廳

 尋找餐廳

1 いいレストランを紹介していただけますか。
i.i.re.su.to.ra.n.o
sho.o.ka.i.shi.te.i.ta.da.ke.ma.su.ka

能幫我介紹好的餐廳嗎？

2 この近くに安くておいしいレストランが
ありますか。
ko.no.chi.ka.ku.ni.ya.su.ku.te.o.i.shi.i
re.su.to.ra.n.ga.a.ri.ma.su.ka

這附近有沒有便宜又好
吃的餐廳呢？

3 このあたりに日本料理店がありますか。
ko.no.a.ta.ri.ni.ni.ho.n.ryo.o.ri.te.n.ga
a.ri.ma.su.ka

這附近有沒有日本料理
店？

🌱 預約

會話❶

予約をしたいのですが。
yo.ya.ku.o.shi.ta.i.no.de.su.ga

我想預約。

何日の何時ごろでしょうか。
na.n.ni.chi.no.na.n.ji.go.ro.de.sho.o.ka

請問您要預約哪一天
幾點的呢？

１３日の１８時ごろです。
ju.u.sa.n.ni.chi.no.ju.u.ha.chi.ji.go.ro.de.su

13號下午六點左右。

何名さまでしょうか。
na.n.me.i.sa.ma.de.sho.o.ka

請問幾位呢？

5人です。
go.ni.n.de.su

五位。

かしこまりました。お待ちしております。
ka.shi.ko.ma.ri.ma.shi.ta
o.ma.chi.shi.te.o.ri.ma.su

好的。敬候您的到來。

予約が必要ですか。
よyaku　ひつよう
yo.ya.ku.ga.hi.tsu.yo.o.de.su.ka

請問需要預約嗎？

必要ありません。直接お越しください。
ひつよう　ちょくせつ　こ
hi.tsu.yo.o.a.ri.ma.se.n
cho.ku.se.tsu.o.ko.shi.ku.da.sa.i

不需要。請您直接過來就行了。

進入餐廳

1 営業中ですか。
えいぎょうちゅう
e.i.gyo.o.chu.u.de.su.ka

請問現在有營業嗎？

2 ディナーは何時からですか。
なんじ
di.na.a.wa.na.n.ji.ka.ra.de.su.ka

晚餐幾點開始呢？

3 コーヒーを飲むだけでもかまいませんか。
の
ko.o.hi.i.o.no.mu.da.ke.de.mo.ka.ma.i.ma.se.n.ka

可以只點咖啡嗎？

會話❶

いらっしゃいませ。
i.ra.s.sha.i.ma.se

歡迎光臨。

何名さまですか。
なんめい
na.n.me.i.sa.ma.de.su.ka

幾位？

7人です。
しちにん
shi.chi.ni.n.de.su

7位。

たばこをお吸いになりますか。
す
ta.ba.ko.o.o.su.i.ni.na.ri.ma.su.ka

請問有抽菸嗎？

いいえ。
i.i.e

不抽。

じゃあ、こちらへどうぞ。
ja.a、ko.chi.ra.e.do.o.zo

那請往這邊走。

席は空いていますか。
se.ki.wa.a.i.te.i.ma.su.ka

有空位嗎？

大変申し訳ございません。
ta.i.he.n.mo.o.shi.wa.ke.go.za.i.ma.se.n

非常抱歉。

只今満席となっております。
ta.da.i.ma.ma.n.se.ki.to.na.t.te.o.ri.ma.su

現在都客滿了。

待ち時間はどのくらいですか。
ma.chi.ji.ka.n.wa.do.no.ku.ra.i.de.su.ka

請問要等多久呢？

２０分ほどです。
ni.ju.p.pu.n.ho.do.de.su

大約20分鐘。

點餐

🔊 o37

1 先に食券をお求めください。
sa.ki.ni.sho.k.ke.n.o.o.mo.to.me.ku.da.sa.i

請先購買餐券。

2 メニューを見せていただけますか。
me.nyu.u.o.mi.se.te.i.ta.da.ke.ma.su.ka

給我看一下菜單好嗎？

3 おすすめ品は何ですか。
o.su.su.me.hi.n.wa.na.n.de.su.ka

有什麼可以推薦的？

4 早くできるものは何ですか。
ha.ya.ku.de.ki.ru.mo.no.wa.na.n.de.su.ka

可以快速上桌的是什麼菜？

5 それはどんな味ですか。
so.re.wa.do.n.na.a.ji.de.su.ka

什麼味道呢？

6 これは甘いですか、辛いですか。
ko.re.wa.a.ma.i.de.su.ka、ka.ra.i.de.su.ka

這是甜的、還是辣的？

7 どんな種類のビールがありますか。
do.n.na.shu.ru.i.no.bi.i.ru.ga.a.ri.ma.su.ka

有什麼種類的啤酒？

8 ワインを一本お願いします。
wa.i.n.o.i.p.po.no.ne.ga.i.shi.ma.su

請給我一瓶葡萄酒。

9 デザートはあとで注文します。
de.za.a.to.wa.a.to.de.chu.u.mo.n.shi.ma.su

甜點稍後再點。

10 食後にコーヒーをお願いします。
sho.ku.go.ni.ko.o.hi.i.o.o.ne.ga.i.shi.ma.su

咖啡請餐後再送上來。

11 ミルクと砂糖をお願いします。
mi.ru.ku.to.sa.to.o.o.o.o.ne.ga.i.shi.ma.su

請給我牛奶和糖。

會話

何になさいますか。
na.ni.ni.na.sa.i.ma.su.ka

請問要點什麼？

オムライスにします。
o.mu.ra.i.su.ni.shi.ma.su

我要點蛋包飯。

你也可以這樣回答喔！

＊豚骨ラーメンをください。
to.n.ko.tsu.ra.a.me.n.o
ku.da.sa.i

請給我豚骨拉麵。

＊カツカレーをお願いします。
ka.tsu.ka.re.e.o
o.ne.ga.i.shi.ma.su

麻煩給我豬排咖哩。

＊まだ決めていません。
ma.da.ki.me.te.i.ma.se.n

我還沒決定好。

用餐中

1 これは注文していません。
ko.re.wa.chu.u.mo.n.shi.te.i.ma.se.n

我沒有點這個。

2 変な味がします。
he.n.na.a.ji.ga.shi.ma.su

味道怪怪的。

3 野菜サラダがまだ来ていません。
ya.sa.i.sa.ra.da.ga.ma.da.ki.te.i.ma.se.n

我點的生菜沙拉還沒來。

4 ナイフとフォークを下さい。
na.i.fu.to.fo.o.ku.o.ku.da.sa.i

請給我刀叉。

5 お箸を落としてしまいました。
o.ha.shi.o.o.to.shi.te.shi.ma.i.ma.shi.ta

我的筷子掉了。

6 塩を取っていただけますか。
shi.o.o.to.t.te.i.ta.da.ke.ma.su.ka

可以給我鹽嗎？

7 おしぼりを持ってきていただけますか。
o.shi.bo.ri.o.mo.t.te.ki.te.i.ta.da.ke.ma.su.ka

可以幫我拿濕紙巾過來嗎？

8 コーヒーをもう一杯いただけますか。
ko.o.hi.i.o.mo.o.i.p.pa.i.i.ta.da.ke.ma.su.ka

可以再給我一杯咖啡嗎？

9 タバコを吸ってもいいですか。
ta.ba.ko.o.su.t.te.mo.i.i.de.su.ka

可以抽菸嗎？

買單

1 どこで払うのですか。
do.ko.de.ha.ra.u.no.de.su.ka

要到哪邊付帳呢？

2 お勘定をお願いします。
o.ka.n.jo.o.o.o.ne.ga.i.shi.ma.su

麻煩你我要買單。

3 別々にお願いします。
be.tsu.be.tsu.ni.o.ne.ga.i.shi.ma.su

麻煩你我們要分開付。

營業相關用語

えいぎょうちゅう 営業中 e.i.gyo.o.chu.u 營業中	じゅんびちゅう 準備中 ju.n.bi.chu.u 準備中	かいてん 開店 ka.i.te.n 開店	へいてん 閉店 he.i.te.n 打烊
ていきゅうび 定休日 te.i.kyu.u.bi 公休	しょっけん 食券 sho.k.ke.n 餐券	かしきり 貸切 ka.shi.ki.ri 包場	さつえいきんし 撮影禁止 sa.tsu.e.i.ki.n.shi 禁止攝影

いんしょくぶつもちこみきんし
飲食物持ち込み禁止
i.n.sho.ku.bu.tsu.mo.chi.ko.mi.ki.n.shi
禁止攜帶外食

てんちょう
オーナー、店長
o.o.na.a、te.n.cho.o
老闆、店長

てんいん 店員 te.n.i.n 店員	よやく 予約 yo.ya.ku 訂位	よやく 予約キャンセル yo.ya.ku.kya.n.se.ru 取消訂位
まんせき 満席 ma.n.se.ki 客滿	テイクアウト te.i.ku.a.u.to 外帶	せっきゃく 接客サービス se.k.kya.ku.sa.a.bi.su 待客服務

りょうりじまん　あじじまん
料理自慢／味自慢
ryo.o.ri.ji.ma.n／a.ji.ji.ma.n
招牌菜／引以為豪的美味

設備・座位

こしつ 個室 ko.shi.tsu 包廂	せき 席 se.ki 座位

きんえん きつえん
禁煙・喫煙
ki.n.e.n・ki.tsu.e.n
禁菸・吸菸

ちゅうしゃじょう
駐車場
chu.u.sha.jo.o
停車場

キッズチェアー
ki.z.zu.che.a.a
兒童椅

せき
カウンター席
ka.u.n.ta.a.se.ki
吧台座位

ろ てんせき
露天席
ro.te.n.se.ki
露天座位

よ やくせき
予約席
yo.ya.ku.se.ki
預約席

結帳

かんじょう
勘定
ka.n.jo.o
買單

わ かん
割り勘
wa.ri.ka.n
各付各的

かいけい
お会計
o.ka.i.ke.i
結帳

しょうひ ぜい
消費税
sho.o.hi.ze.i
消費稅

サービス料
りょう
sa.a.bi.su.ryo.o
服務費

りょうしゅうしょ
領収書
ryo.o.shu.u.sho
收據

レシート
re.shi.i.to
發票

ポイントカード
po.i.n.to.ka.a.do
集點卡

わりびきけん
割引券
wa.ri.bi.ki.ke.n
折價卷

カード
ka.a.do
刷卡

き ほんりょうきん
基本料金
ki.ho.n.ryo.o.ki.n
低消

朝ごはん／朝食
a.sa.go.ha.n／cho.o.sho.ku
早餐

昼ごはん／昼食／ランチ
hi.ru.go.ha.n／chu.u.sho.ku／ra.n.chi
午餐

夕ご飯／夕食／ディナー
yu.u.go.ha.n／yu.u.sho.ku／di.na.a
晚餐

食事
sho.ku.ji
飯、餐、飲食

おやつ
o.ya.tsu
點心、零食

デザート
de.za.a.to
甜點

ドリンク
do.ri.n.ku
飲料

おつまみ
o.tsu.ma.mi
開胃菜

特盛り
to.ku.mo.ri
特大碗

大盛り
o.o.mo.ri
大碗

中盛り
chu.u.mo.ri
中碗

バイキング／ビュッフェ
ba.i.ki.n.gu／byu.f.fe
自助餐

（食べ／飲み）放題
(ta.be／no.mi) ho.o.da.i
吃到飽、喝到飽

お品書き／メニュー
o.shi.na.ga.ki／me.nyu.u
菜單

定食／コース／セット
te.i.sho.ku／ko.o.su／se.t.to
套餐

一品料理
i.p.pi.n.ryo.o.ri
單點

ご飯／ライス
go.ha.n／ra.i.su
白飯

レストラン
re.su.to.ra.n
餐廳

しょくどう
食堂
sho.ku.do.o
食堂

きっさ てん
喫茶店
ki.s.sa.te.n
喫茶店

ラーメン屋
や
ra.a.me.n.ya
拉麵店

そば屋
や
so.ba.ya
蕎麥麵店

やきにく や
焼肉屋
ya.ki.ni.ku.ya
燒肉店

この や や
お好み焼き屋
o.ko.no.mi.ya.ki.ya
什錦燒店

いざかや
居酒屋
i.za.ka.ya
居酒屋

スナック
su.na.k.ku
酒店

バー
ba.a
吧

やたい
屋台
ya.ta.i
路邊攤

カフェ
ka.fe
咖啡店

ねこカフェ
ne.ko.ka.fe
貓咪咖啡店

メイドカフェ
me.i.do.ka.fe
女僕咖啡店

しつじ
執事カフェ
shi.tsu.ji.ka.fe
執事咖啡店

いんしょくてん
飲食店
i.n.sho.ku.te.n
餐飲店

カレー屋
や
ka.re.e.ya
咖哩店

ファミリーレストラン
fa.mi.ri.i.re.su.to.ra.n
大眾餐廳

ピザ屋
や
pi.za.ya
比薩店

パン屋
や
pa.n.ya
麵包店

ケーキ屋
や
ke.e.ki.ya
蛋糕店

将来、ねこカフェを
やりたい！

各國料理

日本料理・和食
に ほん りょう り・わ しょく
ni.ho.n.ryo.o.ri・wa.sho.ku
日本料理・和風料理

中華料理
ちゅう か りょう り
chu.u.ka.ryo.o.ri
中華料理

台湾料理
たい わん りょう り
ta.i.wa.n.ryo.o.ri
台灣料理

韓国料理
かんこくりょうり
ka.n.ko.ku.ryo.o.ri
韓國料理

エスニック料理
りょう り
e.su.ni.k.ku.ryo.o.ri
民族料理

タイ料理
りょう り
ta.i.ryo.o.ri
泰國料理

ベトナム料理
りょう り
be.to.na.mu.ryo.o.ri
越南料理

インド料理
りょう り
i.n.do.ryo.o.ri
印度料理

トルコ料理
りょう り
to.ru.ko.ryo.o.ri
土耳其料理

欧米料理・洋食
おうべいりょう り・ようしょく
o.o.be.i.ryo.o.ri・yo.o.sho.ku
歐美料理・西式料理

イタリア料理
りょう り
i.ta.ri.a.ryo.o.ri
義大利料理

フランス料理
りょう り
fu.ra.n.su.ryo.o.ri
法國料理

スペイン料理
りょう り
su.pe.i.n.ryo.o.ri
西班牙料理

ドイツ料理
りょう り
do.i.tsu.ryo.o.ri
德國料理

イギリス料理
りょう り
i.gi.ri.su.ryo.o.ri
英式料理

アメリカ料理
りょう り
a.me.ri.ka.ryo.o.ri
美式料理

メキシコ料理
りょう り
me.ki.shi.ko.ryo.o.ri
墨西哥料理

わたしは
中華料理が
作れるよ！

日式料理

かいせきりょうり 懐石料理 ka.i.se.ki.ryo.o.ri 懷石料理	きょうどりょうり 郷土料理 kyo.o.do.ryo.o.ri 鄉土料理	しょうじんりょうり 精進料理 sho.o.ji.n.ryo.o.ri 素食料理	すし 寿司 su.shi 壽司
さしみ 刺身 sa.shi.mi 生魚片	みそしる 味噌汁 mi.so.shi.ru 味噌湯	ちゃわんむ 茶碗蒸し cha.wa.n.mu.shi 茶碗蒸	ひややこ 冷奴 hi.ya.ya.ko 涼拌豆腐

つけもの　つくだに 漬物／佃煮 tsu.ke.mo.no ／ tsu.ku.da.ni 醬菜／佃煮（醬油及砂糖煮成的配菜）	てんぷら 天婦羅 te.n.pu.ra 天婦羅	そば 蕎麦 so.ba 蕎麥麵

や 焼きそば ya.ki.so.ba 炒麵	うどん u.do.n 烏龍麵	ラーメン ra.a.me.n 拉麵 

つけめん tsu.ke.me.n 沾麵	そうめん so.o.me.n 麵線	くしあ 串揚げ ku.shi.a.ge 炸串	エビフライ e.bi.fu.ra.i 炸蝦
とん 豚カツ to.n.ka.tsu 炸豬排	てんどん 天丼 te.n.do.n 炸蝦蓋飯	おやこどん 親子丼 o.ya.ko.do.n 雞肉雞蛋蓋飯	ぎゅうどん 牛丼 gyu.u.do.n 牛丼飯
どん カツ丼 ka.tsu.do.n 豬排丼飯	かいせんどん 海鮮丼 ka.i.se.n.do.n 海鮮丼	ちゃづ お茶漬け o.cha.zu.ke 茶泡飯	ハヤシライス ha.ya.shi.ra.i.su 牛肉燴飯

赤飯
せき はん
se.ki.ha.n
紅飯

うな重／うな丼
じゅう　　　どん
u.na.ju.u ／ u.na.do.n
鰻魚便當／鰻魚飯

蒲焼
かば やき
ka.ba.ya.ki
蒲燒

炊き込みごはん
た　こ
ta.ki.ko.mi.go.ha.n
炊飯

肉じゃが
にく
ni.ku.ja.ga
馬鈴薯燉肉

ねこマンマ
ne.ko.ma.n.ma
柴魚拌飯

きんぴらごぼう
ki.n.pi.ra.go.bo.o
牛蒡絲

焼き魚
や　ざかな
ya.ki.za.ka.na
烤魚

焼き鳥
や　とり
ya.ki.to.ri
烤雞串

お好み焼き／もんじゃ焼き
この　や　　　　　　　　や
o.ko.no.mi.ya.ki ／ mo.n.ja.ya.ki
什錦煎餅／文字燒

焼肉
やきにく
ya.ki.ni.ku
燒肉

おでん
o.de.n
黑輪、關東煮

たこ焼き
や
ta.ko.ya.ki
章魚燒

しゃぶしゃぶ
sha.bu.sha.bu
涮涮鍋

モツ鍋
なべ
mo.tsu.na.be
內臟鍋

水炊き
みず た
mi.zu.ta.ki
水炊鍋（雞肉鍋）

石狩鍋
いしかりなべ
i.shi.ka.ri.na.be
石狩鍋

ちゃんこ鍋
なべ
cha.n.ko.na.be
相撲火鍋

すき焼き
や
su.ki.ya.ki
壽喜燒

おいしそう！

ラーメン
食べる？

いらっしゃい

ラーメン

いらっしゃい

オードブル
o.o.do.bu.ru
開胃菜

スープ
su.u.pu
湯

サラダ
sa.ra.da
沙拉

ハンバーグ
ha.n.ba.a.gu
漢堡排／煎肉排

ステーキ
su.te.e.ki
牛排

クリームシチュー
ku.ri.i.mu.shi.chu.u
奶油濃湯

グラタン
gu.ra.ta.n
焗烤飯

ドリア
do.ri.a
焗飯

スパゲッティ・パスタ
su.pa.ge.t.ti・pa.su.ta
義大利麵

ポトフ
po.to.fu
法式蔬菜燉肉鍋

カレーライス
ka.re.e.ra.i.su
咖哩飯

パン
pa.n
麵包
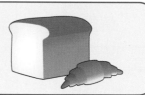

コロッケ
ko.ro.k.ke
可樂餅

サンドイッチ
sa.n.do.i.c.chi
三明治

ハンバーガー
ha.n.ba.a.ga.a
漢堡（速食店）

ピザ
pi.za
披薩

フライドチキン
fu.ra.i.do.chi.ki.n
炸雞

ホットドッグ
ho.t.to.do.g.gu
熱狗麵包

フライドポテト
fu.ra.i.do.po.te.to
薯條

中華料理

小籠包 ショウロンポウ sho.o.ro.n.po.o 小籠包	**肉まん** にく ni.ku.ma.n 肉包	**麻婆豆腐** まーほーどうふ ma.a.bo.o.do.o.fu 麻婆豆腐	**餃子** ぎょうざ gyo.o.za 餃子、煎餃
酢豚 すぶた su.bu.ta 糖醋豬肉	**チャーハン** cha.a.ha.n 炒飯	**シュウマイ** shu.u.ma.i 燒賣	**北京ダック** ペキン pe.ki.n.da.k.ku 北京烤鴨
春巻き はるま ha.ru.ma.ki 春捲	**ワンタン麺** めん wa.n.ta.n.me.n 餛飩麵	**坦々麺** たんたんめん ta.n.ta.n.me.n 擔擔麵	**五目ヤキソバ** ごもく go.mo.ku.ya.ki.so.ba 什錦炒麵
焼きビーフン や ya.ki.bi.i.fu.n 炒米粉	**玉子スープ** たまご ta.ma.go.su.u.pu 蛋花湯	**牛肉麺** ぎゅうにくめん gyu.u.ni.ku.me.n 牛肉麵	**チンジャオロース** chi.n.ja.o.ro.o.su 青椒肉絲

各式蛋料理

卵 たまご ta.ma.go 蛋	**ゆで卵** たまご yu.de.ta.ma.go 水煮蛋	**目玉焼き** めだまや me.da.ma.ya.ki 荷包蛋 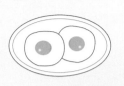
温泉卵 おんせんたまご o.n.se.n.ta.ma.go 溫泉蛋	**オムレツ** o.mu.re.tsu 歐姆蛋 	**オムライス** o.mu.ra.i.su 蛋包飯

たまごかけごはん
ta.ma.go.ka.ke.go.ha.n
生蛋拌飯

玉子焼き
ta.ma.go.ya.ki
煎蛋捲

玉子サンド
ta.ma.go.sa.n.do
雞蛋三明治

御飯糰口味

おにぎり
o.ni.gi.ri
御飯糰

納豆
na.t.to.o
納豆

梅干
u.me.bo.shi
梅子

昆布
ko.n.bu
昆布

サラダ巻
sa.ra.da.ma.ki
沙拉捲

わかめ
wa.ka.me
海帶芽

たけのこ
ta.ke.no.ko
竹筍

シーチキン
shi.i.chi.ki.n
海底雞

鮭
sa.ke
鮭魚

海老マヨネーズ（エビマヨ）
e.bi.ma.yo.ne.e.zu (e.bi.ma.yo)
美乃滋蝦子

明太子
me.n.ta.i.ko
明太子

ツナマヨネーズ（ツナマヨ）
tsu.na.ma.yo.ne.e.zu (tsu.na.ma.yo)
鮪魚美乃滋

とり五目
to.ri.go.mo.ku
雞肉什錦拌飯

豚キムチ
bu.ta.ki.mu.chi
泡菜豬肉

照り焼きチキン
te.ri.ya.ki.chi.ki.n
照燒雞肉

おにぎりが
半分しか
ないよ！

麵包

菓子パン ka.shi.pa.n 點心麵包	あんパン a.n.pa.n 紅豆麵包	ジャムパン ja.mu.pa.n 果醬麵包	チョコレートパン cho.ko.re.e.to.pa.n 巧克力麵包
メロンパン me.ro.n.pa.n 菠蘿麵包	クリームパン ku.ri.i.mu.pa.n 奶油麵包	レーズンパン re.e.zu.n.pa.n 葡萄乾麵包	コロネ ko.ro.ne 螺旋捲麵包
かにぱん ka.ni.pa.n 螃蟹麵包	コッペパン ko.p.pe.pa.n 餐包	バターロール ba.ta.a.ro.o.ru 奶油捲	食パン sho.ku.pa.n 土司麵包
揚げパン a.ge.pa.n 炸麵包	クロワッサン ku.ro.wa.s.sa.n 可頌麵包	フォカッチャ fo.ka.c.cha 佛卡夏	乾パン ka.n.pa.n 口糧餅乾
デニッシュ de.ni.s.shu 丹麥麵包	ベーグル be.e.gu.ru 貝果	スコーン su.ko.o.n 司康	ピロシキ pi.ro.shi.ki 夾餡麵包
シナモンロール shi.na.mo.n.ro.o.ru 肉桂捲	マフィン ma.fi.n 瑪芬	蒸しパン mu.shi.pa.n 蒸麵包	

羊羹
ようかん
yo.o.ka.n
羊羹

大福
だいふく
da.i.fu.ku
大福

イチゴ大福
だいふく
i.chi.go.da.i.fu.ku
草莓大福

わらびもち
wa.ra.bi.mo.chi
蕨餅

柏餅
かしわもち
ka.shi.wa.mo.chi
柏餅

おはぎ
o.ha.gi
萩餅

ひなあられ
hi.na.a.ra.re
雛霰（3月3女兒節供俸用的點心）

最中
もなか
mo.na.ka
最中

人形焼き
にんぎょうや
ni.n.gyo.o.ya.ki
人形燒

カステラ
ka.su.te.ra
蜂蜜蛋糕

生八橋
なまやつはし
na.ma.ya.tsu.ha.shi
生八橋

磯辺焼き
いそべや
i.so.be.ya.ki
海苔年糕

どら焼き
や
do.ra.ya.ki
銅鑼燒

今川焼き
いまがわや
i.ma.ga.wa.ya.ki
今川燒（類似紅豆餅）

たい焼き
や
ta.i.ya.ki
鯛魚燒

団子
だんご
da.n.go
糰子

みたらし団子
だんご
mi.ta.ra.shi.da.n.go
御手洗糰子（沾砂糖醬油）

月見団子
つきみだんご
tsu.ki.mi.da.n.go
月見糰子＊

生八つ橋は
京都の名物だよ。

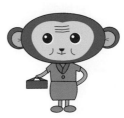

＊ 農曆 8 月 15 及 9 月 13 賞月時吃的糰子。

西式甜點

ケーキ ke.e.ki 蛋糕	ショートケーキ sho.o.to.ke.e.ki 奶油蛋糕	タルト ta.ru.to 塔	ロールケーキ ro.o.ru.ke.e.ki 瑞士捲
バウムクーヘン ba.u.mu.ku.u.he.n 年輪蛋糕	シュークリーム shu.u.ku.ri.i.mu 泡芙	カヌレ ka.nu.re 可麗露	マカロン ma.ka.ro.n 馬卡龍
プリン pu.ri.n 布丁	キャンディー kya.n.di.i 糖果	チョコレート cho.ko.re.e.to 巧克力	クレープ ku.re.e.pu 可麗餅

零食・點心

駄菓子 da.ga.shi 零食	せんべい se.n.be.i 仙貝	柿の種 ka.ki.no.ta.ne 柿子種米菓	かりんとう ka.ri.n.to.o 花林糖
飴 a.me 糖果	ミルクキャラメル mi.ru.ku.kya. ra.me.ru 牛奶糖	金平糖 ko.n.pe.i.to.o 金平糖	わた菓子 wa.ta.ga.shi 棉花糖
ドライフルーツ do.ra.i.fu.ru.u.tsu 水果乾	ボールガム bo.o.ru.ga.mu 口香糖球	ゼリー ze.ri.i 果凍	大学芋 da.i.ga.ku.i.mo 蜜地瓜

冰品

アイスクリーム a.i.su.ku.ri.i.mu 冰淇淋	シャーベット sha.a.be.t.to 雪酪	アイスキャンディー a.i.su.kya.n.di.i 冰棒
フローズンヨーグルト fu.ro.o.zu.n.yo.o.gu.ru.to 優格冰淇淋	スクリームコーン su.ku.ri.i.mu.ko.o.n 甜筒	カキ氷 ka.ki.go.o.ri 剉冰

飲料

飲み物／ドリンク no.mi.mo.no／do.ri.n.ku 飲料	水 mi.zu 開水	お湯 o.yu 熱開水

牛乳／ミルク gyu.u.nyu.u／mi.ru.ku 牛奶 	コーヒー ko.o.hi.i 咖啡

アイスコーヒー a.i.su.ko.o.hi.i 冰咖啡 	カフェモカ ka.fe.mo.ka 摩卡咖啡	カフェラテ ka.fe.ra.te 拿鐵

お茶 o.cha 茶	ウーロン茶 u.u.ro.n.cha 烏龍茶	紅茶 ko.o.cha 紅茶

緑茶
りょくちゃ
ryo.ku.cha
綠茶

ミルクティー
mi.ru.ku.ti.i
奶茶

チャイ
cha.i
香料茶

ソーダ
so.o.da
蘇打飲料

オレンジジュース
o.re.n.ji.ju.u.su
柳橙汁

ジュース
ju.u.su
果汁

ココア
ko.ko.a
可可亞

酒類

🔊 o40

1 はしごする
ha.shi.go.su.ru

續攤

2 乾杯！
かんぱい
ka.n.pa.i

乾杯！

お酒
さけ
o.sa.ke
酒

日本酒（熱かん／冷酒）
にほんしゅ　あつ　　れいしゅ
ni.ho.n.shu(a.tsu.ka.n／re.i.shu)
日本酒（熱酒／冷酒）

ビール
bi.i.ru
啤酒

生ビール（中／大ジョッキ）
なま　　　　ちゅう　だい
na.ma.bi.i.ru (chu.u／da.i.jo.k.ki)
生啤酒（中杯／大杯）

焼酎（お湯割り／水割り）
しょうちゅう　ゆわ　みずわ
sho.o.chu.u(o.yu.wa.ri／mi.zu.wa.ri)
燒酒（熱開水稀釋／冷開水稀釋）

ハイボール
ha.i.bo.o.ru
威士忌調酒

酎ハイ
ちゅう
chu.u.ha.i
燒酒調酒

ライムハイ
ra.i.mu.ha.i
萊姆調酒

ウーロンハイ
u.u.ro.n.ha.i
烏龍茶調酒

梅酒
うめしゅ
u.me.shu
梅酒

カクテル
ka.ku.te.ru
雞尾酒

杏酒
あんずしゅ
a.n.zu.shu
杏桃酒

ウィスキー
u.i.su.ki.i
威士忌

ブランデー
bu.ra.n.de.e
白蘭地

サワー（お酒＋果物）
さけ　くだもの
sa.wa.a (o.sa.ke＋ku.da.mo.no)
沙瓦（酒精類＋水果）

巨峰サワー
きょほう
kyo.ho.o.sa.wa.a
葡萄沙瓦

カルピスサワー
ka.ru.pi.su.sa.wa.a
可爾必思沙瓦

地ビール
じ
ji.bi.i.ru
當地啤酒廠所釀造的啤酒

ワイン（赤ワイン／白ワイン）
あか　しろ
wa.i.n(a.ka.wa.i.n／shi.ro.wa.i.n)
葡萄酒（紅酒／白酒）

蔬菜

野菜
や さい
ya.sa.i
蔬菜

ピーマン
pi.i.ma.n
青椒

人参
にんじん
ni.n.ji.n
紅蘿蔔

玉葱
たまねぎ
ta.ma.ne.gi
洋蔥

ジャガイモ／ポテト
ja.ga.i.mo／po.te.to
馬鈴薯

トマト
to.ma.to
蕃茄

とうもろこし／コーン
to.o.mo.ro.ko.shi／ko.o.n
玉米

セロリ
se.ro.ri
芹菜

豆
まめ
ma.me
豆子

キュウリ
kyu.u.ri
小黃瓜

キャベツ
kya.be.tsu
高麗菜

かぼちゃ
ka.bo.cha
南瓜

ほうれん草
そう
ho.o.re.n.so.o
菠菜

レタス
re.ta.su
萵苣

マッシュルーム
ma.s.shu.ru.u.mu
蘑菇

マツタケ
ma.tsu.ta.ke
松茸

椎茸
しいたけ
shi.i.ta.ke
香菇

カリフラワー
ka.ri.fu.ra.wa.a
花椰菜

ブロッコリー
bu.ro.k.ko.ri.i
緑花椰菜

アスパラガス
a.su.pa.ra.ga.su
蘆筍

しょうが
生姜
sho.o.ga
薑

ニンニク
ni.n.ni.ku
蒜頭

もやし
mo.ya.shi
豆芽菜

オクラ
o.ku.ra
秋葵

やまいも
ya.ma.i.mo
山藥

レンコン
re.n.ko.n
蓮藕

ごぼう
go.bo.o
牛蒡

にがうり
苦瓜
ni.ga.u.ri
苦瓜

たけのこ
筍
ta.ke.no.ko
竹筍

なす
茄子
na.su
茄子

今日は野菜を
いっぱい
買いました。

水果

くだもの
果物
ku.da.mo.no
水果

みかん
mi.ka.n
橘子

レモン
re.mo.n
檸檬

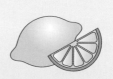

オレンジ
o.re.n.ji
柳橙

りんご
林檎
ri.n.go
蘋果

ぶどう
bu.do.o
葡萄

苺
i.chi.go
草莓

桃／ピーチ
mo.mo／pi.i.chi
桃子

柿
ka.ki
柿子

グレープフルーツ
gu.re.e.pu.fu.ru.u.tsu
葡萄柚

バナナ
ba.na.na
香蕉

メロン
me.ro.n
哈密瓜

パパイヤ
pa.pa.i.ya
木瓜

西瓜
su.i.ka
西瓜

マンゴー
ma.n.go.o
芒果

キウイ
ki.u.i
奇異果

梅
u.me
梅子

すもも
su.mo.mo
李子

杏
a.n.zu
杏桃

梨
na.shi
梨子

さくらんぼ／チェリー
sa.ku.ra.n.bo／che.ri.i
櫻桃

アメリカンチェリー
a.me.ri.ka.n.che.ri.i
美國櫻桃

パイナップル
pa.i.na.p.pu.ru
鳳梨

無花果
i.chi.ji.ku
無花果

ぼくは果物が
きらい！

わたしは
果物が
だいすき！

🔊 o41

肉 にく ni.ku 肉	牛肉／ビーフ ぎゅうにく gyu.u.ni.ku／bi.i.fu 牛肉	ロース ro.o.su 菲力	カルビ ka.ru.bi 牛五花

ハラミ ha.ra.mi 胸腹肉	牛タン ぎゅう gyu.u.ta.n 牛舌	牛 アキレス腱 ぎゅう　　　けん gyu.u.a.ki.re.su.ke.n 牛腱

わたしはハムに
なりたくない！

豚肉／ポーク ぶたにく bu.ta.ni.ku／po.o.ku 豬肉	豚とろ ぶた bu.ta.to.ro 松阪豬	豚ヒレ ぶた bu.ta.hi.re 里肌

豚もも ぶた bu.ta.mo.mo 大腿肉	ハム ha.mu 火腿	ベーコン be.e.ko.n 培根	豚タン ぶた bu.ta.ta.n 豬舌	豚バラ ぶた bu.ta.ba.ra 豬五花

豚足 とんそく to.n.so.ku 豬腳	鶏肉／チキン とりにく to.ri.ni.ku／chi.ki.n 雞肉	ささみ sa.sa.mi 雞胸肉	鶏モモ とり to.ri.mo.mo 雞腿

手羽先 てばさき te.ba.sa.ki 雞翅	ボンジリ bo.n.ji.ri 雞屁股	ラム ra.mu 羔羊肉	鴨肉 かもにく ka.mo.ni.ku 鴨肉	レバー re.ba.a 肝

ホルモン ho.ru.mo.n 內臟	挽き肉 ひ　にく hi.ki.ni.ku 絞肉	合挽 あいびき a.i.bi.ki 豬、牛絞肉

海鮮

海鮮／魚介類 かいせん／ぎょかいるい ka.i.se.n ／ gyo.ka.i.ru.i 海鮮、海產	魚 さかな sa.ka.na 魚	鰯 いわし i.wa.shi 沙丁魚	鮭 さけ sa.ke 鮭魚
鯵 あじ a.ji 竹筴魚	鮪（大トロ／中トロ） まぐろ おお　　ちゅう ma.gu.ro (o.o.to.ro／chu.u.to.ro) 鮪魚（大肚／中肚）	鰹 かつお ka.tsu.o 鰹魚	鱈 たら ta.ra 鱈魚
平目 ひらめ hi.ra.me 比目魚	鱒 ます ma.su 鱒魚	秋刀魚 さんま sa.n.ma 秋刀魚	鯛 たい ta.i 鯛魚	さば sa.ba 鯖魚
鰻 うなぎ u.na.gi 鰻魚	ぶり bu.ri 青魽魚	ししゃも shi.sha.mo 柳葉魚	ふぐ fu.gu 河豚	烏賊 いか i.ka 烏賊、墨魚
タコ ta.ko 章魚	海老 えび e.bi 蝦子	ウニ u.ni 海膽	蟹 かに ka.ni 螃蟹 
伊勢海老 いせえび i.se.e.bi 龍蝦	牡蠣 かき ka.ki 牡蠣	浅蜊 あさり a.sa.ri 蛤蜊	蜆 しじみ shi.ji.mi 蜆	赤貝 あかがい a.ka.ga.i 赤貝
ほたて ho.ta.te 干貝	帆立貝 ほたてがい ho.ta.te.ga.i 海扇貝	いくら i.ku.ra 鮭魚卵	たらこ／明太子 めんたいこ ta.ra.ko ／ me.n.ta.i.ko 鱈魚卵／明太子

かずのこ
ka.zu.no.ko
鯡魚卵

トビコ
to.bi.ko
飛魚卵

ムール貝
mu.u.ru.ga.i
淡菜

とりがい
to.ri.ga.i
鳥尾蛤

海苔
no.ri
海苔

ワカメ
wa.ka.me
裙帶菜

昆布
ko.n.bu
海帶

海葡萄
u.mi.bu.do.o
海葡萄

海味

鰹節
ka.tsu.o.bu.shi
柴魚片

桜えび
sa.ku.ra.e.bi
櫻花蝦

カラスミ
ka.ra.su.mi
烏魚子

塩干魚
e.n.ka.n.gyo
鹹魚乾

イカ干し
i.ka.bo.shi
魷魚乾

調味料

調味料
cho.o.mi.ryo.o
調味料

塩
shi.o
鹽

砂糖／シュガー
sa.to.o／shu.ga.a
砂糖

黒砂糖
ku.ro.za.to.o
黑砂糖

醤油
sho.o.yu
醬油

ソース
so.o.su
醬汁

味噌
mi.so
味噌

酢
su
醋

みりん mi.ri.n 味醂	オイスターソース o.i.su.ta.a.so.o.su 蠔油	ラー油 ra.a.yu 辣油	タレ ta.re 醬料

ドレッシング do.re.s.shi.n.gu 調味醬	山椒 sa.n.sho.o 山椒	胡椒 ko.sho.o 胡椒	唐辛子 to.o.ga.ra.shi 辣椒

唐辛子（一味／七味） to.o.ga.ra.shi (i.chi.mi/shi.chi.mi) 辣椒粉（一味／七味）	チリソース chi.ri.so.o.su 辣醬	タバスコ ta.ba.su.ko TABASCO 辣椒醬

ケチャップ ke.cha.p.pu 蕃茄醬	めんつゆ me.n.tsu.yu 沾麵醬	からし(マスタード) ka.ra.shi(ma.su.ta.a.do) 芥末

わさび wa.sa.bi 山葵	バター ba.ta.a 奶油	マーガリン ma.a.ga.ri.n 乳瑪琳	チーズ chi.i.zu 起士	スパイス su.pa.i.su 香料

香辛料 ko.o.shi.n.ryo.o 辛香料	ダシ da.shi 高湯	油 a.bu.ra 油	マヨネーズ ma.yo.ne.e.zu 美乃滋	ジャム ja.mu 果醬

ピーナツバター pi.i.na.tsu.ba.ta.a 奶油花生醬	ウスターソース u.su.ta.a.so.o.su 烏斯特黑醋醬	タルタルソース ta.ru.ta.ru.so.o.su 塔塔醬

烹調方法

焼く や ya.ku 烤	煮る に ni.ru 煮	ゆでる yu.de.ru 川燙	揚げる あ a.ge.ru 炸	蒸す む mu.su 蒸
炒める いた i.ta.me.ru 炒	炊く た ta.ku 炊煮 		刻む きざ ki.za.mu 切碎	かき混ぜる ま ka.ki.ma.ze.ru 攪拌

餐具・廚具

皿 さら sa.ra 盤子	小皿 こ ざら ko.za.ra 小盤	大皿 おおざら o.o.za.ra 大盤	取皿 とりざら to.ri.za.ra 分食盤
小鉢 こ ばち ko.ba.chi 小碟	おわん o.wa.n 碗	茶わん ちゃ cha.wa.n 飯碗	どんぶり do.n.bu.ri 碗公	お箸 はし o.ha.shi 筷子

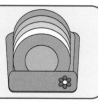

箸置き はし お ha.shi.o.ki 筷架	れんげ re.n.ge 湯匙 	スプーン su.pu.u.n 湯匙 
ナイフ na.i.fu 刀	フォーク fo.o.ku 叉	急須 きゅう す kyu.u.su 小茶壺	コップ ko.p.pu 杯子	湯呑 ゆ のみ yu.no.mi 茶杯

ティーカップ ti.i.ka.p.pu 茶杯	マグカップ ma.gu.ka.p.pu 馬克杯	グラス gu.ra.su 玻璃杯	ワイングラス wa.i.n.gu.ra.su 紅酒杯

ジョッキ jo.k.ki 啤酒杯	コースター ko.o.su.ta.a 杯墊	<ruby>楊枝<rt>ようじ</rt></ruby> yo.o.ji 牙籤	おしぼり o.shi.bo.ri 濕紙巾	しゃもじ sha.mo.ji 飯杓

<ruby>鍋<rt>なべ</rt></ruby> na.be 鍋子	フライパン fu.ra.i.pa.n 平底鍋	お<ruby>玉<rt>たま</rt></ruby> o.ta.ma 杓	フライ<ruby>返<rt>がえ</rt></ruby>し fu.ra.i.ga.e.shi 鍋鏟

<ruby>包丁<rt>ほうちょう</rt></ruby> ho.o.cho.o 菜刀	まな<ruby>板<rt>いた</rt></ruby> ma.na.i.ta 砧板	ピーラー pi.i.ra.a 削皮刀	エッグスライサー e.g.gu.su.ra.i.sa.a 切蛋器

おろし<ruby>器<rt>き</rt></ruby> o.ro.shi.ki 磨泥器	すりこぎ su.ri.ko.gi 研磨棒 	すり<ruby>鉢<rt>ばち</rt></ruby> su.ri.ba.chi 研磨鉢	トレー to.re.e 托盤

にんにく<ruby>潰<rt>つぶ</rt></ruby>し ni.n.ni.ku.tsu.bu.shi 蒜泥器	<ruby>栓<rt>せん</rt></ruby><ruby>抜<rt>ぬ</rt></ruby>き se.n.nu.ki 開瓶器	<ruby>缶<rt>かん</rt></ruby><ruby>切<rt>き</rt></ruby>り ka.n.ki.ri 開罐器	<ruby>泡<rt>あわ</rt></ruby><ruby>立<rt>だ</rt></ruby>て<ruby>器<rt>き</rt></ruby> a.wa.da.te.ki 打蛋器

手伝いましょう！

ありがとう！

お休みはいつ
ですか？

商店・逛街

🌱 尋找商店

1 いい店を知っていますか。
　　みせ　し
　i.i.mi.se.o.shi.t.te.i.ma.su.ka

你知道哪裡有不錯的店嗎？

2 この辺りで一番大きな書店はどこですか。
　　　　あた　　いちばんおお　　しょてん
　ko.no.a.ta.ri.de.i.chi.ba.n.o.o.ki.na.sho.te.n.wa
　do.ko.de.su.ka

這附近最大的書店在哪裡？

3 あの店に日用品は売っていますか。
　　みせ　にちようひん　う
　a.no.mi.se.ni.ni.chi.yo.o.hi.n.wa.u.t.te.i.ma.su.ka

那家店有賣日用品嗎？

4 お休みはいつですか。
　　やす
　o.ya.su.mi.wa.i.tsu.de.su.ka

請問公休日是什麼時候？

🌱 顧客與店員的對話

會話❶

いらっしゃいませ。
i.ra.s.sha.i.ma.se

歡迎光臨。

何をお探しですか。
なに　さが
na.ni.o.o.sa.ga.shi.de.su.ka

請問要找什麼？

歯ブラシはありますか。
は
ha.bu.ra.shi.wa.a.ri.ma.su.ka

有牙刷嗎？

會話❷

正露丸をください。
せいろがん
se.i.ro.ga.n.o.ku.da.sa.i

請給我正露丸。

申し訳ありません、売り切れです。
もう　わけ　　　　　　　う　き
mo.o.shi.wa.ke.a.ri.ma.se.n、u.ri.ki.re.de.su

非常抱歉，剛好賣完了。

英語の分かる店員さんはいますか。
e.i.go.no.wa.ka.ru.te.n.i.n.sa.n.wa
i.ma.su.ka

請問有會說英文的店員嗎？

少々 お待ちください。
sho.o.sho.o.o.ma.chi.ku.da.sa.i

請稍等一下。

ご予算は。
go.yo.sa.n.wa

請問你預算多少？

一万円以内です。
i.chi.ma.n.e.n.i.na.i.de.su

一萬元以內。

詢問店員

1 何に使うのですか。
na.ni.ni.tsu.ka.u.no.de.su.ka

這是做什麼用的？

2 使い方を教えてください。
tsu.ka.i.ka.ta.o.o.shi.e.te.ku.da.sa.i

請告訴我如何使用。

3 それは何で出来ているのですか。
so.re.wa.na.ni.de.de.ki.te.i.ru.no.de.su.ka

那是用什麼做的？

4 中国語の説明書がついていますか。
chu.u.go.ku.go.no.se.tsu.me.i.sho.ga
tsu.i.te.i.ma.su.ka

有附中文說明書嗎？

5 なんの革ですか。
na.n.no.ka.wa.de.su.ka

是什麼皮革呢？

6 これは防水ですか。
ko.re.wa.bo.o.su.i.de.su.ka

這有防水嗎？

7 台湾で使えますか。
ta.i.wa.n.de.tsu.ka.e.ma.su.ka

在台灣可以用嗎？

8 これは婦人用ですか、紳士用ですか。
ko.re.wa.fu.ji.n.yo.o.de.su.ka、
shi.n.shi.yo.o.de.su.ka

這是女士用的，還是男士用的？

9 返品できますか。
he.n.pi.n.de.ki.ma.su.ka

可以退貨嗎？

ほかの色のは
ありませんか？

要求店員

1 他のものも見せてください。
ho.ka.no.mo.no.mo.mi.se.te.ku.da.sa.i

請給我看看其他的。

2 もっと質のよいものはありませんか。
mo.t.to.shi.tsu.no.yo.i.mo.no.wa.a.ri.ma.se.n.ka

有沒有質料更好的？

3 ほかの色のはありませんか。
ho.ka.no.i.ro.no.wa.a.ri.ma.se.n.ka

有沒有其他顏色？

關於尺寸

1 サイズをはかっていただけますか。
sa.i.zu.o.ha.ka.t.te.i.ta.da.ke.ma.su.ka

可以幫我量一下尺寸嗎？

2 このコートを試着してもいいですか。
ko.no.ko.o.to.o.shi.cha.ku.shi.te.mo.i.i.de.su.ka

我可以試穿一下這件外套嗎？

3 これは大きすぎます。／小さすぎます。
ko.re.wa.o.o.ki.su.gi.ma.su／chi.i.sa.su.gi.ma.su

這件太大了。／太小了。

4 このジャケットは私に合うサイズがありません。
ko.no.ja.ke.t.to.wa.wa.ta.shi.ni.a.u.sa.i.zu.ga
a.ri.ma.se.n

這件外套沒有適合我的尺寸。

5 もっと大きい／小さいのはありませんか。
mo.t.to.o.o.ki.i.／chi.i.sa.i.no.wa.a.ri.ma.se.n.ka

有沒有大一點／小一點的呢？

6 ズボンの丈を直してもらえますか。
zu.bo.n.no.ta.ke.o.na.o.shi.te.mo.ra.e.ma.su.ka

可以幫我改褲子的長度嗎？

7 もう少し短くしてください。
mo.o.su.ko.shi.mi.ji.ka.ku.shi.te.ku.da.sa.i

請再幫我改短一點。

詢問價錢

🔊 043

1 これはいくらですか。
ko.re.wa.i.ku.ra.de.su.ka

這多少錢？

2 全部でいくらですか。
ぜんぶ
ze.n.bu.de.i.ku.ra.de.su.ka

全部共多少錢？

3 この値段は税込みですか。
ねだん　ぜいこ
ko.no.ne.da.n.wa.ze.i.ko.mi.de.su.ka

這個價錢有含稅嗎？

4 一万円前後のバッグはありませんか。
いちまんえんぜんご
i.chi.ma.n.e.n.ze.n.go.no.ba.g.gu.wa
a.ri.ma.se.n.ka

請問有一萬元左右的包
包嗎？

5 これは値引きしてありますか。
ねび
ko.re.wa.ne.bi.ki.shi.te.a.ri.ma.su.ka

這個有打折嗎？

6 高すぎます。
たか
ta.ka.su.gi.ma.su

太貴了。

7 値引きしてもらえませんか。
ねび
ne.bi.ki.shi.te.mo.ra.e.ma.se.n.ka

可以幫我打個折嗎？

8 もっと安いものはありませんか。
やす
mo.t.to.ya.su.i.mo.no.wa.a.ri.ma.se.n.ka

有沒有更便宜的呢？

下決定

1 これを下さい。
くだ
ko.re.o.ku.da.sa.i

請給我這個。

2 これをとっておいてもらえますか。
ko.re.o.to.t.te.o.i.te.mo.ra.e.ma.su.ka

這件能幫我保留嗎？

3 あとで買いに来ます。
か　　き
a.to.de.ka.i.ni.ki.ma.su

我等一下再來買。

4 欲しいものが見つかりません。
ほ　　　　　　み
ho.shi.i.mo.no.ga.mi.tsu.ka.ri.ma.se.n

我找不到我要的。

5 少し考えてみます。
すこ　かんが
su.ko.shi.ka.n.ga.e.te.mi.ma.su

我考慮一下。

6 まだ決めていません。
き
ma.da.ki.me.te.i.ma.se.n

我還沒有決定。

7 見ているだけです。
み
mi.te.i.ru.da.ke.de.su

我只是看看。

お決まりですか。
o.ki.ma.ri.de.su.ka
決定好了嗎？

まだ考え中です。
ma.da.ka.n.ga.e.chu.u.de.su.
我還在考慮。

結帳

1 クレジットカードは使えますか。
ku.re.ji.t.to.ka.a.do.wa.tsu.ka.e.ma.su.ka
可以用信用卡付帳嗎？

2 レシートをいただけますか。
re.shi.i.to.o.i.ta.da.ke.ma.su.ka
可以給我發票嗎？

3 領収書をいただけますか。
ryo.o.shu.u.sho.o.i.ta.da.ke.ma.su.ka
可以給我收據嗎？

カードでお願いします。
ka.a.do.de.o.ne.ga.i.shi.ma.su
麻煩你，我要刷卡。

かしこまりました。
ka.shi.ko.ma.ri.ma.shi.ta
好的。

運送

1 これを自宅へ届けてください。
ko.re.o.ji.ta.ku.e.to.do.ke.te.ku.da.sa.i
請幫我把這個送到我家。

2 これを私の家まで送ってもらえますか。
ko.re.o.wa.ta.shi.no.i.e.ma.de
o.ku.t.te.mo.ra.e.ma.su.ka
可以幫我把這個送到我家嗎？

3 この住所に送ってください。
ko.no.ju.u.sho.ni.o.ku.t.te.ku.da.sa.i
請幫我送到這個地址。

4 送料はかかりますか。
そうりょう
so.o.ryo.o.wa.ka.ka.ri.ma.su.ka

需要付運費嗎？

5 取り付けてもらえますか。／セットして
と つ
もらえますか。
to.ri.tsu.ke.te.mo.ra.e.ma.su.ka／se.t.to.shi.te
mo.ra.e.ma.su.ka

能不能幫我安裝？

6 いつごろ届きますか。
とど
i.tsu.go.ro.to.do.ki.ma.su.ka

什麼時候可以送到？

修理

1 故障しました。
こしょう
ko.sho.o.shi.ma.shi.ta

故障了。

2 修理してください。／直してください。
しゅうり なお
shu.u.ri.shi.te.ku.da.sa.i／na.o.shi.te
ku.da.sa.i

請幫我修好。

3 いつできますか。
i.tsu.de.ki.ma.su.ka

什麼時候會好？

4 明日までに直りますか。
あした なお
a.shi.ta.ma.de.ni.na.o.ri.ma.su.ka

明天前會好嗎？

5 いくらかかりますか。
i.ku.ra.ka.ka.ri.ma.su.ka

要多少錢呢？

會話

どうして壊れたのですか。
こわ
do.o.shi.te.ko.wa.re.ta.no.de.su.ka

怎麼會壞掉呢？

落としてしまいました。
お
o.to.shi.te.shi.ma.i.ma.shi.ta

不小心掉到地上了。

落として
しまいました。

各類商店

デパート
de.pa.a.to
百貨公司

スーパーマーケット（スーパー）
su.u.pa.a.ma.a.ke.t.to(su.u.pa.a)
超市

めんぜいひんてん
免税品店
me.n.ze.i.hi.n.te.n
免税商店

コンビニエンスストア（コンビニ）
ko.n.bi.ni.e.n.su.su.to.a(ko.n.bi.ni)
便利商店

りょうはんてん
量販店
ryo.o.ha.n.te.n
量販店

ひゃく えん
100円ショップ
hya.ku.e.n.sho.p.pu
百圓商店

アウトレットショップ
a.u.to.re.t.to.sho.p.pu
OUTLET 過季商品店

ふる ぎ や
古着屋
fu.ru.gi.ya
二手服飾店

くつ や
靴屋
ku.tsu.ya
鞋店

コスメショップ
ko.su.me.sho.p.pu
藥妝店

くすり や   やっ きょく
薬屋 ／ 薬局
ku.su.ri.ya ／ ya.k.kyo.ku
藥局

ドラッグストア
do.ra.g.gu.su.to.a
藥妝店

ほん や
本屋
ho.n.ya
書店

CDショップ
shi.i.di.i.sho.p.pu
唱片行

でん き や
電気屋
de.n.ki.ya
電器行

も けいてん
模型店
mo.ke.i.te.n
模型店

ぶん ぼう ぐ や
文房具屋
bu.n.bo.o.gu.ya
文具店

おもちゃ屋
o.mo.cha.ya
玩具店

インテリアショップ
i.n.te.ri.a.sho.p.pu
家飾用品店

雑貨屋
ざっかや
za.k.ka.ya
生活雑貨店

フォトショップ
fo.to.sho.p.pu
照片沖洗店

床屋
とこや
to.ko.ya
理髪店

美容院
びょういん
bi.yo.o.i.n
美髮院

花屋
はなや
ha.na.ya
花店

駄菓子屋
だがしや
da.ga.shi.ya
懷舊菓子店

骨董品屋／アンティークショップ
こっとうひんや
ko.t.to.o.hi.n.ya／a.n.ti.i.ku.sho.p.pu
古董店

民芸品店
みんげいひんてん
mi.n.ge.i.hi.n.te.n
民俗藝品店

茶舗
ちゃほ
cha.ho
茶行

酒屋
さかや
sa.ka.ya
酒類專賣店

食器店
しょっきてん
sho.k.ki.te.n
餐具店

ペットショップ
pe.t.to.sho.p.pu
寵物店

ファーストフード店
てん
fa.a.su.to.fu.u.do.te.n
速食店

八百屋
やおや
ya.o.ya
蔬菜店

魚屋
さかなや
sa.ka.na.ya
魚舖

パン屋
や
pa.n.ya
麵包店

肉屋
にくや
ni.ku.ya
肉舖

飾品

アクセサリー
a.ku.se.sa.ri.i
飾品

<ruby>指輪<rt>ゆび わ</rt></ruby>／リング
yu.bi.wa／ri.n.gu
戒指

<ruby>宝石<rt>ほうせき</rt></ruby>／ジュエリー
ho.o.se.ki／ju.e.ri.i
寶石

<ruby>真珠<rt>しんじゅ</rt></ruby>／パール
shi.n.ju／pa.a.ru
珍珠

イヤリング
i.ya.ri.n.gu
耳環

ピアス
pi.a.su
穿孔耳環

ブレスレット
bu.re.su.re.t.to
手環

ネックレス
ne.k.ku.re.su
項鍊

ブローチ
bu.ro.o.chi
胸針

ペンダント
pe.n.da.n.to
垂墜式項鍊

タイピン
ta.i.pi.n
領帶夾

メガネ／グラス
me.ga.ne／gu.ra.su
眼鏡

サングラス
sa.n.gu.ra.su
太陽眼鏡

ハンドバッグ
ha.n.do.ba.g.gu
手提包

カチューシャ
ka.chu.u.sha
頭箍

シュシュ
shu.shu
髮束

ヘアゴム
he.a.go.mu
髮圈

ヘアバンド
he.a.ba.n.do
髮帶

ヘアピン
he.a.pi.n
髮夾

ヘアクリップ
he.a.ku.ri.p.pu
鯊魚夾／鶴嘴夾

エクステ
e.ku.su.te
接髮

ネックレスを
買いたいな…

紀念品・民藝品

かんざし ka.n.za.shi 髮簪	扇子（せんす） se.n.su 扇子	漆器（しっき） shi.k.ki 漆器	刀（かたな） ka.ta.na 刀、劍

| 屏風（びょうぶ）
byo.o.bu
屏風 | 壷（つぼ）
tsu.bo
壺、罈、罐 | 陶磁器（とうじき）
to.o.ji.ki
陶瓷器 | 竹製品（たけせいひん）
ta.ke.se.i.hi.n
竹製品 |

足袋（たび）
ta.bi
日式布襪

手拭い（てぬぐい）
te.nu.gu.i
布手巾

折り紙（おりがみ）
o.ri.ga.mi
摺紙

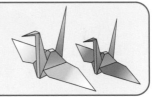

タオル
ta.o.ru
毛巾

ご当地フォルムカード（とうち）
go.to.o.chi.fo.ru.mu.ka.a.do
當地特色明信片

暖簾（のれん）
no.re.n
布簾

凧（たこ）
ta.ko
風箏

独楽（こま）
ko.ma
陀螺

太鼓（たいこ）
ta.i.ko
鼓

人形（にんぎょう）
ni.n.gyo.o
娃娃、人偶

オルゴール
o.ru.go.o.ru
音樂盒

和紙（わし）
wa.shi
日本紙

衣物

上着／トップス
うわ ぎ
u.wa.gi ／ to.p.pu.su
上衣、上衣類

Tシャツ
ti.i.sha.tsu
T恤

ロングTシャツ
ro.n.gu.ti.i.sha.tsu
長版T

カットソー
ka.t.to.so.o
短袖T恤

パーカ
pa.a.ka
連帽上衣

ブラウス
bu.ra.u.su
罩衫、女用襯衫

シャツ
sha.tsu
襯衫

ポロシャツ
po.ro.sha.tsu
Polo衫

ワイシャツ
wa.i.sha.tsu
西裝白襯衫

スーツ／背広
せ びろ
su.u.tsu ／ se.bi.ro
西裝

スポーツウエア
su.po.o.tsu.we.a
運動服

セーター
se.e.ta.a
毛衣

カーディガン
ka.a.di.ga.n
開襟毛衣

ワンピース
wa.n.pi.i.su
連身裙

ドレス
do.re.su
洋裝

コート
ko.o.to
外套

コットンジャケット
ko.t.to.n.ja.ke.t.to
棉質外套

トレンチコート
to.re.n.chi.ko.o.to
風衣外套

ライダース
ra.i.da.a.su
騎士外套

ジャンパー
ja.n.pa.a
夾克

ピーコート
pi.i.ko.o.to
雙排釦外套

ポンチョ
po.n.cho
斗篷

ボトムス
bo.to.mu.su
下身類

ズボン／パンツ
zu.bo.n／pa.n.tsu
褲子

ジーパン
ji.i.pa.n
牛仔褲

デニムスカート
de.ni.mu.su.ka.a.to
牛仔裙

ショートパンツ
sho.o.to.pa.n.tsu
短褲

スカート
su.ka.a.to
裙子

キャミソール
kya.mi.so.o.ru
細肩帶

タンクトップ
ta.n.ku.to.p.pu
坦克背心

ベスト
be.su.to
背心

ブラトップキャミソール
bu.ra.to.p.pu.kya.mi.so.o.ru
罩杯式小可愛

ブラトップシャツ
bu.ra.to.p.pu.sha.tsu
罩杯式襯衫

下着
したぎ
shi.ta.gi
貼身衣物

パンティー
pa.n.ti.i
內褲

ブラジャー
bu.ra.ja.a
胸罩

機能性肌着
きのうせいはだぎ
ki.no.o.se.i.ha.da.gi
溫調內衣

発熱保温ウェア
はつねつほおん
ha.tsu.ne.tsu.ho.o.n.we.a
發熱衣

冷感ウェアー
れいかん
re.i.ka.n.we.a.a
涼感衣

着物
きもの
ki.mo.no
和服

浴衣
ゆかた
yu.ka.ta
浴衣

ボタン
bo.ta.n
釦子

リボン
ri.bo.n
蝴蝶結

安全ピン
あんぜん
a.n.ze.n.pi.n
安全別針

チャック／
ジッパー
cha.k.ku／ji.p.pa.a
拉鍊

スカーフ su.ka.a.fu 領巾	ネクタイ ne.ku.ta.i 領帶	マフラー ma.fu.ra.a 圍巾	スヌード su.nu.u.do 頸圍
ストール su.to.o.ru 披肩	パジャマ pa.ja.ma 睡衣	レギンス re.gi.n.su 內搭褲	メガネ me.ga.ne 眼鏡

手袋（てぶくろ）
te.bu.ku.ro
手套

水着（みずぎ）
mi.zu.gi
泳裝

靴下／ソックス（くつした）
ku.tsu.shi.ta／so.k.ku.su
襪子

ストッキング su.to.k.ki.n.gu 絲襪	タイツ ta.i.tsu 網襪	靴（くつ） ku.tsu 鞋子	ブーツ bu.u.tsu 靴子

ハイヒール
ha.i.hi.i.ru
高跟鞋

スニーカー
su.ni.i.ka.a
休閒鞋

下駄（げた）
ge.ta
木屐

サンダル
sa.n.da.ru
涼鞋

ミュール
myu.u.ru
拖鞋式涼鞋

帽子（ほうし）
bo.o.shi
帽子

そのマフラー
とても君に
似合うよ！

うれしい！
ありがとう！

衣服花色

無地
mu.ji
素面

柄／模様
ga.ra／mo.yo.o
花紋

チェック
che.k.ku
格紋

タータンチェック
ta.a.ta.n.che.k.ku
方格紋

水玉模様
mi.zu.ta.ma.mo.yo.o
圓點

縞模様／ボーダー
shi.ma.mo.yo.o／
bo.o.da.a
條紋

プリント柄
pu.ri.n.to.ga.ra
印花紋

花柄
ha.na.ga.ra
碎花紋

動物柄
do.o.bu.tsu.ga.ra
動物花紋

幾何学柄
ki.ka.ga.ku.ga.ra
幾何學花紋

総柄
so.o.ga.ra
滿版圖案

ピンストライプ
pi.n.su.to.ra.i.pu
細條紋

ノルディック柄
no.ru.di.k.ku.ga.ra
北歐花紋

千鳥
chi.do.ri
千鳥格紋樣

紳士用／紳士服
しんしよう／しんしふく
shi.n.shi.yo.o／shi.n.shi.fu.ku
男裝

婦人用／婦人服
ふじんよう／ふじんふく
fu.ji.n.yo.o／fu.ji.n.fu.ku
女裝

子供用／子供服
こどもよう／こどもふく
ko.do.mo.yo.o／ko.do.mo.fu.ku
童裝

ベビー服
ふく
be.bi.i.fu.ku
嬰兒服

古着
ふるぎ
fu.ru.gi
二手服飾

重ね着
かさぎ
ka.sa.ne.gi
多層次穿搭

通勤服
つうきんふく
tsu.u.ki.n.fu.ku
通勤裝

ギャル系
けい
gya.ru.ke.i
辣妹風

山ガール系
やま　　　けい
ya.ma.ga.a.ru.ke.i
登山女孩風（山 GIRL）

森ガール系
もり　　　けい
mo.ri.ga.a.ru.ke.i
森林女孩風（森 GIRL）

ナチュラル系
けい
na.chu.ra.ru.ke.i
自然風

ファッションスタイル
fa.s.sho.n.su.ta.i.ru
流行風格

オジガール
o.ji.ga.a.ru
老爺風女孩

ロリータ系
けい
ro.ri.i.ta.ke.i
蘿莉塔風

アウトドア系
けい
a.u.to.do.a.ke.i
戶外休閒風

アメカジ
a.me.ka.ji
美式休閒風

カジュアル系
けい
ka.ju.a.ru.ke.i
休閒風

ロック系
けい
ro.k.ku.ke.i
搖滾風

モード
mo.o.do
摩登風

古着が大好き！

布料・素材 🔊 046

めん 棉 me.n 棉	きぬ 絹／シルク ki.nu/shi.ru.ku 絲綢	あさ 麻 a.sa 麻	ようもう 羊毛／ウール yo.o.mo.o/u.u.ru 羊毛
ポリエステル po.ri.e.su.te.ru 聚酯	カシミヤ ka.shi.mi.ya 山羊絨／喀什米爾	ファー fa.a 皮草	レザー re.za.a 皮革
メタリック me.ta.ri.k.ku 金屬感布料	ラメ ra.me 金蔥	レース re.e.su 蕾絲	リネン ri.ne.n 亞麻
リベット ri.be.t.to 鉚釘			

> このワンピース全部シルクで作ったのよ！

衣袖・衣領

そで 袖 so.de 袖子	はんそで 半袖 ha.n.so.de 半袖	ながそで 長袖 na.ga.so.de 長袖	しちぶそで 七分袖 shi.chi.bu.so.de 七分袖
ごぶたけ 五分丈 go.bu.ta.ke 五分長	えり 衿 e.ri 領子	すそ 裾 su.so 衣服下襬	

> 袖が長すぎるよ！

パソコン
pa.so.ko.n
電腦
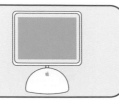

タブレットパソコン
ta.bu.re.t.to.pa.so.ko.n
平板電腦

液晶モニター
（えきしょう）
e.ki.sho.o.mo.ni.ta.a
液晶螢幕

プリンター
pu.ri.n.ta.a
印表機

テレビ
te.re.bi
電視

ビデオデッキ
bi.de.o.de.k.ki
錄影機

スピーカー
su.pi.i.ka.a
音響

ラジカセ
ra.ji.ka.se
手提音響

CD プレーヤー
shi.i.di.i.pu.re.e.ya.a
CD Player

レコード
re.ko.o.do
唱片

炊飯器
（すいはんき）
su.i.ha.n.ki
電鍋

ノンフライヤー
no.n.fu.ra.i.ya.a
氣炸機

ホームベーカリー
ho.o.mu.be.e.ka.ri.i
製麵包機

トースター
to.o.su.ta.a
烤麵包機

ポット
po.t.to
熱水瓶

ミキサー
mi.ki.sa.a
果汁機

電子レンジ
（でんし）
de.n.shi.re.n.ji
微波爐

オーブン
o.o.bu.n
烤箱

冷蔵庫
（れいぞうこ）
re.i.zo.o.ko
冰箱

食器洗い機
（しょっきあらき）
sho.k.ki.a.ra.i.ki
洗碗機

乾燥機
（かんそうき）
ka.n.so.o.ki
烘衣機

洗濯機
せんたくき
se.n.ta.ku.ki
洗衣機

アイロン
a.i.ro.n
熨斗

掃除機
そうじき
so.o.ji.ki
吸塵器

ミシン
mi.shi.n
縫紉機

ドライヤー
do.ra.i.ya.a
吹風機

クーラー
ku.u.ra.a
冷氣

エアコン
e.a.ko.n
空調

ヒーター
hi.i.ta.a
暖氣裝置

こたつ
ko.ta.tsu
暖桌

扇風機
せんぷうき
se.n.pu.u.ki
電風扇

加湿器
かしつき
ka.shi.tsu.ki
加濕器

除湿乾燥機
じょしつかんそうき
jo.shi.tsu.
ka.n.so.o.ki
除濕機

ホットカーペット
ho.t.to.ka.a.pe.t.to
電熱毯

電話機
でんわき
de.n.wa.ki
電話

携帯電話
けいたいでんわ
ke.i.ta.i.de.n.wa
手機

ファックス
fa.k.ku.su
傳真機

IC レコーダー
a.i.shi.i.re.ko.o.da.a
錄音筆

イヤホン
i.ya.ho.n
耳機

ヘッドホーン
he.d.do.ho.o.n
耳罩式耳機

マイク
ma.i.ku
麥克風

電卓
でんたく
de.n.ta.ku
計算機

充電器
じゅうでんき
ju.u.de.n.ki
充電器

電池／乾電池
でんち／かんでんち
de.n.chi／ka.n.de.n.chi
電池／乾電池

カーナビ
ka.a.na.bi
汽車導航系統

スマートフォン
su.ma.a.to.fo.n
智慧型手機

タッチパネル
ta.c.chi.pa.ne.ru
觸碰式面板

ストラップ
su.to.ra.p.pu
手機吊飾

スマホケース
su.ma.ho.ke.e.su
手機殼

画面保護シート
ga.me.n.ho.go.shi.i.to
螢幕保護貼

着信音
cha.ku.shi.n.o.n
來電鈴聲

着信メロディー（着メロ）
cha.ku.shi.n.me.ro.di.i(cha.ku.me.ro)
來電音樂

マナーモード
ma.na.a.mo.o.do
靜音

受話音量
ju.wa.o.n.ryo.o
接聽音量

着信音量
cha.ku.shi.n.o.n.ryo.o
來電音量

機内モード
ki.na.i.mo.o.do
飛航模式

ダイヤルロック
da.i.ya.ru.ro.k.ku
按鍵鎖

ロック解除
ro.k.ku.ka.i.jo
解鎖

暗証番号
a.n.sho.o.ba.n.go.o
密碼

リダイヤル
ri.da.i.ya.ru
重撥

留守録
ru.su.ro.ku
語音信箱

待ち受け画面
ma.chi.u.ke.ga.me.n
待機畫面

壁紙
ka.be.ga.mi
桌面

圏外
ke.n.ga.i
沒訊號

Wi-Fi
wa.i.fa.i
無線網路

ワンセグ
wa.n.se.gu
行動電視

無料通話
mu.ryo.o.tsu.u.wa
免付費電話

緊急電話
ki.n.kyu.u.de.n.wa
緊急電話

アプリケーション（アプリ）
a.pu.ri.ke.e.sho.n. (a.pu.ri)
應用程式

時計
to.ke.i
時鐘

腕時計
u.de.do.ke.i
手錶

掛け時計
ka.ke.do.ke.i
掛鐘

置時計
o.ki.do.ke.i
座鐘

目覚まし時計
me.za.ma.shi.do.ke.i
鬧鐘

アナログ
a.na.ro.gu
指針式手錶

デジタル
de.ji.ta.ru
電子錶

相機相關

🔊 o47

カメラ
ka.me.ra
相機

デジタルカメラ(デジカメ)
de.ji.ta.ru.ka.me.ra(de.ji.ka.me)
數位相機

トイカメラ
to.i.ka.me.ra
玩具照相機

フィルム
fi.ru.mu
底片

レンズ
re.n.zu
鏡頭

フラッシュ
fu.ra.s.shu
閃光燈

ズーム
zu.u.mu
焦距

手ブレ補正
te.bu.re.ho.se.i
防手震裝置

デジカメを
買ったよ！

シャッター
sha.t.ta.a
快門

現像
ge.n.zo.o
沖洗

焼き増し
ya.ki.ma.shi
加洗

引き伸ばし
hi.ki.no.ba.shi
放大的照片

SD メモリーカード
e.su.di.i.me.mo.ri.i.ka.a.do
SD 記憶卡

メモリースティック
me.mo.ri.i.su.ti.k.ku
記憶卡

しろくろ
白黒フィルム
shi.ro.ku.ro.fi.ru.mu
黑白底片

カラーフィルム
ka.ra.a.fi.ru.mu
彩色底片

さんじゅうろくまい ど
三十六枚撮り
sa.n.ju.u.ro.ku.ma.i.do.ri
36張裝底片

ぼうしつ こ
防湿庫
bo.o.shi.tsu.ko
防潮箱

ほ しょう き かん
保証 期間
ho.sho.o.ki.ka.n
保固

化妝保養品

けしょうひん
化粧品／コスメ
ke.sho.o.hi.n／ko.su.me
化妝品／保養品

くちべに
口紅
ku.chi.be.ni
口紅

リップクリーム
ri.p.pu.ku.ri.i.mu
護脣膏

グロス
gu.ro.su
唇蜜

パウダー
pa.u.da.a
蜜粉
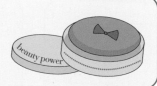

ファンデーション
fa.n.de.e.sho.n
粉底

アイブロウ
a.i.bu.ro.o
眉毛（彩妝）

アイシャドウ
a.i.sha.do.o
眼影

アイライナー
a.i.ra.i.na.a
眼線

マスカラ
ma.su.ka.ra
睫毛膏

チークカラー
chi.i.ku.ka.ra.a
腮紅

化粧水／ローション
ke.sho.o.su.i／ro.o.sho.n
化妝水

乳液
nyu.u.e.ki
乳液

クリーム
ku.ri.i.mu
乳霜

ハンドクリーム
ha.n.do.ku.ri.i.mu
護手霜

日焼け止め
hi.ya.ke.do.me
防曬乳

マニキュア
ma.ni.kyu.a
指甲油

ネイルリムーバー／除光液
ne.i.ru.ri.mu.u.ba.a／jo.ko.o.e.ki
去光水

コットン
ko.t.to.n
化妝棉

スポンジ
su.po.n.ji
化妝海綿

シェービングクリーム
she.e.bi.n.gu.ku.ri.i.mu
脫毛膏

かみそり
ka.mi.so.ri
剃刀

くし
ku.shi
梳子

香水
ko.o.su.i
香水

ウィッグ
wi.g.gu
假髮

つけ毛
tsu.ke.ge
假髮（小的）

シャンプー
sha.n.pu.u
洗髮精

リンス
ri.n.su
潤髮精

トリートメント
to.ri.i.to.me.n.to
護髮乳

Toriitomento

メイク落とし／クレンジング
me.i.ku.o.to.shi／ku.re.n.ji.n.gu
卸妝乳

洗顔料
se.n.ga.n.ryo.o
洗臉用品

石鹸
se.k.ke.n
肥皂

文具
ぶんぐ
bu.n.gu
文具

鉛筆
えんぴつ
e.n.pi.tsu
鉛筆

消しゴム
け
ke.shi.go.mu
橡皮擦

ボールペン
bo.o.ru.pe.n
原子筆

シャープペンシル（シャーペン）
sha.a.pu.pe.n.shi.ru(sha.a.pe.n)
自動鉛筆

水性ペン
すいせい
su.i.se.i.pe.n
水性筆

油性ペン
ゆせい
yu.se.i.pe.n
油性筆

万年筆
まんねんひつ
ma.n.ne.n.hi.tsu
鋼筆

ラインマーカー
ra.i.n.ma.a.ka.a
螢光筆

シャーペンの芯
しん
sha.a.pe.n.no.shi.n
自動鉛筆筆芯

インク
i.n.ku
墨水

修正液
しゅうせいえき
shu.u.se.i.e.ki
立可白

修正テープ
しゅうせい
shu.u.se.i.te.e.pu
立可帶

はがき
ha.ga.ki
明信片

絵葉書
えはがき
e.ha.ga.ki
美術明信片

マスキングテープ
ma.su.ki.n.gu.te.e.pu
紙膠帶

ポストイット
po.su.to.i.t.to
便利貼

ノート
no.o.to
筆記本

封筒
ふうとう
fu.u.to.o
信封

便箋
びんせん
bi.n.se.n
信紙

レターセット
re.ta.a.se.t.to
信封信紙組

ファイル
fa.i.ru
資料夾

定規
じょうぎ
jo.o.gi
尺

鉛筆削り
えんぴつけず
e.n.pi.tsu.ke.zu.ri
削鉛筆機

のり
no.ri
漿糊

定規を貸して！

はい。

書報雜誌

本
ほん
ho.n
書

雑誌
ざっし
za.s.shi
雜誌

小説
しょうせつ
sho.o.se.tsu
小說

洋書
ようしょ
yo.o.sho
外文書

付録つき雑誌
ふ ろく　　　ざっし
fu.ro.ku.tsu.ki.za.s.shi
附贈品雜誌

ムック
mu.k.ku
情報誌

地図／マップ
ち ず
chi.zu ／ ma.p.pu
地圖

新聞
しんぶん
shi.n.bu.n
報紙

古本
ふる ほん
fu.ru.ho.n
二手書

コミック
ko.mi.k.ku
漫畫

電子書籍
でん し しょせき
de.n.shi.sho.se.ki
電子書

写真 集
しゃしんしゅう
sha.shi.n.shu.u
攝影集

楽譜
がく ふ
ga.ku.fu
樂譜

絵本
え ほん
e.ho.n
繪本

図鑑
ず かん
zu.ka.n
圖鑑

辞書
じしょ
ji.sho
字典

英和辞典
えい わ じ てん
e.i.wa.ji.te.n
英和字典

和英辞典
わ えい じ てん
wa.e.i.ji.te.n
和英字典

百科事典
ひゃっ か じ てん
hya.k.ka.ji.te.n
百科字典

オーディオブック
o.o.di.o.bu.k.ku
有聲書

専門書
せんもんしょ
se.n.mo.n.sho
專門書

洋雑誌
ようざっし
yo.o.za.s.shi
外文雜誌

文庫
ぶん こ
bu.n.ko
文庫版

ハードカバー
ha.a.do.ka.ba.a
精裝版

ポスター
po.su.ta.a
海報

私は本を
読むことが
すきです。

歯ブラシ
ha.bu.ra.shi
牙刷

歯磨き粉
ha.mi.ga.ki.ko
牙膏

電動歯ブラシ
de.n.do.o.ha.bu.ra.shi
電動牙刷

デンタルフロス
de.n.ta.ru.fu.ro.su
牙線

うがい薬
u.ga.i.gu.su.ri
漱口水

爪きり
tsu.me.ki.ri
指甲剪

タオル
ta.o.ru
毛巾

バスタオル
ba.su.ta.o.ru
浴巾

ハンカチ
ha.n.ka.chi
手帕

ハンドタオル
ha.n.do.ta.o.ru
擦手巾

フェイスタオル
fe.i.su.ta.o.ru
小方巾

トイレットペーパー
to.i.re.t.to.pe.e.pa.a
衛生紙

ティッシュペーパー
ti.s.shu.pe.e.pa.a
面紙

ウエットティッシュ
u.e.t.to.ti.s.shu
濕紙巾

生理用品
se.i.ri.yo.o.hi.n
生理用品

絆創膏
ba.n.so.o.ko.o
OK繃

体温計
ta.i.o.n.ke.i
體溫計

傘
ka.sa
傘

漂白剤
hyo.o.ha.ku.za.i
漂白水

洗濯バサミ
se.n.ta.ku.ba.sa.mi
曬衣夾

洗剤
se.n.za.i
洗衣精

柔軟剤
ju.u.na.n.za.i
柔軟精

傢俱・家飾

家具
ka.gu
家具

手づくり家具
te.zu.ku.ri.ka.gu
手工家具

テーブル
te.e.bu.ru
餐桌

机
tsu.ku.e
桌子

コタツ
ko.ta.tsu
暖桌

椅子
i.su
椅子

ソファー
so.fa.a
沙發

ソファーベッド
so.fa.a.be.d.do
沙發床

座布団
za.bu.to.n
坐墊

カーテン
ka.a.te.n
窗簾

靴箱
ku.tsu.ba.ko
鞋櫃

食器棚
sho.k.ki.da.na
食器櫃

箪笥
ta.n.su
抽屜櫃

本棚
ho.n.da.na
書櫃

クローゼット
ku.ro.o.ze.t.to
壁櫥

衣装ケース
i.sho.o.ke.e.su
衣櫃

鏡台
kyo.o.da.i
梳妝台

ドレッサー
do.re.s.sa.a
梳妝台

ベッド
be.d.do
床

二段ベッド
ni.da.n.be.d.do
雙層床

布団
fu.to.n
棉被

枕
ma.ku.ra
枕頭

クッション
ku.s.sho.n
抱枕

パソコンデスク
pa.so.ko.n.de.su.ku
電腦桌

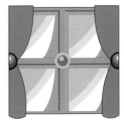
カーテン

猫 ne.ko 貓	犬 i.nu 狗	鳥 to.ri 鳥	魚 sa.ka.na 魚	ウサギ u.sa.gi 兔子
りす ri.su 松鼠	亀 ka.me 烏龜	ハムスター ha.mu.su.ta.a 倉鼠	ミニブタ mi.ni.bu.ta 迷你豬	フェレット fe.re.t.to 雪貂

金魚 ki.n.gyo 金魚	熱帯魚 ne.t.ta.i.gyo 熱帶魚	えさ e.sa 飼料	猫缶／犬缶 ne.ko.ka.n／i.nu.ka.n 貓罐頭／狗罐頭

ケージ ke.e.ji 籠子	爪とぎ tsu.me.to.gi 貓抓板	猫じゃらし ne.ko.ja.ra.shi 逗貓棒	リード ri.i.do 散步繩

花店

梅 u.me 梅花	ラン ra.n 蘭花	菊 ki.ku 菊花	桜 sa.ku.ra 櫻花	朝顔 a.sa.ga.o 牽牛花

ヒマワリ hi.ma.wa.ri 向日葵	カーネーション ka.a.ne.e.sho.n 康乃馨	チューリップ chu.u.ri.p.pu 鬱金香

水仙
すいせん
水仙
su.i.se.n
水仙花

たんぽぽ
ta.n.po.po
蒲公英

ツツジ
tsu.tsu.ji
杜鵑花

パンジー
pa.n.ji.i
三色菫

ヒナゲシ
hi.na.ge.shi
麗春花

あじさい
a.ji.sa.i
繡球花

牡丹
ぼ たん
bo.ta.n
牡丹

椿
つばき
tsu.ba.ki
山茶花

ガーベラ
ga.a.be.ra
非洲菊

ユリ
yu.ri
百合

ラベンダー
ra.be.n.da.a
薰衣草

ミズバショウ
mi.zu.ba.sho.o
睡蓮

キキョウ
ki.kyo.o
桔梗

ライラック
ra.i.ra.k.ku
紫丁香花

キンモクセイ
ki.n.mo.ku.se.i
金木犀

こぶし
ko.bu.shi
木蘭花

しゃくやく
sha.ku.ya.ku
芍藥

アブラナ
a.bu.ra.na
油菜花

シロツメクサ
shi.ro.tsu.me.ku.sa
酢漿草

サボテン
sa.bo.te.n
仙人掌

薬草
やくそう
ya.ku.so.o
藥草

ハーブ
ha.a.bu
香草

多肉植物
た にくしょくぶつ
ta.ni.ku.sho.ku.bu.tsu
多肉植物

観葉植物
かんようしょくぶつ
ka.n.yo.o.sho.ku.bu.tsu
觀賞植物

鉢物 (花鉢／観葉)
はちもの はなばち かんよう
ha.chi.mo.no (ha.na.ba.chi/ka.n.yo.o)
盆栽 (花盆／觀賞植物)

花束
はなたば
ha.na.ta.ba
花束

049

交通

◆ 車站

在車站内

1 南口はどうやって行きますか。
mi.na.mi.gu.chi.wa.do.o.ya.t.te.i.ki.ma.su.ka

南出口要怎麼去呢？

2 時刻表はどこにありますか。
ji.ko.ku.hyo.o.wa.do.ko.ni.a.ri.ma.su.ka

哪裡有時刻表？

3 ここはなに口ですか。
ko.ko.wa.na.ni.gu.chi.de.su.ka

這裡是什麼出口？

詢問如何買票

1 切符売り場はどこですか。
ki.p.pu.u.ri.ba.wa.do.ko.de.su.ka

請問售票處在哪裡？

2 定期券はどこで買えますか。
te.i.ki.ke.n.wa.do.ko.de.ka.e.ma.su.ka

哪裡可以買到定期車票？

3 この販売機の使い方を教えていただけませんか。
ko.no.ha.n.ba.i.ki.no.tsu.ka.i.ka.ta.o
o.shi.e.te.i.ta.da.ke.ma.se.n.ka

能教我如何使用這台售票機嗎？

4 京都までいくらかかりますか。
kyo.o.to.ma.de.i.ku.ra.ka.ka.ri.ma.su.ka

到京都要多少錢？

5 片道料金(往復料金)はいくらですか。
ka.ta.mi.chi.ryo.o.ki.n(o.o.fu.ku.ryo.o.ki.n)wa
i.ku.ra.de.su.ka

單程票價（來回票價）多少錢？

6 急行料金はいくらですか。
kyu.u.ko.o.ryo.o.ki.n.wa.i.ku.ra.de.su.ka

快車票要多少錢？

 買票

岡山までの切符を下さい。
o.ka.ya.ma.ma.de.no.ki.p.pu.o.ku.da.sa.i

我要買到岡山的車票。

何時発の列車ですか。
na.n.ji.ha.tsu.no.re.s.sha.de.su.ka

請問您要坐幾點的？

今日の１８時５分です。
kyo.o.no.ju.u.ha.chi.ji.go.fu.n.de.su

今天下午六點五分。

片道ですか。
ka.ta.mi.chi.de.su.ka

單程嗎？

往復です。
o.o.fu.ku.de.su

來回的。

お一人様ですか。
o.hi.to.ri.sa.ma.de.su.ka

一位嗎？

二人です。
fu.ta.ri.de.su

兩位。

自由席ですか、指定席ですか。
ji.yu.u.se.ki.de.su.ka、shi.te.i.se.ki.de.su.ka.

請問要自由入座還是對號入座？

自由席でお願いします。
ji.yu.u.se.ki.de.o.ne.ga.i.shi.ma.su

自由入座就可以了。

一万二千円になります。
i.chi.ma.n.ni.se.n.e.n.ni.na.ri.ma.su

這樣是一萬兩千元。

ありがとうございます。
a.ri.ga.to.o.go.za.i.ma.su

謝謝。

＊日本的指定席票價較高，但確定有位子座。自由席雖然票價低，卻不一定有位子坐。

詢問目的地

050

1 倉敷へは次の駅でおりるのですか。
ku.ra.shi.ki.e.wa.tsu.gi.no.e.ki.de
o.ri.ru.no.de.su.ka

倉敷在下一站下車嗎？

2 どこの駅でおりるのですか。
do.ko.no.e.ki.de.o.ri.ru.no.de.su.ka

要在哪一站下車呢？

會話❶

この地下鉄は皇居前に停まりますか。
ko.no.chi.ka.te.tsu.wa.ko.o.kyo.ma.e.ni
to.ma.ri.ma.su.ka

這班地下鐵有停皇居前嗎？

はい、停まります。
ha.i、to.ma.ri.ma.su

是的，有停。

會話❷

秋葉原に行きますか。
a.ki.ha.ba.ra.ni.i.ki.ma.su.ka

有到秋葉原嗎？

はい、行きますよ。
ha.i、i.ki.ma.su.yo

有的。

會話❸

いくつ目の駅ですか。
i.ku.tsu.me.no.e.ki.de.su.ka

第幾個車站呢？

3つ目の駅です。
mi.t.tsu.me.no.e.ki.de.su

第3個車站。

おおさかじょう　い　　　　　こうつうきかん　　いちばん
大阪城へ行くにはどの交通機関が一番
いいですか。
o.o.sa.ka.jo.o.e.i.ku.ni.wa.do.no
ko.o.tsu.u.ki.ka.n.ga.i.chi.ba.n.i.i.de.su.ka

到大阪城搭什麼交通
工具最方便？

でんしゃ　　いちばんはや
電車が一番速いですよ。
de.n.sha.ga.i.chi.ba.n.ha.ya.i.de.su.yo

搭電車最快喔！

バスとタクシーではどちらがいいですか。
ba.su.to.ta.ku.shi.i.de.wa.do.chi.ra.ga
i.i.de.su.ka

巴士和計程車，搭哪
一種好呢？

じかん
バスは時間がかかるので、タクシーがい
いですよ。
ba.su.wa.ji.ka.n.ga.ka.ka.ru.no.de、
ta.ku.shi.i.ga.i.i.de.su.yo

坐巴士很花時間，還
是計程車好喔！

詢問如何換車

こうしえん　い　　　　　　　　　　の　か
1 甲子園へ行くにはどこで乗り換えればいいで
すか。
ko.o.shi.e.n.e.i.ku.ni.wa.do.ko.de
no.ri.ka.e.re.ba.i.i.de.su.ka

到甲子園要在哪邊換車？

の　か　　　　　　おし
どこで乗り換えるのか教えて
いただけませんか。
do.ko.de.no.ri.ka.e.ru.no.ka
o.shi.e.te.i.ta.da.ke.ma.se.n.ka

能告訴我要在哪邊換
車嗎？

つぎ　つぎ
次の次です。
tsu.gi.no.tsu.gi.de.su

在下下站換。

🔊 051

1 神戸へは何番線に乗ればいいですか。
ko.o.be.e.wa.na.n.ba.n.se.n.ni.no.re.ba
i.i.de.su.ka

到神戶要坐幾號線？

2 横浜行きは何番線から出ますか。
yo.ko.ha.ma.yu.ki.wa.na.n.ba.n.se.n.ka.ra
de.ma.su.ka

往橫濱的車從幾號線開呢？

3 これは名古屋行きですか。
ko.re.wa.na.go.ya.yu.ki.de.su.ka

這是開往名古屋的嗎？

4 札幌行きのプラットホームはここですか。
sa.p.po.ro.yu.ki.no.pu.ra.t.to.ho.o.mu.wa
ko.ko.de.su.ka

往札幌的月台是在這裡嗎？

5 何時に金沢到着ですか。／着きますか。
na.n.ji.ni.ka.na.za.wa.to.o.cha.ku.de.su.ka
／tsu.ki.ma.su.ka

幾點會到金澤？

6 次の富士山行きは何時に出ますか。
tsu.gi.no.fu.ji.sa.n.yu.ki.wa.na.n.ji.ni.de.ma.su.ka

下一班往富士山的車幾點開？

7 静岡行きの新幹線は何時発ですか。
shi.zu.o.ka.yu.ki.no.shi.n.ka.n.se.n.wa
na.n.ji.ha.tsu.de.su.ka

往靜岡的新幹線幾點開？

8 終電は何時に出ますか。
shu.u.de.n.wa.na.n.ji.ni.de.ma.su.ka

最後一班電車幾點開？

9 地下鉄路線図をいただけませんか。
chi.ka.te.tsu.ro.se.n.zu.o.i.ta.da.ke.ma.se.n.ka

可以給我一份地下鐵路線圖嗎？

在列車上

1 この席は空いてますか。
ko.no.se.ki.wa.a.i.te.ma.su.ka

這位子有人坐嗎？

2 タバコを吸っても構いませんか。
ta.ba.ko.o.su.t.te.mo.ka.ma.i.ma.se.n.ka

我可以抽菸嗎？

3 化粧室はどこですか。
ke.sho.o.shi.tsu.wa.do.ko.de.su.ka

化妝室在哪裡？

4 空席があれば禁煙席に移りたいのですが。
ku.u.se.ki.ga.a.re.ba.ki.n.e.n.se.ki.ni
u.tsu.ri.ta.i.no.de.su.ga

如果有空位的話，我想換到禁菸區去。

有狀況時

1 電車に乗り遅れました。
de.n.sha.ni.no.ri.o.ku.re.ma.shi.ta

我錯過電車了。

2 間違って切符を買ってしまいました。
ma.chi.ga.t.te.ki.p.pu.o.ka.t.te.shi.ma.i.ma.shi.ta

我買錯車票了。

3 どこでこの切符を払い戻すことができますか。
do.ko.de.ko.no.ki.p.pu.o
ha.ra.i.mo.do.su.ko.to.ga.de.ki.ma.su.ka

我可以在哪裡退票呢？

4 切符をなくしました。
ki.p.pu.o.na.ku.shi.ma.shi.ta

我把車票弄丟了。

◆ 公車

切符をなくしました。

搭車前

🔊 052

1 道後温泉行きはどのバスですか。
do.o.go.o.n.se.n.yu.ki.wa.do.no.ba.su.de.su.ka

往道後溫泉要搭哪一輛公車？

2 天橋立行きのバス停はどこですか。
a.ma.no.ha.shi.da.te.yu.ki.no.ba.su.te.i.wa
do.ko.de.su.ka

往天橋立的公車站在哪裡？

3 このバスは富良野へ行きますか。
ko.no.ba.su.wa.fu.ra.no.e.i.ki.ma.su.ka

這輛公車有到富良野嗎？

4 首里城へ行くバスは何番ですか。
shu.ri.jo.o.e.i.ku.ba.su.wa.na.n.ba.n.de.su.ka

往首里城去的公車是幾號？

5 このバスは金閣寺前に停まりますか。
ko.no.ba.su.wa.ki.n.ka.ku.ji.ma.e.ni
to.ma.ri.ma.su.ka

這班車有停金閣寺前嗎？

詢問時間或距離

1 湯布院行きのバスは何時に来ますか。
yu.fu.i.n.yu.ki.no.ba.su.wa.na.n.ji.ni.ki.ma.su.ka

往湯布院的公車幾點會到？

2 天満宮までどのくらい時間がかかりますか。
te.n.ma.n.gu.u.ma.de.do.no.ku.ra.i.ji.ka.n.ga
ka.ka.ri.ma.su.ka

到天滿宮需要花多久時間？

3 最終バスは何時ですか。
sa.i.shu.u.ba.su.wa.na.n.ji.de.su.ka

最後一班公車是幾點？

詢問票價

1 金閣寺までいくらですか。
ki.n.ka.ku.ji.ma.de.i.ku.ra.de.su.ka

到金閣寺要多少錢？

2 前払いですか、後払いですか。
ma.e.ba.ra.i.de.su.ka、a.to.ba.ra.i.de.su.ka

上車付錢還是下車付錢？

3 バスカード（回数券）を下さい。
ba.su.ka.a.do(ka.i.su.u.ke.n)o.ku.da.sa.i

我要一張公車卡（回數券）。

4 両替できますか。
ryo.o.ga.e.de.ki.ma.su.ka

可以換零錢嗎？

下車時

1 おります。
o.ri.ma.su

我要下車。

2 次のバス停でおります。
tsu.gi.no.ba.su.te.i.de.o.ri.ma.su

我要在下一站下。

11時30分です。

最終バスは何時ですか?

BUS STOP

◆ 計程車

053

搭車前

會話❶

タクシー乗り場はどこですか。
ta.ku.shi.i.no.ri.ba.wa.do.ko.de.su.ka

請問計程車搭乘處在哪？

正面玄関をでたところです。
sho.o.me.n.ge.n.ka.n.o.de.ta.to.ko.ro.de.su

走出正門就是了。

會話❷

タクシーを呼んでいただきたいのですが。
ta.ku.shi.i.o.yo.n.de.
i.ta.da.ki.ta.i.no.de.su.ga

我想請你幫我叫計程車。

はい、すぐにお呼びいたします。
ha.i、su.gu.ni.o.yo.bi.i.ta.shi.ma.su

好的，立刻為您派車。

向司機詢問價錢

會話❶

浅草までいくらですか。
a.sa.ku.sa.ma.de.i.ku.ra.de.su.ka

到淺草要多少錢？

だいたい千五百円ぐらいです。
da.i.ta.i.se.n.go.hya.ku.e.n.gu.ra.i.de.su

大約1500元左右。

會話❷

二千円以内で東京ディズニーランドへ行けますか。
ni.se.n.e.n.i.na.i.de
to.o.kyo.o.di.zu.ni.i.ra.n.do.e.i.ke.ma.su.ka

2000元以內到得了東京迪士尼樂園嗎？

三千円はかかりますよ。
sa.n.ze.n.e.n.wa.ka.ka.ri.ma.su.yo

可能要3000元喔！

🌱 搭車

1 この住所までお願いします。
　　ko.no.ju.u.sho.ma.de.o.ne.ga.i.shi.ma.su

麻煩載我到這個地址。

會話

乗ってもいいですか。
no.t.te.mo.i.i.de.su.ka

我可以搭乘嗎？

どうぞ。どちらまで。
do.o.zo。do.chi.ra.ma.de

請上車，要到哪裡呢？

原宿までお願いします。急いでください。
ha.ra.ju.ku.ma.de.o.ne.ga.i.shi.ma.su
i.so.i.de.ku.da.sa.i

麻煩載我到原宿。請你快一點。

🌱 指示司機

1 まっすぐ行ってください。
　　ma.s.su.gu.i.t.te.ku.da.sa.i

請直走。

2 次の角を右（左）に曲がってください。
　　tsu.gi.no.ka.do.o.mi.gi(hi.da.ri)ni
　　ma.ga.t.te.ku.da.sa.i

請在下一個轉角右轉（左轉）。

3 上野公園のところでおろしてください。
　　u.e.no.ko.o.e.n.no.to.ko.ro.de
　　o.ro.shi.te.ku.da.sa.i

請在上野公園讓我下車。

4 ここでとまってください。
　　ko.ko.de.to.ma.t.te.ku.da.sa.i

請在這裡停車。

5 トランクを開けてください。
　　to.ra.n.ku.o.a.ke.te.ku.da.sa.i

請幫我打開行李箱。

◆ 飛機

054

🌿 服務台詢問

會話

🐵 アジア航空はどのカウンターですか。
a.ji.a.ko.o.ku.u.wa.do.no.ka.u.n.ta.a.de.su.ka

亞細亞航空在哪一個櫃檯呢？

🐵 一番右端のカウンターになります。
i.chi.ba.n.mi.gi.ha.shi.no.ka.u.n.ta.a.ni
na.ri.ma.su

在最右邊的櫃檯。

🌿 預約

會話❶

🐵 予約を確認したいのですが。
yo.ya.ku.o.ka.ku.ni.n.shi.ta.i.no.de.su.ga

我想確認預約機位。

🐵 チケットとパスポートを見せてください。
chi.ke.t.to.to.pa.su.po.o.to.o
mi.se.te.ku.da.sa.i

麻煩給我看一下機票和護照。

會話❷

🐵 予約の変更をしたいのですが。
yo.ya.ku.no.he.n.ko.o.o.shi.ta.i.no.de.su.ga

我想變更預約。

🐵 どちらの便に変更しますか。
do.chi.ra.no.bi.n.ni.he.n.ko.o.shi.ma.su.ka

請問要更改成哪個班機呢？

🐵 十二時発の便です。
ju.u.ni.ji.ha.tsu.no.bi.n.de.su

12點起飛的班機。

 **劃位**

會話

🐵 チケットとパスポートを出して<ruby>だ<rt></rt></ruby>ください。
chi.ke.t.to.to.pa.su.po.o.to.o
da.shi.te.ku.da.sa.i

麻煩出示您的機票和護照。

お<ruby>預<rt>あず</rt></ruby>けのお<ruby>荷物<rt>に もつ</rt></ruby>はおひとつですね。
o.a.zu.ke.no.o.ni.mo.tsu.wa
o.hi.to.tsu.de.su.ne

您托運的行李只有一個對吧？

🐵 はい。
ha.i

是的。

🐵 お<ruby>席<rt>せき</rt></ruby>は<ruby>通路側<rt>つう ろ がわ</rt></ruby>と<ruby>窓側<rt>まどがわ</rt></ruby>のどちらにしますか。
o.se.ki.wa.tsu.u.ro.ga.wa.to.ma.do.ga.wa.no
do.chi.ra.ni.shi.ma.su.ka

請問您的位置要靠走道還是窗戶呢？

🐵 <ruby>窓側<rt>まどがわ</rt></ruby>で<ruby>お願<rt>ねが</rt></ruby>いします。
ma.do.ga.wa.de.o.ne.ga.i.shi.ma.su

麻煩你我要靠窗戶的。

🐵 こちらが<ruby>搭乗券<rt>とうじょうけん</rt></ruby>になります。
ko.chi.ra.ga.to.o.jo.o.ke.n.ni.na.ri.ma.su

這是您的登機證。

🌿 **在飛機上**

會話❶

🐵 なにか<ruby>読<rt>よ</rt></ruby>み<ruby>物<rt>もの</rt></ruby>をいただけますか。
na.ni.ka.yo.mi.mo.no.o.i.ta.da.ke.ma.su.ka

可以拿什麼讀物給我看嗎？

🐵 <ruby>新聞<rt>しんぶん</rt></ruby>でよろしいですか。
shi.n.bu.n.de.yo.ro.shi.i.de.su.ka

報紙好嗎？

🐵 はい、<ruby>中国語<rt>ちゅうごく ご</rt></ruby>のを<ruby>お願<rt>ねが</rt></ruby>いします。
ha.i、chu.u.go.ku.go.no.o
o.ne.ga.i.shi.ma.su

好的，麻煩給我中文的。

ちょっと寒いのですが。
cho.t.to.sa.mu.i.no.de.su.ga
不好意思，我有點冷。

毛布をお持ちします。
mo.o.fu.o.o.mo.chi.shi.ma.su
我去拿毛毯給您。

會話❸

なにか温かい飲み物をください。
na.ni.ka.a.ta.ta.ka.i.no.mi.mo.no.o.ku.da.sa.i
請給我一杯溫的飲料。

紅茶、コーヒー、スープがございますが。
ko.o.cha、ko.o.hi.i、su.u.pu.ga
go.za.i.ma.su.ga
有紅茶、咖啡和湯…
（您要什麼呢？）

じゃあ、スープをお願いします。
ja.a、su.u.pu.o.o.ne.ga.i.shi.ma.su
那、麻煩你給我一碗湯。

會話❹

定刻通りの到着予定ですか。
te.i.ko.ku.do.o.ri.no.to.o.cha.ku.yo.te.i.de.su.ka
請問會按照預定時間抵達嗎？

はい、定刻通りです。
ha.i、te.i.ko.ku.do.o.ri.de.su
是的，會準時抵達。

行李

會話❶

どこで荷物を受け取るのですか。
do.ko.de.ni.mo.tsu.o.u.ke.to.ru.no.de.su.ka
請問要到哪裡領行李？

1階です。
i.k.ka.i.de.su
1樓。

荷物が見当たらないのですが。
ni.mo.tsu.ga.mi.a.ta.ra.na.i.no.de.su.ga

不好意思，我找不到我的行李。

どのようなお荷物ですか。
do.no.yo.o.na.o.ni.mo.tsu.de.su.ka

您的行李長什麼樣子呢？

赤色のスーツケースです。
a.ka.i.ro.no.su.u.tsu.ke.e.su.de.su

是紅色的行李箱。

大変申し訳ありません。
ta.i.he.n.mo.o.shi.wa.ke.a.ri.ma.se.n

非常抱歉。

すぐお探しします。こちらですか。
su.gu.o.sa.ga.shi.shi.ma.su
ko.chi.ra.de.su.ka

我馬上幫您找。是這個嗎？

はい、間違いありません。
ha.i、ma.chi.ga.i.a.ri.ma.se.n

是的，沒錯。

ありがとうございました。
a.ri.ga.to.o.go.za.i.ma.shi.ta

謝謝你。

ご迷惑おかけして、
go.me.i.wa.ku.o.ka.ke.shi.te

抱歉給您添麻煩了。

申し訳ございませんでした。
mo.o.shi.wa.ke.go.za.i.ma.se.n.de.shi.ta

◆ 租車

🔊 o55

🌱 租借時

1 料金はいくらですか。
ryo.o.ki.n.wa.i.ku.ra.de.su.ka

租一次多少錢？

2 ガソリン代は込みですか。
ga.so.ri.n.da.i.wa.ko.mi.de.su.ka

含油費嗎？

3 保証金が必要ですか。
ho.sho.o.ki.n.ga.hi.tsu.yo.o.de.su.ka

需要保證金嗎？

4 どんな車がありますか。
do.n.na.ku.ru.ma.ga.a.ri.ma.su.ka

有些什麼車呢？

5 広島に乗り捨てたいのですが。
hi.ro.shi.ma.ni.no.ri.su.te.ta.i.no.de.su.ga

我想開到廣島就地還車。

會話

車を借りたいのですが。
ku.ru.ma.o.ka.ri.ta.i.no.de.su.ga

我想租車。

免許はありますか。
me.n.kyo.wa.a.ri.ma.su.ka

有駕照嗎？

加油站

1 一番近いガソリンスタンドはどこですか。
i.chi.ba.n.chi.ka.i.ga.so.ri.n.su.ta.n.do.wa
do.ko.de.su.ka

請問最近的加油站在哪裡？

2 一リットルいくらですか。
i.chi.ri.t.to.ru.i.ku.ra.de.su.ka

一公升多少錢呢？

3 満タンにしてください。
ma.n.ta.n.ni.shi.te.ku.da.sa.i

請幫我加滿。

有狀況時

1 車の調子が悪いのですが。
ku.ru.ma.no.cho.o.shi.ga.wa.ru.i.no.de.su.ga

車子有點狀況。

2 点検していただけますか。
te.n.ke.n.shi.te.i.ta.da.ke.ma.su.ka

可以幫我檢查一下嗎？

3 パンクしてしまいました。
pa.n.ku.shi.te.shi.ma.i.ma.shi.ta.

車子爆胎了。

開車

1 ここの制限速度はどのくらいですか。
ko.ko.no.se.i.ge.n.so.ku.do.wa
do.no.ku.ra.i.de.su.ka

這裡的時速限制大約多少？

2 ここは一方通行ですか。
ko.ko.wa.i.p.po.o.tsu.u.ko.o.de.su.ka

這裡是單行道嗎？

3 この辺に駐車場はありますか。
ko.no.he.n.ni.chu.u.sha.jo.o.wa.a.ri.ma.su.ka

這附近有停車場嗎？

🔊 056

道路・交通

切符／チケット
きっぷ
ki.p.pu／chi.ke.t.to
車票

案内書／ガイドブック
あんないしょ
a.n.na.i.sho／ga.i.do.bu.k.ku
指南書

地図
ちず
chi.zu
地圖

船
ふね
fu.ne
船

フェリー
fe.ri.i
渡船

交番
こうばん
ko.o.ba.n
派出所

信号
しんごう
shi.n.go.o
紅綠燈

歩道橋
ほどうきょう
ho.do.o.kyo.o
天橋

横断歩道
おうだん ほ どう
o.o.da.n.ho.do.o
斑馬線

交差点
こうさてん
ko.o.sa.te.n
十字路口

まっすぐ(に行く)
い
ma.s.su.gu.(ni.i.ku)
直走

右(へ行く)
みぎ い
mi.gi(e.i.ku)
向右走

左(へ行く)
ひだり い
hi.da.ri.(e.i.ku)
向左走

渋滞
じゅうたい
ju.u.ta.i
塞車

ラッシュアワー
ra.s.shu.a.wa.a
尖峰時刻

目的地
もくてき ち
mo.ku.te.ki.chi
目的地

はい、
わかりました。

チケットを1枚
ください。

車站内

| 駅
えき
e.ki
車站 | 駅員
えきいん
e.ki.i.n
站務員 | 車掌
しゃしょう
sha.sho.o
車掌 | 切符売り場
きっぷうば
ki.p.pu.u.ri.ba
售票處 | 電車
でんしゃ
de.n.sha
電車 |

| 自動券売機
じどうけんばいき
ji.do.o.ke.n.ba.i.ki
車票自動販賣機 | みどりの窓口
まどぐち
mi.do.ri.no.ma.do.gu.chi
綠色窗口（服務台） | 地下鉄
ちかてつ
chi.ka.te.tsu
地下鐵 |

| 乗り場
のば
no.ri.ba
搭乘處 | ホーム
ho.o.mu
月台 | 入口
いりぐち
i.ri.gu.chi
入口 | 出口
でぐち
de.gu.chi
出口 | 北口
きたぐち
ki.ta.gu.chi
北口 |

| 南口
みなみぐち
mi.na.mi.gu.chi
南口 | 西口
にしぐち
ni.shi.gu.chi
西口 | 東口
ひがしぐち
hi.ga.shi.gu.chi
東口 | 改札口
かいさつぐち
ka.i.sa.tsu.gu.chi
剪票口 | 清算所
せいさんしょ
se.i.sa.n.sho
補票處 |

| 地下鉄路線図
ちかてつろせんず
chi.ka.te.tsu.ro.se.n.zu
地下鐵路線圖 | 忘れ物取り扱い所
わすものとあつかじょ
wa.su.re.mo.no.to.ri.a.tsu.ka.i.jo
失物招領處 | 案内所
あんないじょ
a.n.na.i.jo
服務處 |

| コインロッカー
ko.i.n.ro.k.ka.a
置物櫃 | 荷物一時預かり所
にもついちじあずじょ
ni.mo.tsu.i.chi.ji.a.zu.ka.ri.jo
行李暫時保管處 | 検札
けんさつ
ke.n.sa.tsu
驗票 |

| 時刻表
じこくひょう
ji.ko.ku.hyo.o
時刻表 | 新幹線
しんかんせん
shi.n.ka.n.se.n
新幹線 |

時刻表はどこにありますか？

案内所にあります。

🔊 **057**

おとな o.to.na 成人票	こども ko.do.mo 兒童票

<ruby>特急券<rt>とっきゅうけん</rt></ruby>
to.k.kyu.u.ke.n
特急券

<ruby>グリーン券<rt>けん</rt></ruby>
gu.ri.i.n.ke.n
頭等車廂票

<ruby>往復切符<rt>おうふくきっぷ</rt></ruby>
o.o.fu.ku.ki.p.pu
來回車票

<ruby>片道切符<rt>かたみちきっぷ</rt></ruby>
ka.ta.mi.chi.ki.p.pu
單程車票

<ruby>周遊券<rt>しゅうゆうけん</rt></ruby>
shu.u.yu.u.ke.n
周遊券

<ruby>回数券<rt>かいすうけん</rt></ruby>
ka.i.su.u.ke.n
回數票

<ruby>一日乗車券<rt>いちにちじょうしゃけん</rt></ruby>
i.chi.ni.chi.jo.o.sha.ke.n
一日票

Icoca
i.ko.ka
JR 西日本 ICOCA IC 卡

Toica
to.i.ka
JR 東海 TOICA IC 卡

Suica
su.i.ka
JR 東日本 SUICA IC 卡＊

PASMO
pa.su.mo
PASMO IC 卡

＊Suica 日本全國通用

電車種類

かくえき ていしゃ **各駅停車** ka.ku.e.ki.te.i.sha 每站停車	かいそく **快速** ka.i.so.ku 快速列車	きゅうこう **急行** kyu.u.ko.o 快速電車	とっきゅう **特急** to.k.kyu.u 特快速電車
つうきんとっかい **通勤特快** tsu.u.ki.n.to.k.ka.i 通勤特快列車＊	し はつ **始発** shi.ha.tsu 首班車	しゅうでん **終電** shu.u.de.n 末班車	かいそう **回送** ka.i.so.o 空車返回總站

禁煙車で
お願いします。

＊（只在通勤時間運行）

車廂種類

きんえんしゃ **禁煙車** ki.n.e.n.sha 禁菸車廂	きつえんしゃ **喫煙車** ki.tsu.e.n.sha 吸菸車廂	しんだいしゃ **寝台車** shi.n.da.i.sha 臥舖車廂	しょくどうしゃ **食堂車** sho.ku.do.o.sha 供餐車廂

いちばんまえ せんとう　しゃりょう **一番前（先頭）の車両** i.chi.ba.n.ma.e(se.n.to.o)no.sha.ryo.o 最前面的車廂	いちばんうし　しゃりょう **一番後ろの車両** i.chi.ba.n.u.shi.ro.no.sha.ryo.o 最後面的車廂

ご ごうしゃ **五号車** go.go.o.sha 五號車廂	じ ゆうせき **自由席** ji.yu.u.se.ki 自由入座	し ていせき **指定席** shi.te.i.se.ki 對號入座	しゃ **グリーン車** gu.ri.i.n.sha 頭等車廂

巴士

高速バス／ハイウェーバス
こうそく
ko.o.so.ku.ba.su／ha.i.we.e.ba.su
高速公路巴士

長距離バス
ちょうきょり
cho.o.kyo.ri.ba.su
長途巴士

料金表
りょうきんひょう
ryo.o.ki.n.hyo.o
價目表

バス停
てい
ba.su.te.i
巴士站

バスターミナル
ba.su.ta.a.mi.na.ru
巴士總站

夜行バス
やこう
ya.ko.o.ba.su
夜行巴士

連絡バス
れんらく
re.n.ra.ku.ba.su
接駁車

汽車

道路地図
どうろちず
do.o.ro.chi.zu
路線圖

駐車場
ちゅうしゃじょう
chu.u.sha.jo.o
停車場

ガソリンスタンド
ga.so.ri.n.su.ta.n.do
加油站

ガソリン
ga.so.ri.n
汽油

オイル
o.i.ru
油

パンク
pa.n.ku
爆胎

クラクション
ku.ra.ku.sho.n
喇叭

バックミラー
ba.k.ku.mi.ra.a
後照鏡

フロントガラス
fu.ro.n.to.ga.ra.su
擋風玻璃

洗車
せんしゃ
se.n.sha
洗車

中古車
ちゅうこしゃ
chu.u.ko.sha
中古車

飛機

空港
くうこう
ku.u.ko.o
機場

搭乗券
とうじょうけん
to.o.jo.o.ke.n
機票

パスポート
pa.su.po.o.to
護照

電子チケット
でんし
de.n.shi.chi.ke.t.to
電子機票

税関
ぜいかん
ze.i.ka.n
海關

搭乗手続き
とうじょうてつづ
to.o.jo.o.te.tsu.zu.ki
登機手續

搭乗ゲート
とうじょう
to.o.jo.o.ge.e.to
登機門

入国カード
にゅうこく
nyu.u.ko.ku.ka.a.do
入境卡

荷物受取証
にもつうけとりしょう
ni.mo.tsu.u.ke.to.ri.sho.o
行李領取証

遅延証明書
ちえんしょうめいしょ
chi.e.n.sho.o.me.i.sho
延遲證明

窓際の席
まどぎわ　せき
ma.do.gi.wa.no.se.ki
靠窗座位

通路側の席
つうろがわ　せき
tsu.u.ro.ga.wa.no.se.ki
靠走道座位

着陸
ちゃくりく
cha.ku.ri.ku
著地

離陸
りりく
ri.ri.ku
起飛

シートベルト着用のサイン
ちゃくよう
shi.i.to.be.ru.to.cha.ku.yo.o.no.sa.i.n
安全帶指示燈

免税販売
めんぜいはんばい
me.n.ze.i.ha.n.ba.i
免稅商品販售

免税品
めんぜいひん
me.n.ze.i.hi.n
免稅商品

乗務員
じょうむいん
jo.o.mu.i.n
空服人員

機内食
きないしょく
ki.na.i.sho.ku
飛機餐

欠航
けっこう
ke.k.ko.o
班機取消

使用中
しようちゅう
shi.yo.o.chu.u
使用中（指廁所使用中）

娛樂

購票

1 プレイガイドはどこですか。
pu.re.i.ga.i.do.wa.do.ko.de.su.ka

戲票預售處在哪？

2 演劇とコンサートの案内がほしいんですが。
e.n.ge.ki.to.ko.n.sa.a.to.no.a.n.na.i.ga
ho.shi.i.n.de.su.ga

我想要戲劇和音樂會的導覽。

3 オペラの切符をお願いできますか。
o.pe.ra.no.ki.p.pu.o.o.ne.ga.i.de.ki.ma.su.ka

可以給我歌劇票嗎？

4 歌舞伎を見たいのですが。
ka.bu.ki.o.mi.ta.i.no.de.su.ga.

我想看歌舞伎。

5 切符売り場はどこですか。
ki.p.pu.u.ri.ba.wa.do.ko.de.su.ka

售票處在哪裡？

6 まだ席はありますか。
ma.da.se.ki.wa.a.ri.ma.su.ka

還有位置嗎？

7 どんな席がありますか。
do.n.na.se.ki.ga.a.ri.ma.su.ka

有什麼樣的座位？

8 入場料はいくらですか。
nyu.u.jo.o.ryo.o.wa.i.ku.ra.de.su.ka

入場券要多少錢？

9 一般席はいくらですか。
i.p.pa.n.se.ki.wa.i.ku.ra.de.su.ka

普通座位要多少錢？

10 指定席はいくらですか。
shi.te.i.se.ki.wa.i.ku.ra.de.su.ka

對號座位要多少錢？

11 一番安いのはいくらですか。
i.chi.ba.n.ya.su.i.no.wa.i.ku.ra.de.su.ka

最便宜的票是多少錢？

12 一般席を一枚下さい。
i.p.pa.n.se.ki.o.i.chi.ma.i.ku.da.sa.i

請給我一張普通座位的。

13 今夜の指定席を二枚下さい。
ko.n.ya.no.shi.te.i.se.ki.o.ni.ma.i.ku.da.sa.i

請給我兩張今晚的對號券。

14 前売り券を買っておかなくてはなりませんか。
ma.e.u.ri.ke.n.o.ka.t.te.o.ka.na.ku.te.wa
na.ri.ma.se.n.ka

我必須預先購票嗎？

電影

1 今どんな映画が上映されていますか。
i.ma.do.n.na.e.i.ga.ga.jo.o.e.i.sa.re.te.i.ma.su.ka

現在在上映什麼電影？

2 その映画はどこで上映されていますか。
so.no.e.i.ga.wa.do.ko.de
jo.o.e.i.sa.re.te.i.ma.su.ka

那部電影在哪裡上映？

3 この映画はいつまで上映される予定ですか。
ko.no.e.i.ga.wa.i.tsu.ma.de
jo.o.e.i.sa.re.ru.yo.te.i.de.su.ka

這部電影預定上映到什麼時候？

4 何時に始まりますか。
na.n.ji.ni.ha.ji.ma.ri.ma.su.ka

幾點開始呢？

5 どんな映画ですか。
do.n.na.e.i.ga.de.su.ka

是什麼樣的電影？

6 それはコメディーですか。
so.re.wa.ko.me.di.i.de.su.ka

那是喜劇片嗎？

7 それは子供にも見せられますか。
so.re.wa.ko.do.mo.ni.mo.mi.se.ra.re.ma.su.ka

那部電影小朋友也可以看嗎？

8 吹き替え版ですか、それとも字幕ですか。
fu.ki.ka.e.ba.n.de.su.ka、
so.re.to.mo.ji.ma.ku.de.su.ka

它是配音版嗎？還是有字幕的？

 劇場

1 国立劇場では何を上演してますか。
ko.ku.ri.tsu.ge.ki.jo.o.de.wa
na.ni.o.jo.o.e.n.shi.te.ma.su.ka

國立劇場現在在演什麼？

2 それはどんな劇ですか。
so.re.wa.do.n.na.ge.ki.de.su.ka

那是什麼樣的戲劇？

3 千秋楽はいつですか。
se.n.shu.u.ra.ku.wa.i.tsu.de.su.ka

閉幕演出是什麼時候？

 音樂

1 今夜なんのコンサートがありますか。
ko.n.ya.na.n.no.ko.n.sa.a.to.ga
a.ri.ma.su.ka

今晚有什麼樣的演唱會
呢？

2 Misiaのコンサートはいつですか。
mi.i.sha.no.ko.n.sa.a.to.wa.i.tsu.de.su.ka

米希亞的演唱會是什麼
時候？

運動

1 テニスがしたいです。
te.ni.su.ga.shi.ta.i.de.su

我想打網球。

2 ボーリングに行きたいです。
bo.o.ri.n.gu.ni.i.ki.ta.i.de.su

我想去打保齡球。

3 相撲を見に行きたいです。
su.mo.o.o.mi.ni.i.ki.ta.i.de.su

我想去看相撲。

4 野球の試合が見たいです。
ya.kyu.u.no.shi.a.i.ga.mi.ta.i.de.su

我想看棒球賽。

5 ボールを借りることができますか。
bo.o.ru.o.ka.ri.ru.ko.to.ga.de.ki.ma.su.ka

可以借球嗎？

6 対戦相手はどこですか。
ta.i.se.n.a.i.te.wa.do.ko.de.su.ka

競賽對手在哪裡？

7 ルールがよく分かりません。
ru.u.ru.ga.yo.ku.wa.ka.ri.ma.se.n

我不太清楚規則。

8 ルールを説明していただけませんか。
ru.u.ru.o.se.tsu.me.i.shi.te.i.ta.da.ke.ma.se.n.ka

可以幫我說明規則嗎？

9 この辺にスポーツジムはありますか。
ko.no.he.n.ni.su.po.o.tsu.ji.mu.wa.a.ri.ma.su.ka

這附近有運動場嗎？

 電視

1 野球の試合はなんチャンネルですか。
ya.kyu.u.no.shi.a.i.wa.na.n.cha.n.ne.ru.de.su.ka

棒球賽在第幾台？

2 これは二ヶ国語放送ですか。
ko.re.wa.ni.ka.ko.ku.go.ho.o.so.o.de.su.ka

這是雙語節目嗎？

3 英語のチャンネル案内はありますか。
e.i.go.no.cha.n.ne.ru.a.n.na.i.wa.a.ri.ma.su.ka

有沒有英語的節目表？

會話

 外に出かけませんか。
so.to.ni.de.ka.ke.ma.se.n.ka

要不要出去走走？

私は部屋でテレビを見ているほうがいいです。
wa.ta.shi.wa.he.ya.de.te.re.bi.o
mi.te.i.ru.ho.o.ga.i.i.de.su

我在房間看電視就好了。

單字充電站

🔊 o60

電影

映画 e.i.ga 電影	映画館 e.i.ga.ka.n 電影院	演劇 e.n.ge.ki 戲劇	劇場 ge.ki.jo.o 劇場	字幕 ji.ma.ku 字幕
俳優 ha.i.yu.u 演員	女優 jo.yu.u 女演員	監督 ka.n.to.ku 導演	新作映画 shi.n.sa.ku.e.i.ga 電影新作	

SF
e.su.e.fu
科幻片

せんそう
戦争もの
se.n.so.o.mo.no
戰爭電影

れんあい
恋愛もの
re.n.a.i.mo.no
愛情電影

ミステリー
mi.su.te.ri.i
推理片

ホラー
ho.ra.a
恐怖片

コメディー
ko.me.di.i
喜劇片

ドキュメンタリー
do.kyu.me.n.ta.ri.i
記錄片

アニメ
a.ni.me
動畫

アクション
a.ku.sho.n
動作片

恋愛もの

電影院・劇場

じょうえんちゅう
上演中
jo.o.e.n.chu.u
上映中（電影或戲劇等都可使用）

じょうえいちゅう
上映中
jo.o.e.i.chu.u
上映中（只限於電影）

おとな
o.to.na
成人票

こども
ko.do.mo
兒童票

がくせいわりびき
学生割引
ga.ku.se.i.wa.ri.bi.ki
學生優待

とうじつけん
当日券
to.o.ji.tsu.ke.n
當天的票

まえう　　けん
前売り券
ma.e.u.ri.ke.n
預售票

じ ゆうせきけん
自由席券
ji.yu.u.se.ki.ke.n
不對號票

し ていせきけん
指定席券
shi.te.i.se.ki.ke.n
對號票

たち み せき
立見席
ta.chi.mi.se.ki
站票

ツアーに参加したいのですが…。

觀光

在觀光服務中心

1 観光案内所はどこですか。
かんこうあんないじょ
ka.n.ko.o.a.n.na.i.jo.wa.do.ko.de.su.ka

觀光服務處在哪裡？

2 ツアーに参加したいのですが。
さん か
tsu.a.a.ni.sa.n.ka.shi.ta.i.no.de.su.ga

我想參加行程。

3 どんなツアーがありますか。
do.n.na.tsu.a.a.ga.a.ri.ma.su.ka

有什麼樣的行程呢？

4 パンフレットをもらえますか。
pa.n.fu.re.t.to.o.mo.ra.e.ma.su.ka

可以給我觀光指南手冊嗎？

5 鎌倉の名所を紹介していただけませんか。
かまくら　めいしょ　しょうかい
ka.ma.ku.ra.no.me.i.sho.o
sho.o.ka.i.shi.te.i.ta.da.ke.ma.se.n.ka

能不能幫我介紹鎌倉的名勝呢？

6 富士山へ行くツアーはありますか。
ふ じ さん　い
fu.ji.sa.n.e.i.ku.tsu.a.a.wa.a.ri.ma.su.ka

有沒有到富士山的行程呢？

7 英語を話すガイドさんはいますか。
えいご　はな
e.i.go.o.ha.na.su.ga.i.do.sa.n.wa.i.ma.su.ka

有沒有會說英語的導遊呢？

8 日帰りツアーですか。
ひ がえ
hi.ga.e.ri.tsu.a.a.de.su.ka

是當天往返的行程嗎？

9 スケジュールを詳しく教えていただけませんか。
くわ　おし
su.ke.ju.u.ru.o.ku.wa.shi.ku
o.shi.e.te.i.ta.da.ke.ma.se.n.ka

可以告訴我詳細的行程嗎？

10 出発はどこからですか。
しゅっぱつ
shu.p.pa.tsu.wa.do.ko.ka.ra.de.su.ka

從哪裡出發呢？

11 出発は何時ですか。
しゅっぱつ　なん じ
shu.p.pa.tsu.wa.na.n.ji.de.su.ka

幾點出發呢？

12 どのくらい時間がかかりますか。
じ かん
do.no.ku.ra.i.ji.ka.n.ga.ka.ka.ri.ma.su.ka

要花多少時間呢？

13 ツアーの料金^{りょうきん}はいくらですか。
tsu.a.a.no.ryo.o.ki.n.wa.i.ku.ra.de.su.ka

旅費是多少？

14 食事^{しょくじ}つきですか。
sho.ku.ji.tsu.ki.de.su.ka

有附餐嗎？

15 交通費^{こうつうひ}は込^こみですか。
ko.o.tsu.u.hi.wa.ko.mi.de.su.ka

交通費包含在內嗎？

觀光中

1 中^{なか}に入^{はい}れますか。
na.ka.ni.ha.i.re.ma.su.ka

可以進去嗎？

2 入館料^{にゅうかんりょう}はいりますか。
nyu.u.ka.n.ryo.o.wa.i.ri.ma.su.ka

要入館費嗎？

3 あれはなんのお祭^{まつ}りですか。
a.re.wa.na.n.no.o.ma.tsu.ri.de.su.ka

那是什麼樣的祭典？

4 写真^{しゃしん}を撮^とっても構^{かま}いませんか。
sha.shi.n.o.to.t.te.mo.ka.ma.i.ma.se.n.ka

可以拍照嗎？

5 一緒^{いっしょ}に写真^{しゃしん}を撮^とらせていただけませんか。
i.s.sho.ni.sha.shi.n.o
to.ra.se.te.i.ta.da.ke.ma.se.n.ka

可以和你一起拍照嗎？

6 この辺^{あた}りにお手洗^{てあら}いはありますか。
ko.no.a.ta.ri.ni.o.te.a.ra.i.wa.a.ri.ma.su.ka

這附近有洗手間嗎？

7 ここは立^たち入^いり禁止^{きんし}ですか。
ko.ko.wa.ta.chi.i.ri.ki.n.shi.de.su.ka

這裡禁止進入嗎？

8 陶芸^{とうげい}をやってみたいです。
to.o.ge.i.o.ya.t.te.mi.ta.i.de.su

我想做陶藝看看。

9 着物^{きもの}を着^きてみたいです。
ki.mo.no.o.ki.te.mi.ta.i.de.su

我想穿和服看看。

一緒に写真を撮らせていただけませんか？

いいわよ！

Elephant

單字充電站

🔊 062

觀光

| かんこう
観光
ka.n.ko.o
觀光 | かんこうあんないじょ
観光案内所
ka.n.ko.o.a.n.na.i.jo
觀光服務處 | りょこうがいしゃ
旅行会社
ryo.ko.o.ga.i.sha
旅行社 | ガイドブック
ga.i.do.bu.k.ku
觀光指南 |

| かんこう
観光バス
ka.n.ko.o.ba.su
觀光巴士 | ガイド
ga.i.do
導覽、導遊 | りょこうあんないしょ
旅行案内書／パンフレット
ryo.ko.o.a.n.na.i.sho／pa.n.fu.re.t.to
旅遊指南 |

| ツアー
tsu.a.a
旅遊行程 | にゅうじょうりょう
入場料
nyu.u.jo.o.ryo.o
入場費 |

お寺 ➡ 面白い！

設施

| めいしょ
名所
me.i.sho
名勝 | きゅうせき
旧跡
kyu.u.se.ki
古蹟 | いせき
遺跡
i.se.ki
遺跡 | きねんひ
記念碑
ki.ne.n.hi
紀念碑 | しろ
お城
o.shi.ro
城 |

| てら
お寺
o.te.ra
寺廟 | はくぶつかん
博物館
ha.ku.bu.tsu.ka.n
博物館 | びじゅつかん
美術館
bi.ju.tsu.ka.n
美術館 | ゆうえんち
遊園地
yu.u.e.n.chi
遊樂園 |

| しょくぶつえん
植物園
sho.ku.bu.tsu.e.n
植物園 | どうぶつえん
動物園
do.o.bu.tsu.e.n
動物園 | すいぞくかん
水族館
su.i.zo.ku.ka.n
水族館 |

テーマパーク te.e.ma.pa.a.ku 主題樂園	市場 い i.chi.ba 市場	海 うみ u.mi 海	海岸 かいがん ka.i.ga.n 海邊

山 やま ya.ma 山	川 かわ ka.wa 河川	湖 みずうみ mi.zu.u.mi 湖	滝 たき ta.ki 瀑布	温泉 おんせん o.n.se.n 溫泉

橋 はし ha.shi 橋	港 みなと mi.na.to 港口	噴水 ふんすい fu.n.su.i 噴水池

温泉は
いいな〜

日本文化藝術

茶道 さどう sa.do.o 茶道	華道 かどう ka.do.o 花道	書道 しょどう sho.do.o 書法	抹茶 まっちゃ ma.c.cha 抹茶	生け花 いばな i.ke.ba.na 插花

歌舞伎 かぶき ka.bu.ki 歌舞伎	能 のう no.o 能（日本古典藝能的一種）	文楽 ぶんらく bu.n.ra.ku 文樂（日本人偶劇）

祭り まつ ma.tsu.ri 祭典	日本舞踊 にほんぶよう ni.ho.n.bu.yo.o 日本舞

ぼくは書道が
できるよ！

寺廟・神社

寺
てら
te.ra
寺院

神社
じんじゃ
ji.n.ja
神社

願いごと
ねが
ne.ga.i.go.to
許願

参拝
さんぱい
sa.n.pa.i
參拜

おみくじ
o.mi.ku.ji
抽籤

賽銭箱
さいせんばこ
sa.i.se.n.ba.ko
香油錢箱

お賽銭
さいせん
o.sa.i.se.n
香油錢

鳥居
とり い
to.ri.i
鳥居（神社中用以象徵神域的一種門。）

山門
さんもん
sa.n.mo.n
寺院的正門

本殿
ほんでん
ho.n.de.n
正殿

拝殿
はいでん
ha.i.de.n
前殿

手水舎
て みずや
te.mi.zu.ya
進神社參拜前，洗手淨身處

狛犬
こまいぬ
ko.ma.i.nu
神社前狀似石獅子的雕像

燈籠
とうろう
to.o.ro.o
石燈籠

お守り
まも
o.ma.mo.ri
護身符

絵馬
え ま
e.ma
繪馬（用來祈願或還願繪有圖案的木板。）

破魔矢
はまや
ha.ma.ya
弓箭型的祈福飾物

神主
かんぬし
ka.n.nu.shi
神社祭司

僧
そう
so.o
僧侶

巫女
みこ
mi.ko
巫女（在神社中輔助神職的女性）

禁止事項（告示牌）

危険
き けん
ki.ke.n
危險

立ち入り禁止
た い きん し
ta.chi.i.ri.ki.n.shi
禁止進入

禁煙
きんえん
ki.n.e.n
禁菸

撮影禁止
さつえいきん し
sa.tsu.e.i.ki.n.shi
禁止攝影

三脚使用禁止
さんきゃく し ようきん し
sa.n.kya.ku.shi.yo.o.ki.n.shi
禁止使用三腳架

フラッシュ使用禁止
し ようきん し
fu.ra.s.shu.shi.yo.o.ki.n.shi
禁止使用閃光燈

止まれ
と
to.ma.re
止步

工事中
こう じ ちゅう
ko.o.ji.chu.u
施工中

駐車禁止
ちゅうしゃ きん し
chu.u.sha.ki.n.shi
禁止停車

ごみを捨てないでください
す
go.mi.o.su.te.na.i.de.ku.da.sa.i
請勿丟垃圾

芝生の中に入らないでください
しば ふ なか はい
shi.ba.fu.no.na.ka.ni.ha.i.ra.na.i.de.ku.da.sa.i
請勿踐踏草坪

手を触れないでください
て ふ
te.o.fu.re.na.i.de.ku.da.sa.i
請勿動手

きれいな芝生
ですね！

芝生の中に
入らないでください

打電話

尋找電話

1 電話をかけたいです。
de.n.wa.o.ka.ke.ta.i.de.su

我想打電話。

2 公衆電話はどこですか。
ko.o.shu.u.de.n.wa.wa.do.ko.de.su.ka

公共電話在哪裡？

3 電話をお借りできますか。
de.n.wa.o.o.ka.ri.de.ki.ma.su.ka

可以借一下電話嗎？

4 この電話のかけ方を教えていただけませんか。
ko.no.de.n.wa.no.ka.ke.ka.ta.o
o.shi.e.te.i.ta.da.ke.ma.se.n.ka

可以告訴我如何打這個
電話嗎？

打電話

1 電話がつながりません。
de.n.wa.ga.tsu.na.ga.ri.ma.se.n

電話不通。

2 話し中です。
ha.na.shi.chu.u.de.su

電話中。

3 声が聞こえないのですが。
ko.e.ga.ki.ko.e.na.i.no.de.su.ga

我聽不到聲音。

4 もう一度言っていただけませんか。
mo.o.i.chi.do.i.t.te.i.ta.da.ke.ma.se.n.ka

可以請你再說一次嗎？

5 もう少しゆっくり話してください。
mo.o.su.ko.shi.yu.k.ku.ri.ha.na.shi.te.ku.da.sa.i

請再說慢一點。

6 もっと大きな声で話していただけませんか。
mo.t.to.o.o.ki.na.ko.e.de.ha.na.shi.te.i.ta.da.ke.ma.se.n.ka

可以請你再說大聲一點
嗎？

7 （テレホン）カードが終わりそうです。
（te.re.ho.n）ka.a.do.ga.o.wa.ri.so.o.de.su

電話卡好像快用完了。

8 もう小銭がありません。
mo.o.ko.ze.ni.ga.a.ri.ma.se.n

我已經沒零錢了。

🌱 通話中

1 すぐかけなおします。
su.gu.ka.ke.na.o.shi.ma.su

等一下立刻回電給你。

2 また電話します。
ma.ta.de.n.wa.shi.ma.su

我會再打電話。

3 お電話ありがとうございました。
o.de.n.wa.a.ri.ga.to.o.go.za.i.ma.shi.ta

謝謝你的來電。

4 コレクトコールにしてください。
ko.re.ku.to.ko.o.ru.ni.shi.te.ku.da.sa.i

請接對方付費電話。

5 内線 ５１４ 番をお願いします。
na.i.se.n.go.hya.ku.ju.u.yo.n.ba.n.o
o.ne.ga.i.shi.ma.su

請接分機514號。

🌱 打電話到別人家裡

會話

🐵 伊藤さんのお宅ですか。
i.to.o.sa.n.no.o.ta.ku.de.su.ka

請問是伊藤家嗎？

🐵 はい、そうです。どちらさまでしょうか。
ha.i、so.o.de.su。
do.chi.ra.sa.ma.de.sho.o.ka

是的。請問哪位？

🐵 鄭と申します。アキさんはいらっしゃいますか。
te.i.to.mo.o.shi.ma.su。
a.ki.sa.n.wa.i.ra.s.sha.i.ma.su.ka

我姓鄭。
請問aki在嗎？

🐵 申し訳ありません、只今外出中です。
mo.o.shi.wa.ke.a.ri.ma.se.n、ta.da.i.ma
ga.i.shu.tsu.chu.u.de.su

抱歉，她現在外出。

🐵 そうですか、またお電話いたします。
so.o.de.su.ka、ma.ta.o.de.n.wa.i.ta.shi.ma.su
失礼します。
shi.tsu.re.i.shi.ma.su

這樣啊，我會再打電話過去。
打擾了。

打電話到公司

🔊 **o64**

會話

はい、サクラ株式会社です。
ha.i、sa.ku.ra.ka.bu.shi.ki.ga.i.sha.de.su

您好，這裡是櫻花有限公司。

山下さんをお願いします。
ya.ma.shi.ta.sa.n.o.o.ne.ga.i.shi.ma.su

麻煩你我要找山下先生。

申し訳ございません。
mo.o.shi.wa.ke.go.za.i.ma.se.n

很抱歉，

山下は只今席を外しております。
ya.ma.shi.ta.wa.ta.da.i.ma
se.ki.o.ha.zu.shi.te.o.ri.ma.su

山下現在不在他的座位上。

對答❶

のちほどお電話をいただけますか。
no.chi.ho.do.o.de.n.wa.o
i.ta.da.ke.ma.su.ka

能請您稍晚再打電話過來嗎？

何時頃がよろしいですか。
na.n.ji.go.ro.ga.yo.ro.shi.i.de.su.ka

方便幾點打過去呢？

三時ごろにお願いします。
sa.n.ji.go.ro.ni.o.ne.ga.i.shi.ma.su

麻煩您3點左右打來。

對答❷

伝言をお願いできますか。
de.n.go.n.o.o.ne.ga.i.de.ki.ma.su.ka

能幫我留個話嗎？

かしこまりました。
ka.shi.ko.ma.ri.ma.shi.ta

好的。

對答❸

山下さんに電話があったことをお伝え
ください。
ya.ma.shi.ta.sa.n.ni.de.n.wa.ga.a.t.ta.ko.to.o
o.tsu.ta.e.ku.da.sa.i

麻煩你跟山下先生說我來過電話。

🌱 打錯電話

もしもし！

會話 ①

もしもし、澤田さんですか。
mo.shi.mo.shi、sa.wa.da.sa.n.de.su.ka

喂、是澤田嗎？

いいえ、違います。かけ間違いですよ。
i.i.e、chi.ga.i.ma.su。ka.ke.ma.chi.ga.i.de.su.yo

不、不是。你打錯了喔！

すみません。
su.mi.ma.se.n

對不起。

會話 ②

はい、池田です。
ha.i、i.ke.da.de.su

你好，我是池田。

あ、すみません。間違えました。
a、su.mi.ma.se.n。ma.chi.ga.e.ma.shi.ta

啊、對不起。我打錯了。

🌱 詢問電話號碼

1 あなたの電話番号を教えてください。
a.na.ta.no.de.n.wa.ba.n.go.o.o
o.shi.e.te.ku.da.sa.i

請告訴我你的電話號碼。

2 番号案内は何番ですか。
ba.n.go.o.a.n.na.i.wa.na.n.ba.n.de.su.ka

查號台是幾號？

3 フジテレビの電話番号を教えていただきたいのですが。
fu.ji.te.re.bi.no.de.n.wa.ba.n.go.o.o
o.shi.e.te.i.ta.da.ki.ta.i.no.de.su.ga

我想查詢富士電視台的電話號碼。

4 千葉市の市外局番は何番ですか。
chi.ba.shi.no.shi.ga.i.kyo.ku.ba.n.wa
na.n.ba.n.de.su.ka

千葉市區域號碼是幾號？

5 台湾の国番号は何番ですか。
ta.i.wa.n.no.ku.ni.ba.n.go.o.wa.na.n.ba.n.de.su.ka

台灣的國碼是幾號？

國際電話

1 国際電話をかけたいんですが。
こくさい でんわ
ko.ku.sa.i.de.n.wa.o.ka.ke.ta.i.n.de.su.ga

我想打國際電話。

2 この電話で国際電話がかけられますか。
でんわ こくさい でんわ
ko.no.de.n.wa.de.ko.ku.sa.i.de.n.wa.ga
ka.ke.ra.re.ma.su.ka

這電話可以打國際電話嗎？

3 台湾に電話をしたいのですが。
たいわん でんわ
ta.i.wa.n.ni.de.n.wa.o.shi.ta.i.no.de.su.ga

我想打電話到台灣。

公共電話

1 テレホンカードを買いたいのですが。
か
te.re.ho.n.ka.a.do.o.ka.i.ta.i.no.de.su.ga

我想買電話卡。

2 これを十円玉に換えてください。
じゅうえんだま か
ko.re.o.ju.u.e.n.da.ma.ni.ka.e.te.ku.da.sa.i

請幫我換成10元硬幣。

單字充電站

🔊 **065**

電話用語

でんわ **電話** de.n.wa 電話	でんわ **電話ボックス** de.n.wa.bo.k.ku.su 電話亭	こうしゅうでんわ **公衆電話** ko.o.shu.u.de.n.wa 公共電話	でんわちょう **電話帳** de.n.wa.cho.o 電話簿
でんわきょく **電話局** de.n.wa.kyo.ku 電話局	でんわばんごう **電話番号** de.n.wa.ba.n.go.o 電話號碼	ないせん **内線** na.i.se.n 分機	でんごん **伝言** de.n.go.n 留言

コレクトコール ko.re.ku.to.ko.o.ru 對方付費電話	**テレホンカード** te.re.ho.n.ka.a.do 電話卡

この辺りにポストがありますか?

郵局

🔊 o66

尋找

1 郵便 局はどこですか。
yu.u.bi.n.kyo.ku.wa.do.ko.de.su.ka

郵局在哪裡?

2 この辺りにポストがありますか。
ko.no.a.ta.ri.ni.po.su.to.ga.a.ri.ma.su.ka

這附近有郵筒嗎?

在郵局

1 切手はどの窓口で買えますか。
ki.t.te.wa.do.no.ma.do.gu.chi.de.ka.e.ma.su.ka

在哪個窗口可以買到郵票?

2 50 円切手を3枚ください。
go.ju.u.e.n.ki.t.te.o.sa.n.ma.i.ku.da.sa.i

請給我三張50元郵票。

3 郵便番号簿(ポスタルガイド)を見せてください。
yu.u.bi.n.ba.n.go.o.bo(po.su.ta.ru.ga.i.do)o
mi.se.te.ku.da.sa.i

請給我看一下郵遞區號簿。

4 目黒区の郵便番号を教えてください。
me.gu.ro.ku.no.yu.u.bi.n.ba.n.go.o.o
o.shi.e.te.ku.da.sa.i

請告訴我目黑區的郵遞區號。

小包が届いたよ!

詢問價錢

1 イタリアまで航空便でいくらですか。
i.ta.ri.a.ma.de.ko.o.ku.u.bi.n.de.i.ku.ra.de.su.ka

寄到義大利的航空郵件要多少錢?

2 船便だといくらかかりますか。
fu.na.bi.n.da.to.i.ku.ra.ka.ka.ri.ma.su.ka

海運的話要多少錢?

190 🌸 郵局

詢問路程

1 インドネシアまで何日くらいかかりますか。
i.n.do.ne.shi.a.ma.de.na.n.ni.chi.ku.ra.i
ka.ka.ri.ma.su.ka

寄到印尼要多少天？

2 二週間以内に着きますか。
ni.shu.u.ka.n.i.na.i.ni.tsu.ki.ma.su.ka

兩週內會到嗎？

限時・掛號

1 速達でお願いします。
so.ku.ta.tsu.de.o.ne.ga.i.shi.ma.su

我要寄限時。

2 書留でお願いします。
ka.ki.to.me.de.o.ne.ga.i.shi.ma.su

我要寄掛號。

包裹

1 この小包を台湾へ送りたいのですが。
ko.no.ko.zu.tsu.mi.o.ta.i.wa.n.e
o.ku.ri.ta.i.no.de.su.ga

我想把這個包裹寄到台灣。

2 この小包の重さをはかっていただけますか。
ko.no.ko.zu.tsu.mi.no.o.mo.sa.o
ha.ka.t.te.i.ta.da.ke.ma.su.ka

能幫我秤一下這個包裹的重量嗎？

單字充電站

郵便局

この小包の重さをはかっていただけますか？

はい、かしこまりました。

🔊 067

郵局相關

| 葉書 ha.ga.ki 明信片 | ポスト po.su.to 郵筒 | 〒 | 窓口 ma.do.gu.chi 窗口 |

エアメール e.a.me.e.ru 航空信	船便（ふなびん） fu.na.bi.n 海運	書留（かきとめ） ka.ki.to.me 掛號	速達（そくたつ） so.ku.ta.tsu 限時
小包（こづつみ） ko.zu.tsu.mi 包裹	電報（でんぽう） de.n.po.o 電報	宛先（あてさき） a.te.sa.ki 收件人地址	住所（じゅうしょ） ju.u.sho 地址
名前（なまえ） na.ma.e 姓名	郵便番号（ゆうびんばんごう） yu.u.bi.n.ba.n.go.o 郵遞區號	料金（りょうきん） ryo.o.ki.n 費用	切手（きって） ki.t.te 郵票
郵便配達（ゆうびんはいたつ） yu.u.bi.n.ha.i.ta.tsu 郵遞	郵便為替（ゆうびんかわせ） yu.u.bi.n.ka.wa.se 郵匯	郵便貯金（ゆうびんちょきん） yu.u.bi.n.cho.ki.n 郵政存款	
縦（たて） ta.te 直式信封	横（よこ） yo.ko 横式信封		

お母さんに手紙を贈ろう！

例：從台灣寄到日本

日本 東京都 ○○
木村○○ 様

台灣 臺北市 ○○
林○○

＜直式信封＞

日本 東京都 ○○
木村○○ 様

台灣 臺北市 ○○
林○○

＜横式信封＞

私は日本語を勉強しています。

語言學習

🌿 語言

1 私は日本語を勉強しています。
wa.ta.shi.wa.ni.ho.n.go.o
be.n.kyo.o.shi.te.i.ma.su
我在學日語。

2 私は日本語が話せます。
wa.ta.shi.wa.ni.ho.n.go.ga.ha.na.se.ma.su
我會說日語。

3 読めますが、話せません。
yo.me.ma.su.ga、ha.na.se.ma.se.n
我看得懂，可是不會說。

4 聞き取ることはできますが、話せません。
ki.ki.to.ru.ko.to.wa.de.ki.ma.su.ga、
ha.na.se.ma.se.n
我聽得懂，可是不會說。

5 主人はオランダ語が分かります。
shu.ji.n.wa.o.ra.n.da.go.ga.wa.ka.ri.ma.su
我先生懂荷蘭語。

6 妹はベトナム語が分かりません。
i.mo.o.to.wa.be.to.na.mu.go.ga
wa.ka.ri.ma.se.n
我妹妹不懂越南話。

7 彼は日本語を習いたがっています。
ka.re.wa.ni.ho.n.go.o.na.ra.i.ta.ga.t.te.i.ma.su
他想學日語。

8 私の母はイタリア語を勉強したことがあります。
wa.ta.shi.no.ha.ha.wa.i.ta.ri.a.go.o
be.n.kyo.o.shi.ta.ko.to.ga.a.ri.ma.su
我媽媽學過義大利語。

9 あの方は日本語の先生です。
a.no.ka.ta.wa.ni.ho.n.go.no.se.n.se.i.de.su
那一位是日語老師。

あの方は日本語の先生です。

こんにちは！

1 日本語学校を探しています。
に ほん ご がっこう　さが
ni.ho.n.go.ga.k.ko.o.o.sa.ga.shi.te.i.ma.su

我正在尋找日語學校。

2 いい日本語学校を紹介していただけませんか。
に ほん ご がっこう　　しょうかい
i.i.ni.ho.n.go.ga.k.ko.o.o
sho.o.ka.i.shi.te.i.ta.da.ke.ma.se.n.ka

你能幫我介紹好的日語學校嗎？

3 日本語をワンバイワンで勉強したいです。
に ほん ご　　　　　　　　　　べんきょう
ni.ho.n.go.o.wa.n.ba.i.wa.n.de
be.n.kyo.o.shi.ta.i.de.su

我想要一對一學習日語。

4 短期コースはありますか。
たん き
ta.n.ki.ko.o.su.wa.a.ri.ma.su.ka

有短期課程嗎？

5 授業は何語で行われますか。
じゅぎょう　なに ご　おこな
ju.gyo.o.wa.na.ni.go.de
o.ko.na.wa.re.ma.su.ka

上課是用哪一種語言？

6 授業は何時からですか。
じゅぎょう　なん じ
ju.gyo.o.wa.na.n.ji.ka.ra.de.su.ka

幾點開始上課？

7 授業は毎日ありますか。
じゅぎょう　まいにち
ju.gyo.o.wa.ma.i.ni.chi.a.ri.ma.su.ka

每天都有課嗎？

8 夏休みはいつからですか。
なつやす
na.tsu.ya.su.mi.wa.i.tsu.ka.ra.de.su.ka

暑假什麼時候開始？

9 寮に入ることはできますか。
りょう　　はい
ryo.o.ni.ha.i.ru.ko.to.wa.de.ki.ma.su.ka

我可以住宿舍嗎？

10 授業料の分割払いはできますか。
じゅぎょうりょう　ぶん かつばら
ju.gyo.o.ryo.o.no.bu.n.ka.tsu.ba.ra.i.wa
de.ki.ma.su.ka

可以分期支付學費嗎？

其他

1 私の発音はあっていますか。
わたし　はつおん
wa.ta.shi.no.ha.tsu.o.n.wa.a.t.te.i.ma.su.ka

我的發音標準嗎？

2 発音がおかしかったら直してください。
はつおん　　　　　　　　　なお
ha.tsu.o.n.ga.o.ka.shi.ka.t.ta.ra
na.o.shi.te.ku.da.sa.i

發音如果不正確，請幫我糾正。

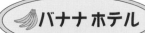
バナナ ホテル

私は日本語
が話せます。

🔊 069

Front

ひらがな 平仮名 hi.ra.ga.na 平假名	かたかな 片仮名 ka.ta.ka.na 片假名	かんじ 漢字 ka.n.ji 漢字	ローマ字 ro.o.ma.ji 羅馬拼音	えいご 英語 e.i.go 英語
ちゅうごくご 中国語 chu.u.go.ku.go 中文	かんこくご 韓国語 ka.n.ko.ku.go 韓語	ご タイ語 ta.i.go 泰語	カントンご 広東語 ka.n.to.n.go 廣東話	ご イタリア語 i.ta.ri.a.go 義大利語
ポルトガル語 po.ru.to.ga.ru.go 葡萄牙語	フランス語／仏語 fu.ra.n.su.go ／ fu.tsu.go 法語		ドイツ語 do.i.tsu.go 德語	スペイン語 su.pe.i.n.go 西班牙語
がっき 学期 ga.k.ki 學期	げんごこうかん 言語交換 ge.n.go.ko.o.ka.n 語言交換	けいご 敬語 ke.i.go 敬語	そんけいご 尊敬語 so.n.ke.i.go 尊敬語	けんじょうご 謙譲語 ke.n.jo.o.go 謙讓語
ていねいご 丁寧語 te.i.ne.i.go 丁寧語	よじじゅくご 四字熟語 yo.ji.ju.ku.go 四字成語	ぞくご 俗語 zo.ku.go 通俗語	ことわざ ko.to.wa.za 諺語	がいらいご 外来語 ga.i.ra.i.go 外來語
ぎおんご　ぎたいご 擬音語／擬態語 gi.o.n.go ／ gi.ta.i.go 擬聲語／擬態語		たんご　　ごい 単語／語彙 ta.n.go ／ go.i 單字	かいわ 会話 ka.i.wa 會話	ぶんぽう 文法 bu.n.po.o 文法

部屋を探して
いただけますか？

租屋

🌱 尋找住處

1 部屋を探していただけますか。
へ や　　さが
he.ya.o.sa.ga.shi.te.i.ta.da.ke.ma.su.ka

可以幫我找房子嗎？

2 大学の近くに適当な部屋はありますか。
だいがく　ちか　てきとう　へ や
da.i.ga.ku.no.chi.ka.ku.ni.te.ki.to.o.na.he.ya.wa
a.ri.ma.su.ka

大學附近有沒有適合的
房子？

3 駅の近くで探したいです。
えき　ちか　さが
e.ki.no.chi.ka.ku.de.sa.ga.shi.ta.i.de.su

我想找車站附近的。

4 もっと広い部屋はありますか。
ひろ　へ や
mo.t.to.hi.ro.i.he.ya.wa.a.ri.ma.su.ka

有沒有更大一點的房間？

5 狭くても構わないので安いところは
せま　　　かま　　　　　　やす
ありませんか。
se.ma.ku.te.mo.ka.ma.wa.na.i.no.de
ya.su.i.to.ko.ro.wa.a.ri.ma.se.n.ka

小一點也沒關係，有沒
有便宜一點的？

🌱 租屋設備

1 洋室(和室)ですか。
ようしつ　わ しつ
yo.o.shi.tsu(wa.shi.tsu)de.su.ka

是洋室（和室）的嗎？

2 家具がついていますか。
か ぐ
ka.gu.ga.tsu.i.te.i.ma.su.ka

有附家具嗎？

3 畳の部屋ですか。
たたみ　へ や
ta.ta.mi.no.he.ya.de.su.ka

是榻榻米的房間嗎？

4 台所はどのくらいの広さですか。
だいどころ　　　　　　　　　ひろ
da.i.do.ko.ro.wa.do.no.ku.ra.i.no.hi.ro.sa.de.su.ka

廚房大概多大呢？

5 駐車場はありますか。
ちゅうしゃじょう
chu.u.sha.jo.o.wa.a.ri.ma.su.ka

有停車場嗎？

6 電話をつけても構いませんか。
de.n.wa.o.tsu.ke.te.mo.ka.ma.i.ma.se.n.ka

可以裝電話嗎？

7 トイレは部屋についていますか。
to.i.re.wa.he.ya.ni.tsu.i.te.i.ma.su.ka

房間內有廁所嗎？

8 エアコンを取り付けてもらえますか。
e.a.ko.no.to.ri.tsu.ke.te.mo.ra.e.ma.su.ka

可以請你幫我裝空調嗎？

9 トイレとバスルームは分かれていますか。
to.i.re.to.ba.su.ru.u.mu.wa.wa.ka.re.te.i.ma.
su.ka

請問廁所跟浴室是分開嗎？

🌾 週遭環境

1 環境は静かですか。
ka.n.kyo.o.wa.shi.zu.ka.de.su.ka

四周環境很安靜嗎？

2 一番近い駅はどこですか。
i.chi.ba.n.chi.ka.i.e.ki.wa.do.ko.de.su.ka

最近的車站在哪裡？

3 ここから駅までどのくらいありますか。
ko.ko.ka.ra.e.ki.ma.de.do.no.ku.ra.i.a.ri.ma.su.ka

這裡離車站有多遠？

4 近くに病院がありますか。
chi.ka.ku.ni.byo.o.i.n.ga.a.ri.ma.su.ka

附近有醫院嗎？

🌾 租金

1 家賃はいくらですか。
ya.chi.n.wa.i.ku.ra.de.su.ka

租金多少？

2 三万円以内の部屋を探しています。
sa.n.ma.n.e.n.i.na.i.no.he.ya.o.sa.ga.shi.te.i.ma.su

我想找三萬元以內的房子。

3 もう少し高くても構いません。
mo.o.su.ko.shi.ta.ka.ku.te.mo.ka.ma.i.ma.se.n

稍貴一點也沒關係。

4 敷金はいくらですか。
shi.ki.ki.n.wa.i.ku.ra.de.su.ka

押金要多少？

5 毎月どのように支払えばいいですか。
ma.i.tsu.ki.do.no.yo.o.ni.shi.ha.ra.e.ba.i.i.de.su.ka

每月要如何支付呢？

6 電気代やガス代はどうすればいいでしょうか。
de.n.ki.da.i.ya.ga.su.da.i.wa.do.o.su.re.ba
i.i.de.sho.o.ka

電費和瓦斯費要怎麼付呢？

7 敷金と礼金は何か月分ですか。
shi.ki.ki.n.to.re.i.ki.n.wa.na.n.ka.ge.tsu.bu.
n.de.su.ka

請問押金跟禮金各需要付幾個月呢？

契約

1 契約はいつですか。
ke.i.ya.ku.wa.i.tsu.de.su.ka

何時訂契約？

2 保証人は必要ですか。
ho.sho.o.ni.n.wa.hi.tsu.yo.o.de.su.ka

需要保證人嗎？

3 いつから入れますか。
i.tsu.ka.ra.ha.i.re.ma.su.ka

什麼時候可以搬進去？

單字充電站

🔊 071

租屋

家賃 ya.chi.n 房租	敷金 shi.ki.ki.n 押金	水道代 su.i.do.o.da.i 水費	電気代 de.n.ki.da.i 電費	ガス代 ga.su.da.i 瓦斯費
管理費 ka.n.ri.hi 管理費	共益費 kyo.o.e.ki.hi 公共設施費	電話代 de.n.wa.da.i 電話費	インターネット代 i.n.ta.a.ne.t.to.da.i 網路連線費	
礼金 re.i.ki.n 酬謝金	駐車場あり chu.u.sha.jo.o.a.ri 附停車場	バス・トイレつき ba.su.to.i.re.tsu.ki 附浴室・廁所		

大家さん／管理人さん o.o.ya.sa.n／ka.n.ri.ni.n.sa.n 房東	保証人 ho.sho.o.ni.n 保證人 	契約 ke.i.ya.ku 契約

房屋形式

マンション ma.n.sho.n 高級公寓	アパート a.pa.a.to 公寓	一戸建て i.k.ko.da.te 獨門獨戶	木造 mo.ku.zo.o 木造
鉄筋 te.k.ki.n 鋼筋	1DK wa.n.di.i.ke.e 一房間加廚房餐廳合併		1LDK wa.n.e.ru.di.i.ke.e 一房間加客廳廚房餐廳合併
借家 sha.ku.ya 租房	六畳 ro.ku.jo.o 六席（榻榻米）的房間		四畳半 yo.jo.o.ha.n 四席半（榻榻米）的房間

内部結構

玄関 ge.n.ka.n 前門、玄關	廊下 ro.o.ka 走廊	部屋 he.ya 房間	居間 i.ma 和式客廳	寝室 shi.n.shi.tsu 寢室
子供部屋 ko.do.mo.be.ya 兒童房	和室 wa.shi.tsu 和室	お座敷 o.za.shi.ki 鋪著榻榻米的房間		食堂 sho.ku.do.o 餐廳

台所 （だいどころ） da.i.do.ko.ro 廚房	トイレ to.i.re 廁所	洗面所 （せんめんじょ） se.n.me.n.jo 盥洗室	風呂場 （ふろば） fu.ro.ba 浴室	お風呂 （ふろ） o.fu.ro 浴池

押入れ （おしいれ） o.shi.i.re 壁櫥（日式）	クローゼット ku.ro.o.ze.t.to 壁櫥（西式）	フローリング／床 （ゆか） fu.ro.o.ri.n.gu／yu.ka 地板

フロア fu.ro.a 樓層	たたみ ta.ta.mi 榻榻米	障子 （しょうじ） sho.o.ji 日式拉窗	襖 （ふすま） fu.su.ma （兩面糊紙的）拉門

座卓 （ざたく） za.ta.ku 和室桌	座布団 （ざぶとん） za.bu.to.n 坐墊	庭 （にわ） ni.wa 庭院	縁側 （えんがわ） e.n.ga.wa 日式陽台	ベランダ be.ra.n.da 陽台

072

美髮

剪髮

1 このような髪型（かみがた）にしてください。
ko.no.yo.o.na.ka.mi.ga.ta.ni.shi.te.ku.da.sa.i
請幫我剪這種髮型。

2 カットだけでお願（ねが）いします。
ka.t.to.da.ke.de.o.ne.ga.i.shi.ma.su
我想剪髮就好。

3 短（みじか）めに切（き）ってください。
mi.ji.ka.me.ni.ki.t.te.ku.da.sa.i
請幫我剪短一點。

4 あまり短（みじか）くしないでください。
a.ma.ri.mi.ji.ka.ku.shi.na.i.de.ku.da.sa.i
請不要剪太短。

5 もう少（すこ）し短（みじか）くしてください。
mo.o.su.ko.shi.mi.ji.ka.ku.shi.te.ku.da.sa.i
請再剪短一點。

6 毛先（けさき）をそろえるだけにしてください。
ke.sa.ki.o.so.ro.e.ru.da.ke.ni.shi.te.ku.da.sa.i
請幫我把髮尾修齊就好。

7 後（うし）ろを少（すこ）し長（なが）めにしてください。
u.shi.ro.o.su.ko.shi.na.ga.me.ni.shi.te.ku.da.sa.i
後面要稍微長一點。

8 六時（ろくじ）までに終（お）わりますか。
ro.ku.ji.ma.de.ni.o.wa.ri.ma.su.ka
六點前會結束嗎？

9 セットをお願（ねが）いします。
se.t.to.o.o.ne.ga.i.shi.ma.su
我要吹髮。

10 シャンプーとセットをしてください。
sha.n.pu.u.to.se.t.to.o.shi.te.ku.da.sa.i
請幫我洗頭和吹髮。

11 この形（かたち）でけっこうです。
ko.no.ka.ta.chi.de.ke.k.ko.o.de.su
這種髮型就可以了。

12 横（よこ）わけにしてください。
yo.ko.wa.ke.ni.shi.te.ku.da.sa.i
請幫我旁分。

13 カットとシャンプーでいくらになりますか。
ka.t.to.to.sha.n.pu.u.de.i.ku.ra.ni.na.ri.ma.su.ka

剪髮加洗髮要多少錢？

14 どの美容師さんでも結構です。
do.no.bi.yo.o.shi.sa.n.de.mo.ke.k.ko.o.de.su

哪一位美髮師都行。

15 予約は必要ですか。
yo.ya.ku.wa.hi.tsu.yo.o.de.su.ka

需要預約嗎？

16 あとどのくらい待たなければなりませんか。
a.to.do.no.ku.ra.i.ma.ta.na.ke.re.ba
na.ri.ma.se.n.ka

大概還要等多久？

🌿 美容院

1 パーマをかけてください。
pa.a.ma.o.ka.ke.te.ku.da.sa.i

請幫我燙髮。

2 ストレートパーマをかけたいんですが。
su.to.re.e.to.pa.a.ma.o.ka.ke.ta.i.n.de.su.ga

我想燙離子燙。

3 肩ぐらいの長さに切ってください。
ka.ta.gu.ra.i.no.na.ga.sa.ni.ki.t.te.ku.da.sa.i

請幫我剪到肩膀的長度。

4 前髪を作ってください。
ma.e.ga.mi.o.tsu.ku.t.te.ku.da.sa.i

請幫我剪出瀏海。

5 すいてください。
su.i.te.ku.da.sa.i

請幫我打薄。

🌿 理髮店

1 カットをお願いします。
ka.t.to.o.o.ne.ga.i.shi.ma.su

請幫我剪髮。

2 ひげをそってください。
hi.ge.o.so.t.te.ku.da.sa.i

請幫我刮鬍子。

3 もみあげを残してください。
mo.mi.a.ge.o.no.ko.shi.te.ku.da.sa.i

鬢角請幫我留著不要剪。

美容用語

びょういん 美容院 bi.yo.o.i.n 美容院	とこや りょういん 床屋／理容院 to.ko.ya／ri.yo.o.i.n 理髮店	ヘアサロン he.a.sa.ro.n 美髮沙龍	びょうし 美容師 bi.yo.o.shi 髮型師

カット ka.t.to 剪髮	パーマ pa.a.ma 燙髮	ストレートパーマ su.to.re.e.to.pa.a.ma 離子燙

シャンプー sha.n.pu.u 洗髮	セット se.t.to 吹整頭髮	マッサージ ma.s.sa.a.ji 按摩	はさみ ha.sa.mi 剪髮刀

かみそり ka.mi.so.ri 剃刀	ひげそり／シェーバー hi.ge.so.ri／she.e.ba.a 刮鬍刀	まえがみ ma.e.ga.mi 瀏海

もみあげ mo.mi.a.ge 鬢角	えりあし e.ri.a.shi 髮際（頸部）	ひげ hi.ge 鬍子	よやく 予約 yo.ya.ku 預約

予約して
いません。

✿ beauty ✿

予約して
ありますか？

Hair Salon

温泉~
いいな~

温 泉

お風呂は
いいな~

詢問

1 温泉はどこですか。
o.n.se.n.wa.do.ko.de.su.ka

請問哪裡有溫泉？

2 この近くに温泉はありますか。
ko.no.chi.ka.ku.ni.o.n.se.n.wa.a.ri.ma.su.ka

這附近有溫泉嗎？

3 温泉は何時からですか。
o.n.se.n.wa.na.n.ji.ka.ra.de.su.ka

泡溫泉幾點開始？

4 何時まで開いてますか。
na.n.ji.ma.de.a.i.te.ma.su.ka

開到幾點？

5 石鹸やシャンプーなどがありますか。
se.k.ke.n.ya.sha.n.pu.u.na.do.ga.a.ri.ma.su.ka

有肥皂和洗髮精嗎？

6 何を持っていけばいいですか。
na.ni.o.mo.t.te.i.ke.ba.i.i.de.su.ka

要帶什麼東西去呢？

7 どちらが男性（女性）の入り口ですか。
do.chi.ra.ga.da.n.se.i (jo.se.i) no.i.ri.gu.chi de.su.ka

哪邊是男生浴池
（女生浴池）的入口呢？

8 洋服はロッカーに入れておいたほうがいいですか。
yo.o.fu.ku.wa.ro.k.ka.a.ni.i.re.te.o.i.ta.ho.o.ga i.i.de.su.ka

把衣服放在置物箱比較
好嗎？

9 シャンプーとリンスをください。
sha.n.pu.u.to.ri.n.su.o.ku.da.sa.i

請給我洗髮精和潤髮精。

10 ここ空いていますか。
ko.ko.a.i.te.i.ma.su.ka

這裡有人用嗎？

11 この洗面器を使ってもいいですか。
ko.no.se.n.me.n.ki.o.tsu.ka.t.te.mo.i.i.de.su.ka

我可以用這個洗臉台嗎？

鍵をなくしました。

遇到問題時

尋求幫助

1 助けて！
ta.su.ke.te

救命！

2 どうしたんですか。
do.o.shi.ta.n.de.su.ka

發生什麼事了？

3 交番はどこか教えてください。
ko.o.ba.n.wa.do.ko.ka.o.shi.e.te.ku.da.sa.i

請告訴我派出所在哪裡。

4 警察署へ連れて行ってください。
ke.i.sa.tsu.sho.e.tsu.re.te.i.t.te.ku.da.sa.i

請帶我去警察局。

5 警察を呼んでください。
ke.i.sa.tsu.o.yo.n.de.ku.da.sa.i

請幫我叫警察。

6 警察に届けたいのです。
ke.i.sa.tsu.ni.to.do.ke.ta.i.no.de.su

我想（把這個）交給警察。

遺失物品

1 切符をなくしました。
ki.p.pu.o.na.ku.shi.ma.shi.ta

我把車票弄丟了。

你也可以將◯裡的字代換成以下詞彙喔！

＊パスポート
pa.su.po.o.to

護照

＊鍵
ka.gi

鑰匙

2 財布をなくしました。
sa.i.fu.o.na.ku.shi.ma.shi.ta

我弄丟錢包了。

3 財布をどこかに置き忘れました。
sa.i.fu.o.do.ko.ka.ni.o.ki.wa.su.re.ma.shi.ta

我忘了把錢包放在哪裡了。

4 電車の中にかばんを置き忘れました。
de.n.sha.no.na.ka.ni.ka.ba.n.o
o.ki.wa.su.re.ma.shi.ta

我把包包忘在電車裡了。

5 タクシーに荷物を忘れてしまいました。
ta.ku.shi.i.ni.ni.mo.tsu.o
wa.su.re.te.shi.ma.i.ma.shi.ta

我把行李遺忘在計程車裡了。

6 車の番号は覚えていません。
ku.ru.ma.no.ba.n.go.o.wa.o.bo.e.te.i.ma.se.n

我不記得車號。

7 再発行していただけますか。
sa.i.ha.k.ko.o.shi.te.i.ta.da.ke.ma.su.ka

能再發一張新卡給我嗎？

8 きのうなくしました。
ki.no.o.na.ku.shi.ma.shi.ta

昨天弄丟了。

9 いま探していただけますか。
i.ma.sa.ga.shi.te.i.ta.da.ke.ma.su.ka

現在能幫我找一下嗎？

10 遺失物取扱所はどこですか。
i.shi.tsu.bu.tsu.to.ri.a.tsu.ka.i.jo.wa
do.ko.de.su.ka

失物招領處在哪裡？

11 見つかり次第連絡してもらえますか。
mi.tsu.ka.ri.shi.da.i
re.n.ra.ku.shi.te.mo.ra.e.ma.su.ka

找到之後能請你跟我連絡嗎？

🌿 交通事故

1 交通事故に遭いました。
ko.o.tsu.u.ji.ko.ni.a.i.ma.shi.ta

我發生車禍了。

2 衝突しました。
sho.o.to.tsu.shi.ma.shi.ta

我撞車了。

3 バイクにぶつかりました。
ba.i.ku.ni.bu.tsu.ka.ri.ma.shi.ta

我撞到摩托車了。

4 制限速度を守っていました。
se.i.ge.n.so.ku.do.o.ma.mo.t.te.i.ma.shi.ta

我有遵守限速。

5 信号は青でした。
shi.n.go.o.wa.a.o.de.shi.ta

那時是綠燈。

6 怪我人がいます。
け が にん
ke.ga.ni.n.ga.i.ma.su

有人受傷了。

7 救急車を呼んでください。
きゅうきゅうしゃ よ
kyu.u.kyu.u.sha.o.yo.n.de.ku.da.sa.i

請幫忙叫救護車。

8 車がエンコしてしまいました。
くるま
ku.ru.ma.ga.e.n.ko.shi.te.shi.ma.i.ma.shi.ta

車子拋錨了。

9 タイヤがパンクしました。
ta.i.ya.ga.pa.n.ku.shi.ma.shi.ta

爆胎了。

遭小偷

1 泥棒！
どろぼう
do.ro.bo.o

小偷！

2 財布を取られました。
さい ふ   と
sa.i.fu.o.to.ra.re.ma.shi.ta

我的錢包被搶了。

3 パスポートを盗まれました。
ぬす
pa.su.po.o.to.o.nu.su.ma.re.ma.shi.ta

護照被偷了。

4 泥棒に入られました。
どろぼう   はい
do.ro.bo.o.ni.ha.i.ra.re.ma.shi.ta

房間遭小偷了。

5 スリに遭いました。
あ
su.ri.ni.a.i.ma.shi.ta

我被扒手扒了。

6 ほんの数分前のことです。
すうふんまえ
ho.n.no.su.u.fu.n.ma.e.no.ko.to.de.su

才不過幾分鐘前的事。

7 自転車は戻ってくるでしょうか。
じ てんしゃ   もど
ji.te.n.sha.wa.mo.do.t.te.ku.ru.de.sho.o.ka

腳踏車找得回來嗎？

8 引ったくりに遭いました。
ひ   あ
hi.t.ta.ku.ri.ni.a.i.ma.shi.ta

我被搶了。

9 バイクに乗っていました。
の
ba.i.ku.ni.no.t.te.i.ma.shi.ta

他騎著摩托車逃走了。

小孩走失

1 道に迷いました。
みち   まよ
mi.chi.ni.ma.yo.i.ma.shi.ta

我迷路了。

2 子供を見失いました。
ko.do.mo.o.mi.u.shi.na.i.ma.shi.ta

我跟我的小孩失散了。

3 子供とはぐれたのです。
ko.do.mo.to.ha.gu.re.ta.no.de.su

我的小孩走失了。

4 名前は多恵です。
na.ma.e.wa.ta.e.de.su

她的名字叫多惠。

5 五歳の女の子（男の子）です。
go.sa.i.no.o.n.na.no.ko(o.to.ko.no.ko)de.su

五歲的小女孩（小男孩）。

6 黄色いトレーナーに青いズボンをはいています。
ki.i.ro.i.to.re.e.na.a.ni.a.o.i.zu.bo.n.o
ha.i.te.i.ma.su

她穿著黃色上衣配藍色褲子。

7 子供を捜してください。
ko.do.mo.o.sa.ga.shi.te.ku.da.sa.i

請幫我尋找孩子。

 單字充電站

076

求助・事件

警察署	交番	遺失物取扱所	スリ
ke.i.sa.tsu.sho	ko.o.ba.n	i.shi.tsu.bu.tsu.to.ri.a.tsu.ka.i.jo	su.ri
警察局	派出所	失物招領處	扒手

痴漢	泥棒	ひったくり	空き巣	火事
chi.ka.n	do.ro.bo.o	hi.t.ta.ku.ri	a.ki.su	ka.ji
色狼	小偷	搶劫	闖空門	火災

ガス漏れ	交通事故	駐車違反	スピード違反	示談
ga.su.mo.re	ko.o.tsu.u.ji.ko	chu.u.sha.i.ha.n	su.pi.i.do.i.ha.n	ji.da.n
瓦斯外漏	交通意外	違規停車	違規超速	和解

ちょっと熱が
あります。

生病時

077

🌿 尋求幫助

1 病院へ連れて行ってください。
byo.o.i.n.e.tsu.re.te.i.t.te.ku.da.sa.i

請帶我到醫院。

2 一番近い病院はどこですか。
i.chi.ba.n.chi.ka.i.byo.o.i.n.wa.do.ko.de.su.ka

最近的醫院在哪裡？

3 ひとりでは動けません。
hi.to.ri.de.wa.u.go.ke.ma.se.n

我自己不能動。

4 助けてください。
ta.su.ke.te.ku.da.sa.i

請幫我一下。

5 救急車を呼んでください。
kyu.u.kyu.u.sha.o.yo.n.de.ku.da.sa.i

請幫我叫救護車。

6 お医者さんを呼んでください。
o.i.sha.sa.n.o.yo.n.de.ku.da.sa.i

請幫我叫醫生來。

🌿 掛號

1 診察を受けたいのですが。
shi.n.sa.tsu.o.u.ke.ta.i.no.de.su.ga

我想要看診。

2 予約していないのですが、構いませんか。
yo.ya.ku.shi.te.i.na.i.no.de.su.ga、
ka.ma.i.ma.se.n.ka

我沒有預約可以嗎？

3 急診をお願いします。
kyu.u.shi.n.o.o.ne.ga.i.shi.ma.su

麻煩你，我要急診。

🌿 傳達症狀

1 気分が悪いです。
ki.bu.n.ga.wa.ru.i.de.su

我覺得不舒服。

2 せきがでます。
se.ki.ga.de.ma.su

我咳嗽。

3 のどが痛いです。
no.do.ga.i.ta.i.de.su

我喉嚨痛。

4 お腹が痛いです。
o.na.ka.ga.i.ta.i.de.su

我肚子痛。

5 胃が刺すように痛みます。
i.ga.sa.su.yo.o.ni.i.ta.mi.ma.su

我的腹部陣陣刺痛。

6 とても痛いです。／少し痛いです。
to.te.mo.i.ta.i.de.su ／ su.ko.shi.i.ta.i.de.su

非常痛。／有點痛。

7 頭痛がします。
zu.tsu.u.ga.shi.ma.su

我頭痛。

8 寒気(悪寒)がします。
sa.mu.ke(o.ka.n)ga.shi.ma.su

我發冷。

9 眩暈がします。
me.ma.i.ga.shi.ma.su

我頭暈。

10 吐き気がします。
ha.ki.ke.ga.shi.ma.su

我覺得噁心想吐。

11 ちょっと熱があります。
cho.t.to.ne.tsu.ga.a.ri.ma.su

我有點發燒。

12 下痢です。
ge.ri.de.su

我拉肚子。

13 痔です。
ji.de.su

我患了痔瘡。

14 高血圧です。
ko.o.ke.tsu.a.tsu.de.su

我有高血壓。

與醫生對話

1 注射をしますか。
chu.u.sha.o.shi.ma.su.ka

要打針嗎？

2 妊娠をしています。
ni.n.shi.n.o.shi.te.i.ma.su

懷孕了。

3 ペニシリンにアレルギーを起こします。
pe.ni.shi.ri.n.ni.a.re.ru.gi.i.o.o.ko.shi.ma.su

我對青黴素過敏。

4 すぐに治りますか。
su.gu.ni.na.o.ri.ma.su.ka

很快就會好嗎？

5 安静にしていなければなりませんか。
a.n.se.i.ni.shi.te.i.na.ke.re.ba.na.ri.ma.se.n.ka

我必須安靜休養嗎？

6 どうしたんですか。
do.o.shi.ta.n.de.su.ka

怎麼了？

7 どこか悪いのですか。
do.ko.ka.wa.ru.i.no.de.su.ka

是不是哪裡不舒服？

8 調子が悪そうですね。
cho.o.shi.ga.wa.ru.so.o.de.su.ne

你看起來不太對勁耶。

9 アレルギーはありますか。
a.re.ru.gi.i.wa.a.ri.ma.su.ka

你會藥物過敏嗎？

會話

ここが痛いですか。
ko.ko.ga.i.ta.i.de.su.ka

這裡痛嗎？

はい、痛いです。
ha.i、i.ta.i.de.su

是的，很痛。

別人生病時

🔊 078

1 友人が病気です。
yu.u.ji.n.ga.byo.o.ki.de.su

我朋友生病了。

2 意識を失っています。
i.shi.ki.o.u.shi.na.t.te.i.ma.su

他失去意識了。

3 顔が真っ青です。
ka.o.ga.ma.s.sa.o.de.su

她的臉色發青。

受傷

1 怪我をしています。
ke.ga.o.shi.te.i.ma.su

我受傷了。

2 足の骨を折りました。
a.shi.no.ho.ne.o.o.ri.ma.shi.ta

我的腳骨折了。

3 出血しています。
shu.k.ke.tsu.shi.te.i.ma.su

流血了。

4 腕に擦り傷を作りました。
u.de.ni.su.ri.ki.zu.o.tsu.ku.ri.ma.shi.ta

我的手擦傷了。

5 手首を捻挫しました。
te.ku.bi.o.ne.n.za.shi.ma.shi.ta

手腕扭傷了。

6 火傷をしました。
ya.ke.do.o.shi.ma.shi.ta

我被燙傷了。

7 階段から落ちました。
ka.i.da.n.ka.ra.o.chi.ma.shi.ta

從樓梯摔下來。

8 傷が完治するまでにどのくらいかかりますか。
ki.zu.ga.ka.n.chi.su.ru.ma.de.ni.do.no.ku.ra.i
ka.ka.ri.ma.su.ka

傷口要花多久時間才能
完全治癒？

服藥

1 腹痛の薬はありますか。
fu.ku.tsu.u.no.ku.su.ri.wa.a.ri.ma.su.ka

有沒有肚子痛的藥？

2 頭痛には何が効きますか。
zu.tsu.u.ni.wa.na.ni.ga.ki.ki.ma.su.ka

什麼對頭痛有效？

3 いつ飲むのですか。
i.tsu.no.mu.no.de.su.ka

何時服用？

4 食事の後に飲むのですか。
sho.ku.ji.no.a.to.ni.no.mu.no.de.su.ka

飯後服用嗎？

5 一回にいくつ飲むのですか。
i.k.ka.i.ni.i.ku.tsu.no.mu.no.de.su.ka

一次服用幾粒？

6 一日に何回飲むのですか。
i.chi.ni.chi.ni.na.n.ka.i.no.mu.no.de.su.ka

一天服用幾次？

7 それは抗生物質ですか。
so.re.wa.ko.o.se.i.bu.s.shi.tsu.de.su.ka

那是抗生素嗎？

8 これは解熱剤ですか。
ko.re.wa.ge.ne.tsu.za.i.de.su.ka

這是退燒藥嗎？

單字充電站

🔊 079

看醫生

びょうき 病気 byo.o.ki 生病	けが 怪我 ke.ga 受傷	いしゃ お医者さん o.i.sha.sa.n 醫生

かんごふ
看護婦さん
ka.n.go.fu.sa.n
護士

かんじゃ
患者さん
ka.n.ja.sa.n
病患

びょういん 病院 byo.o.i.n 醫院	うけつけ 受付 u.ke.tsu.ke 掛號處	しんさつしつ 診察室 shi.n.sa.tsu.shi.tsu 診療處	ちゅうしゃ 注射 chu.u.sha 打針
てんてき 点滴 te.n.te.ki 打點滴	しゅじゅつ 手術 shu.ju.tsu 手術	ますい 麻酔 ma.su.i 麻醉	きゅうかん 急患 kyu.u.ka.n 緊急病患

しょくじりょうほう 食事療法 sho.ku.ji.ryo.o.ho.o 飲食療法	にゅういん 入院 nyu.u.i.n 住院	たいいん 退院 ta.i.i.n 出院

きゅうきゅうしゃ
救急車
kyu.u.kyu.u.sha
救護車

救急車を呼んで
ください。

醫院內各科名稱

内科
ない か
na.i.ka
內科

外科
げ か
ge.ka
外科

小児科
しょう に か
sho.o.ni.ka
小兒科

耳鼻咽喉科
じ び いんこう か
ji.bi.i.n.ko.o.ka
耳鼻喉科

胃腸科
い ちょう か
i.cho.o.ka
腸胃科

眼科
がん か
ga.n.ka
眼科

歯科
し か
shi.ka
齒科

産婦人科
さん ふ じん か
sa.n.fu.ji.n.ka
婦產科

皮膚科
ひ ふ か
hi.fu.ka
皮膚科

精神科
せいしん か
se.i.shi.n.ka
精神科

泌尿器科
ひ にょう き か
hi.nyo.o.ki.ka
泌尿科

アレルギー科
か
a.re.ru.gi.i.ka
過敏科

心療内科
しんりょうない か
shi.n.ryo.o.na.i.ka
心理醫科

わたしは歯科の医者です。

症狀

頭痛
ず つう
zu.tsu.u
頭痛

胃痛
い つう
i.tsu.u
胃痛

歯痛
は いた
ha.i.ta
牙齒痛

咳
せき
se.ki
咳嗽

下痢
げ り
ge.ri
拉肚子

便秘
べん ぴ
be.n.pi
便秘

鼻づまりがします
はな
ha.na.zu.ma.ri.ga.shi.ma.su
鼻塞

鼻水がでます
はな みず
ha.na.mi.zu.ga.de.ma.su
流鼻水

| 寒気／悪寒
sa.mu.ke／o.ka.n
發冷 | 吐き気
ha.ki.ke
噁心（想吐） | 体がだるいです
ka.ra.da.ga.da.ru.i.de.su
全身沒力 |

| 眩暈
me.ma.i
頭昏眼花 | かゆみ
ka.yu.mi
發癢 | かぶれ
ka.bu.re
斑疹 | 火傷
ya.ke.do
燒傷、燙傷 | 虫刺され
mu.shi.sa.sa.re
昆蟲咬傷 |

| 二日酔い
fu.tsu.ka.yo.i
宿醉 | 風邪
ka.ze
感冒 | 肺炎
ha.i.e.n
肺炎 | 盲腸炎
mo.o.cho.o.e.n
盲腸炎 | 扁桃腺炎
he.n.to.o.se.n.e.n
扁桃腺炎 |

| ノロウイルス
no.ro.u.i.ru.su
急性腸胃炎（諾羅病毒） | じんましん
ji.n.ma.shi.n
蕁麻疹 | 骨折
ko.s.se.tsu
骨折 | 捻挫
ne.n.za
扭傷 |

| アレルギー
a.re.ru.gi.i
過敏 | 寝違える
ne.chi.ga.e.ru
落枕 |

二日酔い！

身體部位

🔊 o80

| 身体
ka.ra.da
身體 | 頭
a.ta.ma
頭 | 顔
ka.o
臉 | 額
hi.ta.i
額頭 | 目
me
眼睛 |

みみ 耳 mi.mi 耳朵	はな 鼻 ha.na 鼻子	は 歯 ha 牙齒	くち 口 ku.chi 嘴巴	した 舌 shi.ta 舌頭
あご 顎 a.go 下巴	のど 喉 no.do 喉嚨	くび 首 ku.bi 脖子	かた 肩 ka.ta 肩膀	むね 胸 mu.ne 胸
なか お腹 o.na.ka 肚子	うで 腕 u.de 手臂	て 手 te 手	ゆび 指 yu.bi 手指	あし 足 a.shi 腳
もも mo.mo 大腿	ひざ 膝 hi.za 膝蓋	ふくらはぎ fu.ku.ra.ha.gi 小腿		い 胃 i 胃
しんぞう 心臓 shi.n.zo.o 心臟	はい 肺 ha.i 肺	かんぞう 肝臓 ka.n.zo.o 肝臟	じんぞう 腎臓 ji.n.zo.o 腎臟	ちょう 腸 cho.o 腸
しきゅう 子宮 shi.kyu.u 子宮	ほね 骨 ho.ne 骨頭	ち けつえき 血／血液 chi ／ ke.tsu.e.ki 血／血液		けっかん 血管 ke.k.ka.n 血管
きんにく 筋肉 ki.n.ni.ku 肌肉	しんけい 神経 shi.n.ke.i 神經	ひふ 皮膚 hi.fu 皮膚	はだ 肌 ha.da 肌膚	

歯が痛い～

くすり 薬 ku.su.ri 藥	やっきょく 薬局／ドラッグストア ya.k.kyo.ku／do.ra.g.gu.su.to.a 藥房、藥局	しょほうせん 処方箋 sho.ho.o.se.n 處方箋

めぐすり 目薬 me.gu.su.ri 眼藥	いぐすり 胃薬 i.gu.su.ri 胃藥	ずつうやく 頭痛薬 zu.tsu.u.ya.ku 頭痛藥	かぜぐすり 風邪薬 ka.ze.gu.su.ri 感冒藥

げりど 下痢止め ge.ri.do.me 止瀉藥	ど かゆみ止め ka.yu.mi.do.me 止癢藥	ざい ビタミン剤 bi.ta.mi.n.za.i 維他命劑	げざい 下剤 ge.za.i 瀉藥

アスピリン a.su.pi.ri.n 阿斯匹靈	なんこう 軟膏 na.n.ko.o 軟膏	きゅうきゅうばこ 救急箱 kyu.u.kyu.u.ba.ko 急救箱

たいおんけい 体温計 ta.i.o.n.ke.i 體溫計	しっぷ 湿布 shi.p.pu 貼布	ほうたい 包帯 ho.o.ta.i 繃帶	ガーゼ ga.a.ze 紗布

ばんそうこう バンドエイド／絆創膏 ba.n.do.e.i.do／ba.n.so.o.ko.o OK繃

🍌 薬屋

風邪薬は
ありますか？

ありますよ！

ドラッグストア

081

電腦用語

 上網

1 インターネットをする。
i.n.ta.a.ne.t.to.o.su.ru

上網

電腦相關產品名稱

パソコン pa.so.ko.n 電腦	ノートパソコン no.o.to.pa.so.ko.n 筆記型電腦	ミニノートパソコン mi.ni.no.o.to.pa.so.ko.n 小筆電

タブレットパソコン ta.bu.re.t.to.pa.so.ko.n 平板電腦	^が画^{めん}面 ga.me.n 電腦畫面	モニター mo.ni.ta.a 電腦顯示器	マウス ma.u.su 滑鼠

カートリッジ ka.a.to.ri.j.ji 墨水匣	インク i.n.ku 墨水	プリンター pu.ri.n.ta.a 印表機	スキャナー su.kya.na.a 掃描器

CD-ROM shi.i.di.i-ro.mu CD-ROM	DVD-ROM di.i.bu.i.di.i-ro.mu DVD-ROM	ハードディスク ha.a.do.di.su.ku 硬碟

LAN ケーブル ra.n.ke.e.bu.ru 網路線	メモリーカード me.mo.ri.i.ka.a.do 記憶卡

鍵盤名稱

キーボード ki.i.bo.o.do 鍵盤	エンターキー e.n.ta.a.ki.i Enter鍵	スペースキー su.pe.e.su.ki.i 空白鍵	シフトキー shi.fu.to.ki.i Shift鍵

デリートキー de.ri.i.to.ki.i Delete 鍵	オルトキー o.ru.to.ki.i Alt 鍵

電腦畫面名稱

カーソル ka.a.so.ru 游標	ツールバー tsu.u.ru.ba.a 工具列	アドレス帳 a.do.re.su.cho.o 通訊錄	ウイルス u.i.ru.su 病毒
オフライン o.fu.ra.i.n 離線	オンライン o.n.ra.i.n 上線	拡張子 ka.ku.cho.o.shi 副檔名	ごみ箱 go.mi.ba.ko 資源回收筒

スクリーンセーバー su.ku.ri.i.n.se.e.ba.a 螢幕保護程式	ソフトウエア so.fu.to.we.a 軟體	ハードウエア ha.a.do.we.a 硬體

ファイル fa.i.ru 資料夾	フォルダ fo.ru.da 文件夾	フォント fo.n.to 字型	トップページ to.p.pu.pe.e.ji 首頁

添付ファイル
te.n.pu.fa.i.ru
附檔

電子メール
de.n.shi.me.e.ru
電子郵件

メールボックス
me.e.ru.bo.k.ku.su
收信匣

ホームページ
ho.o.mu.pe.e.ji
網頁

ホームページアドレス
ho.o.mu.pe.e.ji.a.do.re.su
網址

壁紙
ka.be.ga.mi
桌布

操作

圧縮
a.s.shu.ku
壓縮

インストール
i.n.su.to.o.ru
安裝

キャンセル
kya.n.se.ru
取消

クリック
ku.ri.k.ku
點滑鼠一下

ダブルクリック
da.bu.ru.ku.ri.k.ku
點兩下

再起動
sa.i.ki.do.o
重新啟動電腦

スキャン
su.kya.n
掃描

ダウンロード
da.u.n.ro.o.do
下載

電源を入れる
de.n.ge.n.o.i.re.ru
打開電源

電源を切る
de.n.ge.n.o.ki.ru
關掉電源

入力
nyu.u.ryo.ku
輸入

ドラッグする
do.ra.g.gu.su.ru
拖曳

フォーマット
fo.o.ma.t.to
格式化

社群網站

1 友達を 招待します。
to.mo.da.chi.o.sho.o.ta.i.shi.ma.su

邀請朋友。

2 ウォールに書き込みましょう。
wo.o.ru.ni.ka.ki.ko.mi.ma.sho.o

在牆上留言。

3 プロフィール写真を変えます。
pu.ro.fi.i.ru.sha.shi.n.o.ka.e.ma.su

換大頭貼。

其他

絵文字 e.mo.ji 表情符號	顔文字 ka.o.mo.ji 表情符號

フリーズ fu.ri.i.zu 當機	文字化け mo.ji.ba.ke 亂碼	容量 yo.o.ryo.o 容量	スカイプ su.ka.i.pu SKYPE

ミクシイー mi.ku.shi.i mixi 社群網站	フェイスブック fe.i.su.bu.k.ku 臉書（facebook）	ツイッター tsu.i.t.ta.a 推特（twitter）

いいね i.i.ne 讚	シェア she.a 分享	コメントする ko.me.n.to.su.ru 留言	つぶやき tsu.bu.ya.ki 自言自語、嘀咕

ひとりで
寂しいです。

082

喜怒哀樂

🌱 喜

1 私はとても幸せです。
wa.ta.shi.wa.to.te.mo.shi.a.wa.se.de.su

我非常幸福。

2 最高です。
sa.i.ko.o.de.su

太棒了！

3 生きててよかった。
i.ki.te.te.yo.ka.t.ta

活著真好！

會話

うれしそうですね、何かありましたか。
u.re.shi.so.o.de.su.ne、
na.ni.ka.a.ri.ma.shi.ta.ka

你看起來很高興的樣子喔！有什麼好事發生嗎？

ええ、ちょっと。
e.e、cho.t.to

嗯、是啊。

いいですね。
i.i.de.su.ne

真好！

關於「喜」的其他表現

うれしい u.re.shi.i 高興	うれしくてたまらない u.re.shi.ku.te.ta.ma.ra.na.i 高興得不得了	面白い o.mo.shi.ro.i 有趣
幸せ shi.a.wa.se 幸福	すごい su.go.i 太棒了	

あ〜
幸せ〜

怒

1 いらいらします。 很焦躁。
i.ra.i.ra.shi.ma.su

2 不公平です。 不公平。
fu.ko.o.he.i.de.su

3 頭に来ました。 真令人生氣。
a.ta.ma.ni.ki.ma.shi.ta

4 馬鹿にしないでください。 別瞧不起人。
ba.ka.ni.shi.na.i.de.ku.da.sa.i

5 我慢できません。 我受不了了。
ga.ma.n.de.ki.ma.se.n

6 虫が良すぎます。 太自私了。
mu.shi.ga.yo.su.gi.ma.su

7 あなたのやり方は卑怯です。 你的作法太卑鄙了。
a.na.ta.no.ya.ri.ka.ta.wa.hi.kyo.o.de.su

關於「怒」的其他表現

目の敵にする
me.no.ka.ta.ki.ni.su.ru
當成眼中釘

腑に落ちない
fu.ni.o.chi.na.i
無法理解

うんざりする
u.n.za.ri.su.ru
受夠了

 哀

1 あなたがいなくて寂しいです。 你不在我好寂寞。
a.na.ta.ga.i.na.ku.te.sa.bi.shi.i.de.su

2 憂鬱です。 我很鬱卒。
yu.u.u.tsu.de.su

3 気がめいります。 灰心喪氣。
ki.ga.me.i.ri.ma.su

4 何もやる気がおきません。
na.ni.mo.ya.ru.ki.ga.o.ki.ma.se.n

一點都提不起勁來。

5 とても悲しそうですね。
to.te.mo.ka.na.shi.so.o.de.su.ne

他看起來好像很悲傷。

6 気を落とさないでください。
ki.o.o.to.sa.na.i.de.ku.da.sa.i

別洩氣。

關於「哀」的其他表現

悲しい	がっかりする	残念	さびしい
ka.na.shi.i	ga.k.ka.ri.su.ru	za.n.ne.n	sa.bi.shi.i
悲傷	失望	可惜	寂寞

 樂

1 とても楽しみです。
to.te.mo.ta.no.shi.mi.de.su

我非常期待。

2 今日はとても楽しかったです。
kyo.o.wa.to.te.mo.ta.no.shi.ka.t.ta.de.su

今天（玩得）非常開心。

關於「樂」的其他表現

楽しい	うきうきする	わくわくする
ta.no.shi.i	u.ki.u.ki.su.ru	wa.ku.wa.ku.su.ru
愉快、高興	高興（得坐不住）	期待

面白い	満足
o.mo.shi.ro.i	ma.n.zo.ku
好玩、有趣	滿足

ご飯を三杯食べた！満足！

083

友だちは
多いです。

友情篇

 我的朋友

1 友^{とも}だちは多^{おお}いです。
to.mo.da.chi.wa.o.o.i.de.su

我有很多朋友。

2 スポーツ仲間^{なかま}がたくさんいます。
su.po.o.tsu.na.ka.ma.ga.ta.ku.sa.n.i.ma.su

我有很多運動的夥伴。

3 私^{わたし}と○○は中学^{ちゅうがく}からの親友^{しんゆう}です。
wa.ta.shi.to. ○○ .wa.chu.u.ga.ku.ka.ra.no.shi.
n.yu.u.de.su

我和○○是打從國中就
認識的摯友。

單字充電站

朋友

友^{とも}だち to.mo.da.chi 朋友	仲間^{なかま} na.ka.ma 夥伴	親友^{しんゆう} shi.n.yu.u 摯友	仲良^{なかよ}し na.ka.yo.shi 好朋友
友情^{ゆうじょう} yu.u.jo.o 友情	男友達^{おとこともだち} o.to.ko.to.mo.da.chi 男性友人	女友達^{おんなともだち} o.n.na.to.mo.da.chi 女性友人	喧嘩^{けんか} ke.n.ka 吵架
絶交^{ぜっこう} ze.k.ko.o 絕交	仲直^{なかなお}り na.ka.na.o.ri 和好	友達作^{ともだちづく}り to.mo.da.chi.zu.ku.ri 交朋友	

私は中原くん
が好きです。

戀愛篇

🔊 **o84**

喜歡・單戀

1 私は中原くんが好きです。　　　　　我喜歡中原。
wa.ta.shi.wa.na.ka.ha.ra.ku.n.ga.su.ki.de.su

2 仲間さんに片思いしています。　　　我暗戀仲間。
na.ka.ma.sa.n.ni.ka.ta.o.mo.i.shi.te.i.ma.su

3 理恵さんが大好きです。　　　　　　我最喜歡理惠了。
ri.e.sa.n.ga.da.i.su.ki.de.su

4 太郎くんを気に入っています。　　　我喜歡太郎。
ta.ro.o.ku.n.o.ki.ni.i.t.te.i.ma.su

告白

1 僕はまりさんが好きです。　　　　　我喜歡麻理。
bo.ku.wa.ma.ri.sa.n.ga.su.ki.de.su

2 付き合ってください。　　　　　　　請跟我交往。
tsu.ki.a.t.te.ku.da.sa.i

3 ずっと前から好きでした。　　　　　我喜歡你很久了。
zu.t.to.ma.e.ka.ra.su.ki.de.shi.ta

4 本気です。　　　　　　　　　　　　我是認真的。
ho.n.ki.de.su

付き合って
ください！

邀約

會話

🐒 ディズニーランドへ一緒に行きませんか。　　要不要一起去迪士尼
di.zu.ni.i.ra.n.do.e.i.s.sho.ni.i.ki.ma.se.n.ka　　樂園？

🐒 いいですよ。いつですか。　　　　　　　　　好啊！什麼時候呢？
i.i.de.su.yo。i.tsu.de.su.ka

 結婚

1 彼氏(かれし)からプロポーズされた。
ka.re.shi.ka.ra.pu.ro.po.o.zu.sa.re.ta

男朋友向我求婚了。

2 私(わたし)と結婚(けっこん)してください。
wa.ta.shi.to.ke.k.ko.n.shi.te.ku.da.sa.i

請和我結婚。

3 一生(いっしょう)あなたを守(まも)ります。
i.s.sho.o.a.na.ta.o.ma.mo.ri.ma.su

我會守護你一輩子。

4 婚約者(こんやくしゃ)の○○君(くん)です。
ko.n.ya.ku.sha.no. ○○ .ku.n.de.su

這是我的未婚夫○○。

 單字充電站

情侶・夫妻

恋人同士(こいびとどうし) ko.i.bi.to.do.o.shi **情侶檔**	恋人同士仲がいい(こいびとどうしなか) ko.i.bi.to.do.o.shi.na.ka.ga.i.i **甜蜜情侶檔**	彼氏(かれし) ka.re.shi **男朋友**	彼女(かのじょ) ka.no.jo **女朋友**
元(もと)カレ mo.to.ka.re **前男友**	元(もと)カノ mo.to.ka.no **前女友**	夫婦(ふうふ) fu.u.fu **夫妻**	旦那(だんな)・主人(しゅじん) da.n.na・shu.ji.n **先生**
妻(つま)／奥(おく)さん／家内(かない) tsu.ma／o.ku.sa.n／ka.na.i **妻子**	元夫(もとおっと) mo.to.o.t.to **前夫**	元妻(もとつま) mo.to.tsu.ma **前妻**	プロポーズ pu.ro.po.o.zu **求婚**
婚約者(こんやくしゃ) ko.n.ya.ku.sha **未婚夫（妻）**	入籍(にゅうせき)／結婚式(けっこんしき) nyu.u.se.ki／ke.k.ko.n.shi.ki **登記結婚／結婚典禮**	ハネムーン／新婚旅行(しんこんりょこう) ha.ne.mu.u.n／shi.n.ko.n.ryo.ko.o **蜜月旅行**	

わたしは
サッカークラブ
に入っています。

學校

 科系

會話①

🐵 なに がっ か
何学科ですか。
na.ni.ga.k.ka.de.su.ka

你是什麼系的？

🐵 こくさい ぼうえき がっ か
国際貿易学科です。
ko.ku.sa.i.bo.o.e.ki.ga.k.ka.de.su

國貿系。

會話②

🐵 なん べんきょう
何の勉強をしていますか。
na.n.no.be.n.kyo.o.o.shi.te.i.ma.su.ka

你唸什麼的呢？

🐵 に ほん おんがく まな
日本の音楽を学んでいます。
ni.ho.n.no.o.n.ga.ku.o.ma.na.n.de.i.ma.su

我在唸日本音樂。

各學系名稱

ほうがく ぶ 法学部 ho.o.ga.ku.bu 法律系	けいざいがく ぶ 経済学部 ke.i.za.i.ga.ku.bu 經濟系	しょうがく ぶ 商学部 sho.o.ga.ku.bu 商學系	ぶんがく ぶ 文学部 bu.n.ga.ku.bu 文學系
きょういくがく ぶ 教育学部 kyo.o.i.ku.ga.ku.bu 教育學系	り がく ぶ 理学部 ri.ga.ku.bu 理學系	こうがく ぶ 工学部 ko.o.ga.ku.bu 工學系	のうがく ぶ 農学部 no.o.ga.ku.bu 農學系

医学部 いがくぶ i.ga.ku.bu 醫學系	薬学部 やくがくぶ ya.ku.ga.ku.bu 藥學系	理系 りけい ri.ke.i 理科	文系 ぶんけい bu.n.ke.i 文科

日本語学科 にほんごがっか ni.ho.n.go.ga.k.ka 日文系	国際貿易学科 こくさいぼうえきがっか ko.ku.sa.i.bo.o.e.ki.ga.k.ka 國際貿易系
社会学部 しゃかいがくぶ sha.ka.i.ga.ku.bu 社會學系	情報学部 じょうほうがくぶ jo.o.ho.o.ga.ku.bu 資訊管理系

 社團活動

わたしは
サッカークラブに
入っています。

會話①

何のクラブに入っていますか。
な ん　　　　　　　　は い
na.n.no.ku.ra.bu.ni.ha.i.t.te.i.ma.su.ka

你參加什麼社團？

バスケットボールです。
ba.su.ke.t.to.bo.o.ru.de.su

籃球社。

會話②

面白いサークルはありますか。
おもしろ
o.mo.shi.ro.i.sa.a.ku.ru.wa.a.ri.ma.su.ka

有沒有什麼好玩的社團？

剣道はどうですか。
けんどう
ke.n.do.o.wa.do.o.de.su.ka

劍道社如何？

社團活動名稱

アーチェリー
a.a.che.ri.i
射箭

あいきどう
合気道
a.i.ki.do.o
合氣道

アイススケート
a.i.su.su.ke.e.to
溜冰

アイスホッケー
a.i.su.ho.k.ke.e
冰上曲棍球

アメリカンフットボール
a.me.ri.ka.n.fu.t.to.bo.o.ru
美式足球

えんげき
演劇
e.n.ge.ki
戲劇

がくせいかい
学生会
ga.ku.se.i.ka.i
學生會

がっしょうだん
合唱団
ga.s.sho.o.da.n
合唱團

からて
空手
ka.ra.te
空手道

けんどう
剣道
ke.n.do.o
劍道

ゴルフ
go.ru.fu
高爾夫

サッカー
sa.k.ka.a
足球

しゃしん
写真
sha.shi.n
攝影

オーケストラ
o.o.ke.su.to.ra
管絃樂

じゅうどう
柔道
ju.u.do.o
柔道

じょうば
乗馬
jo.o.ba
騎馬

すいえい
水泳
su.i.e.i
游泳

すもう
相撲
su.mo.o
相撲

ソフトテニス
so.fu.to.te.ni.su
軟式網球

ソフトボール
so.fu.to.bo.o.ru
壘球

たいそう
体操
ta.i.so.o
體操

たっきゅう
卓球
ta.k.kyu.u
桌球

チアリーダー
chi.a.ri.i.da.a
啦啦隊

テコンドー
te.ko.n.do.o
跆拳道

テニス te.ni.su 網球	バスケットボール ba.su.ke.t.to.bo.o.ru 籃球	ラクロス ra.ku.ro.su 長曲棍球

バドミントン ba.do.mi.n.to.n 羽球 	バレーボール ba.re.e.bo.o.ru 排球

ボクシング bo.ku.shi.n.gu 拳擊	野球 や きゅう ya.kyu.u 棒球	ラグビー ra.gu.bi.i 橄欖球	スキー su.ki.i 滑雪

雨が降りそう。
はやく家に
帰らないと…

天氣

談論天氣

1 雨が降りそうです。
a.me.ga.fu.ri.so.o.de.su

好像快下雨了。

2 雷が鳴っています。
ka.mi.na.ri.ga.na.t.te.i.ma.su

打雷了。

3 風が強いです。
ka.ze.ga.tsu.yo.i.de.su

風很強。

4 雲行きがあやしいです。
ku.mo.yu.ki.ga.a.ya.shi.i.de.su

好像快下雨了。

會話

今日の天気はどうですか。
kyo.o.no.te.n.ki.wa.do.o.de.su.ka

今天天氣如何？

とてもいい天気です。
to.te.mo.i.i.te.n.ki.de.su

天氣非常好。

單字充電站

087

天氣用語

晴れ ha.re 晴天	曇り ku.mo.ri 多雲	風 ka.ze 颱風

雨
あめ
a.me
下雨

雪
ゆき
yu.ki
下雪

小雨
こさめ
ko.sa.me
小雨

大雨
おおあめ
o.o.a.me
大雨

雷
かみなり
ka.mi.na.ri
打雷

快晴
かいせい
ka.i.se.i
晴朗

晴れのち曇り
は　　　　　くも
ha.re.no.chi.ku.mo.ri
晴時多雲

台風
たいふう
ta.i.fu.u
颱風

雹
ひょう
hyo.o
冰雹

地震
じしん
ji.shi.n
地震

余震
よしん
yo.shi.n
餘震

津波
つなみ
tsu.na.mi
海嘯

花粉飛散
か ふん ひ さん
ka.fu.n.hi.sa.n
花粉飛揚

床下浸水
ゆかしたしんすい
yu.ka.shi.ta.shi.n.su.i
淹水未達日式房屋的玄關高起處

床上浸水
ゆかうえしんすい
yu.ka.u.e.shi.n.su.i
淹水超過日式房屋的玄關高起處

警報
けいほう
ke.i.ho.o
警報

予報
よほう
yo.ho.o
預報

注意報
ちゅうい ほう
chu.u.i.ho.o
注意特報

あたたかい
a.ta.ta.ka.i
溫暖

涼しい
すず
su.zu.shi.i
涼爽

暑い
あつ
a.tsu.i
炎熱

さむい
sa.mu.i
寒冷

梅雨
つ　ゆ
tsu.yu
梅雨

最近お腹が
出てきました。

人生百態

🌾 談論某人

1 あの人は見かけよりも若いです。
a.no.hi.to.wa.mi.ka.ke.yo.ri.mo.wa.ka.i.de.su

那個人實際年齡比外表還年輕。

2 最近お腹が出てきました。
sa.i.ki.n.o.na.ka.ga.de.te.ki.ma.shi.ta

最近我的肚子跑出來了。

3 彼はとても頑固です。
ka.re.wa.to.te.mo.ga.n.ko.de.su

他非常頑固。

4 私は彼とウマが合いません。
wa.ta.shi.wa.ka.re.to.u.ma.ga.a.i.ma.se.n

我和他不合。

5 あの人は本当に頭が切れます。
a.no.hi.to.wa.ho.n.to.o.ni.a.ta.ma.ga.ki.re.ma.su

那個人腦筋很靈活。

會話

 彼女はきれいな人ですね。
ka.no.jo.wa.ki.re.i.na.hi.to.de.su.ne

她真是一位美女啊！

ええ、性格もいいんですよ。
e.e、se.i.ka.ku.mo.i.i.n.de.su.yo

是啊，個性也很好喔！

🌾 單字充電站

外表

かわいい	きれい	かっこいい
ka.wa.i.i	ki.re.i	ka.k.ko.i.i
可愛	漂亮	帥

童顔
どうがん
do.o.ga.n
娃娃臉

美しい
うつく
u.tsu.ku.shi.i
美麗

素敵
すてき
su.te.ki
非常漂亮

身高體型

背が高い
せ たか
se.ga.ta.ka.i
高個子

背が低い
せ ひく
se.ga.hi.ku.i
矮個子

やせている
ya.se.te.i.ru
瘦

太っている
ふと
fu.to.t.te.i.ru
胖

お腹が出ている
なか で
o.na.ka.ga.de.te.i.ru
有小腹

お腹が出てきました。

年紀

若い
わか
wa.ka.i
年輕的

年寄り
とし よ
to.shi.yo.ri
老年人

年上
としうえ
to.shi.u.e
年長的

若く見える
わか み
wa.ka.ku.mi.e.ru
看起來年輕

年のわりにはふけて見える
とし み
to.shi.no.wa.ri.ni.wa.fu.ke.te.mi.e.ru
看起來比實際年齡老

いらっしゃい。

こんにちわ！

わ！すごく若くて
きれいなお母さんだ！
うらやましー…

 反義詞　　　　　　　　　　　　　🔊 089

優しい
ya.sa.shi.i
溫柔、隨和

厳しい
ki.bi.shi.i
嚴厲

気前がいい
ki.ma.e.ga.i.i
大方

けち
ke.chi
小氣

扱いやすい
a.tsu.ka.i.ya.su.i
好相處的

扱いにくい
a.tsu.ka.i.ni.ku.i
不好相處的

おとなっぽい
o.to.na.p.po.i
成熟

子供っぽい
ko.do.mo.p.po.i
幼稚

柔軟
ju.u.na.n
態度柔軟

強硬
kyo.o.ko.o
態度強硬

素直
su.na.o
坦率

偏屈
he.n.ku.tsu
扭捏

やわらかい
ya.wa.ra.ka.i
身段柔軟的

かたい
ka.ta.i
死腦筋

公明正大
ko.o.me.i.se.i.da.i
光明正大的

卑怯
hi.kyo.o
卑鄙

妥協的
da.kyo.o.te.ki
妥協

頑固
ga.n.ko
頑固

強い
tsu.yo.i
堅強

弱い
yo.wa.i
軟弱

明るい
a.ka.ru.i
開朗的

暗い
ku.ra.i
陰沉的

でしゃばり
de.sha.ba.ri
愛出風頭

目立たない
me.da.ta.na.i
低調

おもしろい
o.mo.shi.ro.i
有趣的

つまらない
tsu.ma.ra.na.i
無趣的

口上手
ku.chi.jo.o.zu
能言善道

口下手
ku.chi.be.ta
言語笨拙

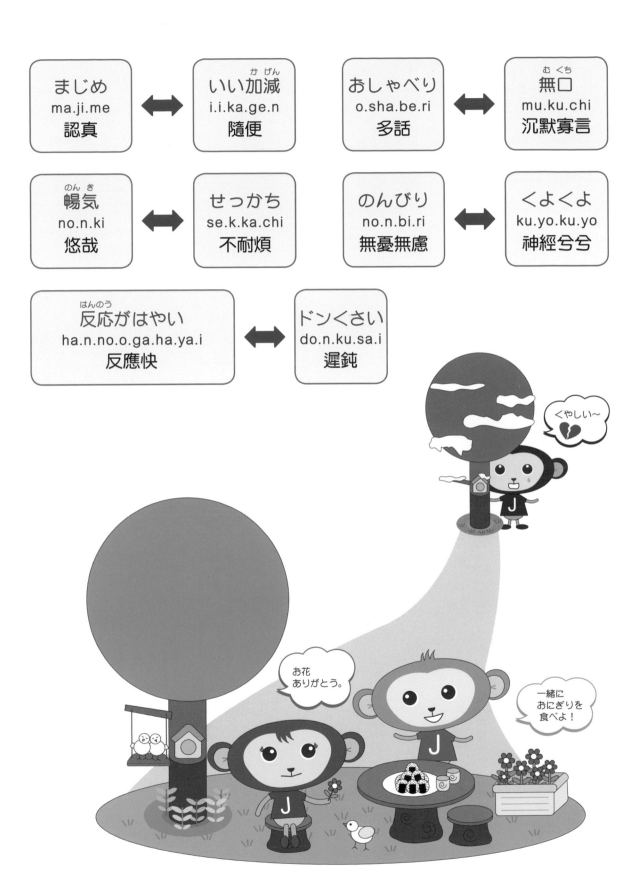

まじめ
ma.ji.me
認真
⬌
いい加減
i.i.ka.ge.n
隨便

おしゃべり
o.sha.be.ri
多話
⬌
無口
mu.ku.chi
沉默寡言

暢気
no.n.ki
悠哉
⬌
せっかち
se.k.ka.chi
不耐煩

のんびり
no.n.bi.ri
無憂無慮
⬌
くよくよ
ku.yo.ku.yo
神經兮兮

反応がはやい
ha.n.no.o.ga.ha.ya.i
反應快
⬌
ドンくさい
do.n.ku.sa.i
遲鈍

日本便利通

日本的行政區
一都一道二府43縣

1

ほっかいどう
北海道
ho.k.ka.i.do.o

2

あおもりけん
青森県
a.o.mo.ri.ke.n

3

あきたけん
秋田県
a.ki.ta.ke.n

4

いわてけん
岩手県
i.wa.te.ke.n

おきなわ
沖縄
o.ki.na.wa

ちゅうぶ
中部
chu.u.bu

ほっかいどう
北海道
ho.k.ka.i.do.o

とうほく
東北
to.o.ho.ku

ちゅうごく
中国
chu.u.go.ku

N

きゅうしゅう
九州
kyu.u.shu.u

かんとう
関東
ka.n.to.o

わたしは
東京都に
住んでるよ。

しこく
四国
shi.ko.ku

きんき
近畿
ki.n.ki

5

やまがたけん
山形県
ya.ma.ga.ta.ke.n

6

みやぎけん
宮城県
mi.ya.gi.ke.n

7

ふくしまけん
福島県
fu.ku.shi.ma.ke.n

8

にいがたけん
新潟県
ni.i.ga.ta.ke.n

9

とやまけん
富山県
to.ya.ma.ke.n

10

いしかわけん
石川県
i.shi.ka.wa.ke.n

11

ふくいけん
福井県
fu.ku.i.ke.n

12

ぎふけん
岐阜県
gi.fu.ke.n

13

ながのけん
長野県
na.ga.no.ke.n

14

やまなしけん
山梨県
ya.ma.na.shi.ke.n

15

あいちけん
愛知県
a.i.chi.ke.n

16

しずおかけん
静岡県
shi.zu.o.ka.ke.n

17

ちばけん
千葉県
chi.ba.ke.n

18

かながわけん
神奈川県
ka.na.ga.wa.ke.n

19

とうきょうと
東京都
to.o.kyo.o.to

TOKYO TOWER

20

さいたまけん
埼玉県
sa.i.ta.ma.ke.n

21

とちぎけん
栃木県
to.chi.gi.ke.n

22

ぐんまけん
群馬県
gu.n.ma.ke.n

23

いばらきけん
茨城県
i.ba.ra.ki.ke.n

24

おおさかふ
大阪府
o.o.sa.ka.fu

25

きょうとふ
京都府
kyo.o.to.fu

26

ならけん
奈良県
na.ra.ke.n

27

ひょうごけん
兵庫県
hyo.o.go.ke.n

28

しがけん
滋賀県
shi.ga.ke.n

29	30	31
みえけん 三重県 mi.e.ke.n	わかやまけん 和歌山県 wa.ka.ya.ma.ke.n 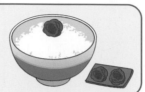	ひろしまけん 広島県 hi.ro.shi.ma.ke.n

32	33	34
おかやまけん 岡山県 o.ka.ya.ma.ke.n	しまねけん 島根県 shi.ma.ne.ke.n	とっとりけん 鳥取県 to.t.to.ri.ke.n 

35	36	37	38
やまぐちけん 山口県 ya.ma.gu.chi.ke.n	とくしまけん 徳島県 to.ku.shi.ma.ke.n	えひめけん 愛媛県 e.hi.me.ke.n	かがわけん 香川県 ka.ga.wa.ke.n

39	40	41	42
こうちけん 高知県 ko.o.chi.ke.n	ふくおかけん 福岡県 fu.ku.o.ka.ke.n	さがけん 佐賀県 sa.ga.ke.n	おおいたけん 大分県 o.o.i.ta.ke.n

43	44	45
ながさきけん 長崎県 na.ga.sa.ki.ke.n 	くまもとけん 熊本県 ku.ma.mo.to.ke.n	みやざきけん 宮崎県 mi.ya.za.ki.ke.n

46	47
かごしまけん 鹿児島県 ka.go.shi.ma.ke.n	おきなわけん 沖縄県 o.ki.na.wa.ke.n

おみやげ
ありがとう！

長崎県の
カステラを
買ってきたよ。

日本地鐵圖

JAPANESE SUBWAY MAP

※所刊載之日本地下鐵路線圖僅供參考，最新資訊請上「Tokyo Metro」官網查詢。

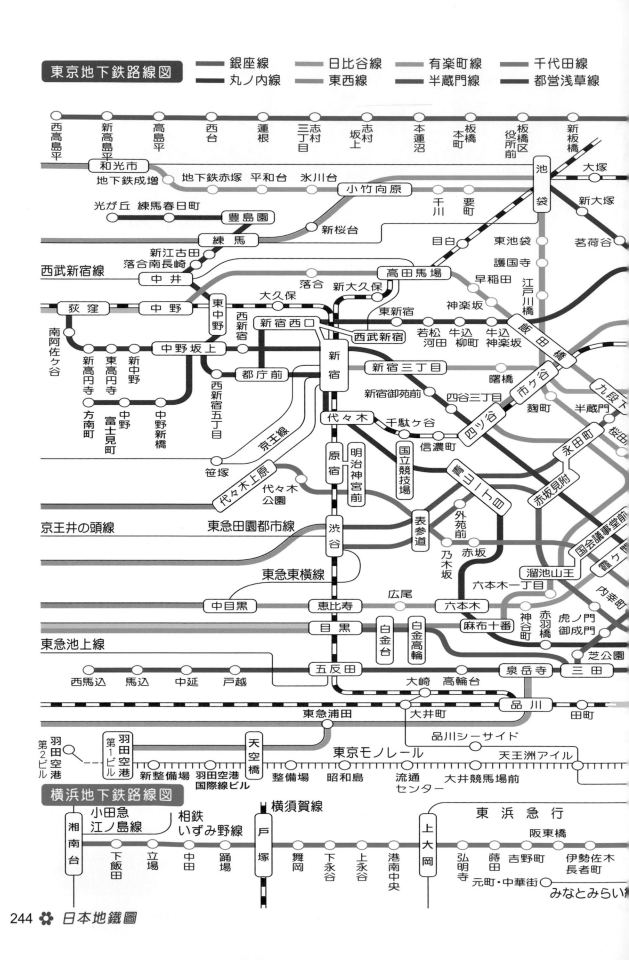

東京地下鉄路線図

━━ 銀座線　　━━ 日比谷線　　━━ 有楽町線　　━━ 千代田線
━━ 丸ノ内線　━━ 東西線　　　━━ 半蔵門線　━━ 都営浅草線

西高島平　新高島平　高島平　西台　蓮根　志村三丁目　志村坂上　本蓮沼　本町　板橋区役所前　板橋　新板橋

和光市　　地下鉄成増　地下鉄赤塚　平和台　氷川台　　小竹向原　　千川　要町　　池袋　大塚　新大塚　茗荷谷

光が丘　練馬春日町　豊島園　　新桜台　　　目白　東池袋　護国寺　　　江戸川橋

練馬

西武新宿線　　新江古田　落合南長崎　　　　　　高田馬場　早稲田

中井　　落合　新大久保　　　　神楽坂　飯田橋

荻窪　中野　東中野　大久保　東新宿

西新宿　新宿西口　東新宿　若松河田　牛込柳町　牛込神楽坂

南阿佐ケ谷　中野坂上　新中野　西武新宿　新宿三丁目　曙橋　市ケ谷　九段下　半蔵門　桜田門

新高円寺　東高円寺　　都庁前　新宿　新宿御苑前　四谷三丁目　麹町　永田町

方南町　中野富士見町　中野新橋　西新宿五丁目　　代々木　千駄ケ谷　信濃町　四ツ谷　赤坂見附　国会議事堂前　霞ケ関

京王線　　笹塚　　原宿　明治神宮前　国立競技場

代々木上原　代々木公園　　渋谷　　表参道　外苑前　乃木坂　赤坂　溜池山王　内幸町

京王井の頭線　東急田園都市線　　　　　　　　六本木一丁目

東急東横線　　　　　広尾　六本木　神谷町　虎ノ門御成門

中目黒　恵比寿　　白金台　白金高輪　麻布十番　赤羽橋　芝公園

目黒

東急池上線　　　　　　　　　　　　　五反田　大崎　高輪台　泉岳寺　三田

西馬込　馬込　中延　戸越　　　　　　　大井町　品川　田町

東急蒲田　　品川シーサイド

羽田空港第2ビル　羽田空港第1ビル　新整備場　羽田空港国際線ビル　天空橋　整備場　昭和島　流通センター　大井競馬場前　東京モノレール　天王洲アイル

横浜地下鉄路線図

小田急江ノ島線　相鉄いずみ野線　横須賀線　　　　　　東浜急行

湘南台　　　　　　戸塚　　　　　　　　上大岡　　阪東橋

下飯田　立場　中田　踊場　　舞岡　下永谷　上永谷　港南中央　弘明寺　蒔田　吉野町　伊勢佐木長者町

元町・中華街　みなとみらい線

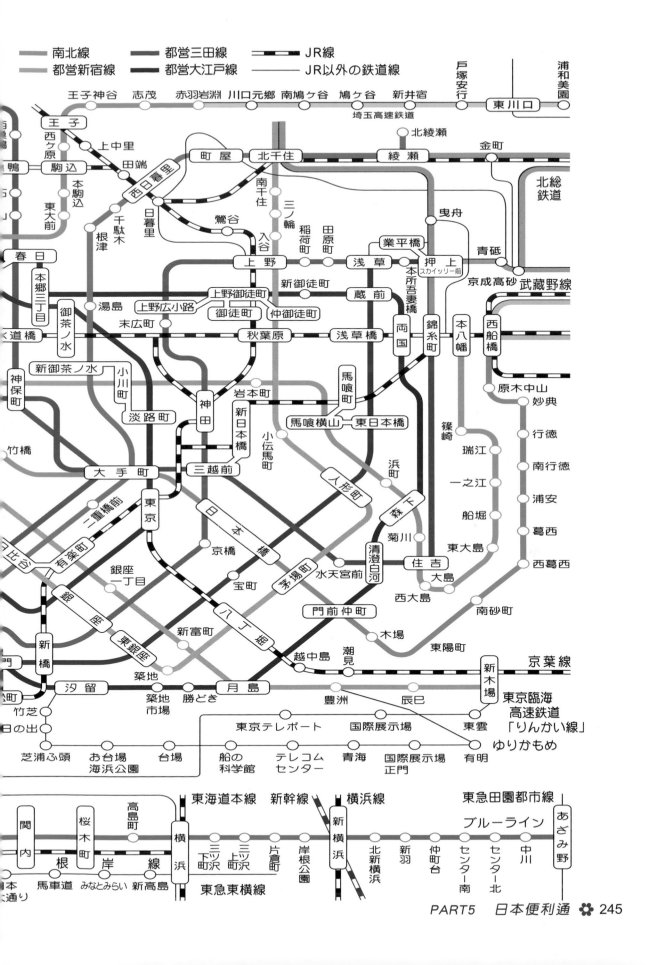

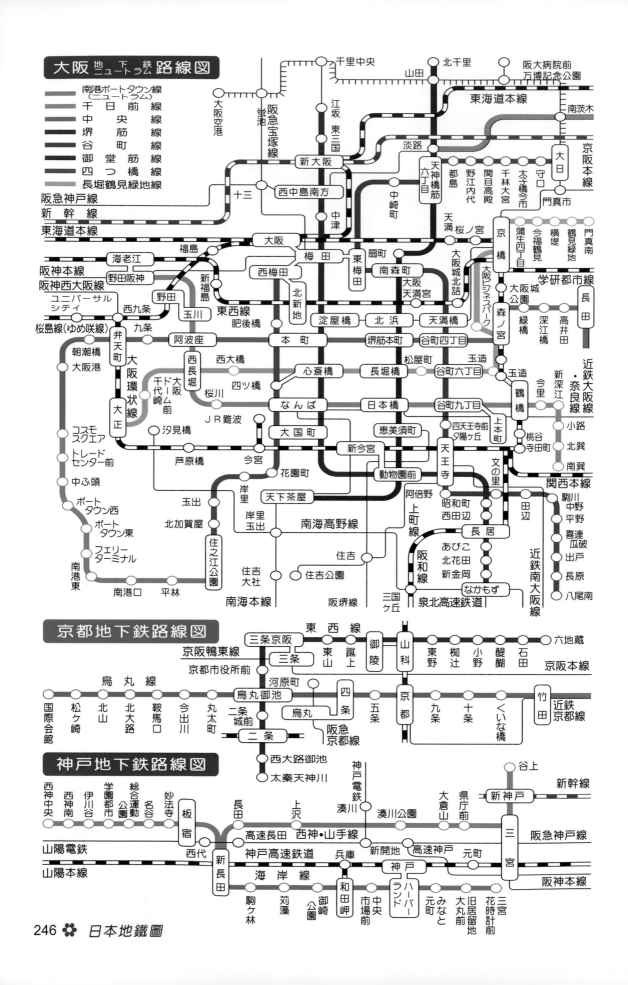

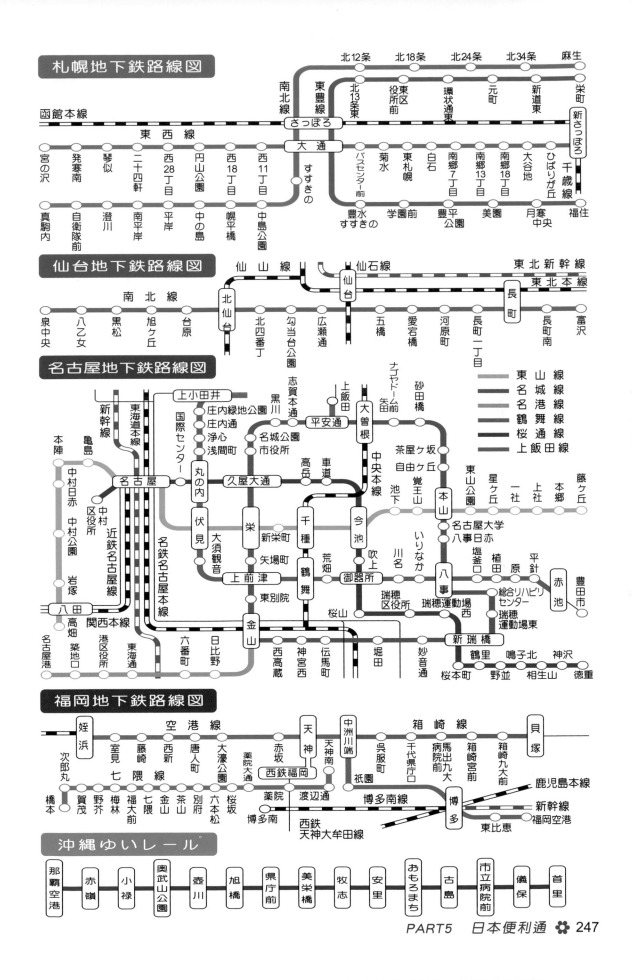

ぎんざせん
銀座線
gi.n.za.se.n

しぶや 渋谷 shi.bu.ya	おもてさんどう 表参道 o.mo.te.sa.n.do.o	がいえんまえ 外苑前 ga.i.e.n.ma.e	あおやまいっちょうめ 青山一丁目 a.o.ya.ma.i.c.cho.o.me
あかさかみつけ 赤坂見附 a.ka.sa.ka.mi.tsu.ke	ためいけさんのう 溜池山王 ta.me.i.ke.sa.n.no.o	とらのもん 虎ノ門 to.ra.no.mo.n	しんばし 新橋 shi.n.ba.shi
ぎんざ 銀座 gi.n.za	きょうばし 京橋 kyo.o.ba.shi	にほんばし 日本橋 ni.ho.n.ba.shi	みつこしまえ 三越前 mi.tsu.ko.shi.ma.e
かん　だ 神田 ka.n.da	すえひろちょう 末広町 su.e.hi.ro.cho.o	うえのひろこうじ 上野広小路 u.e.no.hi.ro.ko.o.ji	うえの 上野 u.e.no
いなりちょう 稲荷町 i.na.ri.cho.o	たわらまち 田原町 ta.wa.ra.ma.chi	あさくさ 浅草 a.sa.ku.sa	しぶや　　あさくさ 渋谷 ⟷ 浅草 shibuya　asakusa

なかめぐろ
中目黒
na.ka.me.gu.ro

えびす
恵比寿
e.bi.su

ひろお
広尾
hi.ro.o

ろっぽんぎ
六本木
ro.p.po.n.gi

かみやちょう
神谷町
ka.mi.ya.cho.o

かすみがせき
霞ヶ関
ka.su.mi.ga.se.ki

ひびや
日比谷
hi.bi.ya

ぎんざ
銀座
gi.n.za

ひがしぎんざ
東銀座
hi.ga.shi.gi.n.za

つきじ
築地
tsu.ki.ji

はっちょうぼり
八丁堀
ha.c.cho.o.bo.ri

かやばちょう
茅場町
ka.ya.ba.cho.o

にんぎょうちょう
人形町
ni.n.gyo.o.cho.o

こでんまちょう
小伝馬町
ko.de.n.ma.cho.o

あきはばら
秋葉原
a.ki.ha.ba.ra

なかおかちまち
仲御徒町
na.ka.o.ka.chi.ma.chi

うえの
上野
u.e.no

いりや
入谷
i.ri.ya

みのわ
三ノ輪
mi.no.wa

みなみせんじゅ
南千住
mi.na.mi.se.n.ju

きたせんじゅ
北千住
ki.ta.se.n.ju

なかめぐろ　　　　きたせんじゅ
中目黒 ←→ 北千住
nakame.guro　　kita.se.n.ju

この地下鉄は
恵比寿に停まり
ますかね？

ちゃんと
停まりますよ！

有楽町線
ゆうらくちょうせん
yu.u.ra.ku.cho.o.se.n

わこうし 和光市 wa.ko.o.shi	ちかてつなります 地下鉄成増 chi.ka.te.tsu.na.ri.ma.su	ちかてつあかつか 地下鉄赤塚 chi.ka.te.tsu.a.ka.tsu.ka	へいわだい 平和台 he.i.wa.da.i
ひかわだい 氷川台 hi.ka.wa.da.i	こたけむかいはら 小竹向原 ko.ta.ke.mu.ka.i.ha.ra	せんかわ 千川 se.n.ka.wa	かなめちょう 要町 ka.na.me.cho.o
いけぶくろ 池袋 i.ke.bu.ku.ro	ひがしいけぶくろ 東池袋 hi.ga.shi.i.ke.bu.ku.ro	ごこくじ 護国寺 go.ko.ku.ji	えどがわばし 江戸川橋 e.do.ga.wa.ba.shi
いいだばし 飯田橋 i.i.da.ba.shi	いちがや 市ヶ谷 i.chi.ga.ya	こうじまち 麹町 ko.o.ji.ma.chi	ながたちょう 永田町 na.ga.ta.cho.o
さくらだもん 桜田門 sa.ku.ra.da.mo.n	ゆうらくちょう 有楽町 yu.u.ra.ku.cho.o	ぎんざいっちょうめ 銀座一丁目 gi.n.za.i.c.cho.o.me	しんとみちょう 新富町 shi.n.to.mi.cho.o
つきしま 月島 tsu.ki.shi.ma	とよす 豊洲 to.yo.su	たつみ 辰巳 ta.tsu.mi	しんきば 新木場 shi.n.ki.ba

ここは
どこ？

わこうし　　　　　しんきば
和光市 ←→ 新木場
wa.ko.o.shi　　　shin.kiba

🔊 092

よよぎうえはら
代々木上原
yo.yo.gi.u.e.ha.ra

よよぎこうえん
代々木公園
yo.yo.gi.ko.o.e.n

めいじじんぐうまえ
明治神宮前
me.i.ji.ji.n.gu.u.ma.e

おもてさんどう
表参道
o.mo.te.sa.n.do.o

のぎざか
乃木坂
no.gi.za.ka

あかさか
赤坂
a.ka.sa.ka

こっかいぎじどうまえ
国会議事堂前
ko.k.ka.i.gi.ji.do.o.ma.e

かすみがせき
霞ヶ関
ka.su.mi.ga.se.ki

ひびや
日比谷
hi.bi.ya

にじゅうばしまえ
二重橋前
ni.ju.u.ba.shi.ma.e

おおてまち
大手町
o.o.te.ma.chi

しんおちゃのみず
新御茶ノ水
shi.n.o.cha.no.mi.zu

ゆしま
湯島
yu.shi.ma

ねづ
根津
ne.zu

せんだぎ
千駄木
se.n.da.gi

にしにっぽり
西日暮里
ni.shi.ni.p.po.ri

まちや
町屋
ma.chi.ya

きたせんじゅ
北千住
ki.ta.se.n.ju

あやせ
綾瀬
a.ya.se

きたあやせ
北綾瀬
ki.ta.a.ya.se

よよぎうえはら
代々木上原　←→
yo.yo.gi.u.e.ha.ra

きたあやせ
北綾瀬
ki.ta.a.ya.se

めぐろ
目黒
me.gu.ro

しろかねだい
白金台
shi.ro.ka.ne.da.i

しろかねたかなわ
白金高輪
shi.ro.ka.ne.ta.ka.na.wa

あざぶじゅうばん
麻布十番
a.za.bu.ju.u.ba.n

ろっぽんぎいっちょうめ
六本木一丁目
ro.p.po.n.gi.i.c.cho.o.me

ためいけさんのう
溜池山王
ta.me.i.ke.sa.n.no.o

ながたちょう
永田町
na.ga.ta.cho.o

よつや
四ツ谷
yo.tsu.ya

いちがや
市ケ谷
i.chi.ga.ya

いいだばし
飯田橋
i.i.da.ba.shi

こうらくえん
後楽園
ko.o.ra.ku.e.n

とうだいまえ
東大前
to.o.da.i.ma.e

ほんこまごめ
本駒込
ho.n.ko.ma.go.me

こまごめ
駒込
ko.ma.go.me

にしがはら
西ケ原
ni.shi.ga.ha.ra

おうじ
王子
o.o.ji

おうじかみや
王子神谷
o.o.ji.ka.mi.ya

しも
志茂
shi.mo

あかばねいわぶち
赤羽岩淵
a.ka.ba.ne.i.wa.bu.chi

めぐろ
目黒 ⟷ 赤羽岩淵
me.gu.ro
あかばねいわぶち
a.ka.ba.ne.i.wa.bu.chi

やっと目黒に
着いた…

なかの
中野
na.ka.no

おちあい
落合
o.chi.a.i

たかだのばば
高田馬場
ta.ka.da.no.ba.ba

わせだ
早稲田
wa.se.da

かぐらざか
神楽坂
ka.gu.ra.za.ka

いいだばし
飯田橋
i.i.da.ba.shi

くだんした
九段下
ku.da.n.shi.ta

たけばし
竹橋
ta.ke.ba.shi

おおてまち
大手町
o.o.te.ma.chi

にほんばし
日本橋
ni.ho.n.ba.shi

かやばちょう
茅場町
ka.ya.ba.cho.o

もんぜんなかちょう
門前仲町
mo.n.ze.n.na.ka.cho.o

きば
木場
ki.ba

とうようちょう
東陽町
to.o.yo.o.cho.o

みなみすなまち
南砂町
mi.na.mi.su.na.ma.chi

にしかさい
西葛西
ni.shi.ka.sa.i

かさい
葛西
ka.sa.i

うらやす
浦安
u.ra.ya.su

みなみぎょうとく
南行徳
mi.na.mi.gyo.o.to.ku

ぎょうとく
行徳
gyo.o.to.ku

みょうでん
妙典
myo.o.de.n

ばらきなかやま
原木中山
ba.ra.ki.na.ka.ya.ma

にしふなばし
西船橋
ni.shi.fu.na.ba.shi

なかの
中野
nakano ←→ 西船橋
にしふなばし
nishifunabashi

今日銀座に行って
買い物しようかな～

いけぶくろ **池袋** i.ke.bu.ku.ro	しんおおつか **新大塚** shi.n.o.o.tsu.ka	みょうがだに **茗荷谷** myo.o.ga.da.ni	こうらくえん **後楽園** ko.o.ra.ku.e.n
ほんごうさんちょうめ **本郷三丁目** ho.n.go.o.sa.n.cho.o.me	おちゃのみず **御茶ノ水** o.cha.no.mi.zu	あわじちょう **淡路町** a.wa.ji.cho.o	おおてまち **大手町** o.o.te.ma.chi
とうきょう **東京** to.o.kyo.o	ぎんざ **銀座** gi.n.za	かすみがせき **霞ケ関** ka.su.mi.ga.se.ki	こっかいぎじどうまえ **国会議事堂前** ko.k.ka.i.gi.ji.do.o.ma.e
あかさかみつけ **赤坂見附** a.ka.sa.ka.mi.tsu.ke	よつや **四谷** yo.tsu.ya	よつやさんちょうめ **四谷三丁目** yo.tsu.ya.sa.n.cho.o.me	しんじゅくぎょえんまえ **新宿御苑前** shi.n.ju.ku.gyo.e.n.ma.e
しんじゅくさんちょうめ **新宿三丁目** shi.n.ju.ku.sa.n.cho.o.me	しんじゅく **新宿** shi.n.ju.ku	にししんじゅく **西新宿** ni.shi.shi.n.ju.ku	なかのさかうえ **中野坂上** na.ka.no.sa.ka.u.e
なかのしんばし **中野新橋** na.ka.no.shi.n.ba.shi	なかのふじみちょう **中野富士見町** na.ka.no.fu.ji.mi.cho.o	ほうなんちょう **方南町** ho.o.na.n.cho.o	しんなかの **新中野** shi.n.na.ka.no

東高円寺
ひがしこうえんじ
hi.ga.shi.ko.o.e.n.ji

新高円寺
しんこうえんじ
shi.n.ko.o.e.n.ji

南阿佐ヶ谷
みなみあさがや
mi.na.mi.a.sa.ga.ya

荻窪
おぎくぼ
o.gi.ku.bo

半蔵門線
はんぞうもんせん
ha.n.zo.o.mo.n.se.n

渋谷 ↔ 押上〈スカイツリー前〉
しぶや　　おし あげ　　　　　　　　まえ
shibuya　o.shi.a.ge 〈su.ka.i.tsu.ri.i.ma.e〉

🔊 093

渋谷
しぶや
shi.bu.ya

表参道
おもてさんどう
o.mo.te.sa.n.do.o

青山一丁目
あおやまいっちょうめ
a.o.ya.ma.i.c.cho.o.me

永田町
ながたちょう
na.ga.ta.cho.o

半蔵門
はんぞうもん
ha.n.zo.o.mo.n

九段下
くだんした
ku.da.n.shi.ta

神保町
じんぼうちょう
ji.n.bo.o.cho.o

大手町
おおてまち
o.o.te.ma.chi

三越前
みつこしまえ
mi.tsu.ko.shi.ma.e

水天宮前
すいてんぐうまえ
su.i.te.n.gu.u.ma.e

清澄白河
きよすみしらかわ
ki.yo.su.mi.shi.ra.ka.wa

住吉
すみよし
su.mi.yo.shi

錦糸町
きんしちょう
ki.n.shi.cho.o

押上〈スカイツリー前〉
おし あげ　　　　　　　　まえ
o.shi.a.ge 〈 su.ka.i.tsu.ri.i.ma.e 〉

一緒に渋谷に
出かけない？

都営浅草線
とえいあさくさせん
to.e.i.a.sa.ku.sa.se.n

押上＜スカイツリー前＞ ↔ 西馬込
おし あげ　　　　　　　　まえ　　　　　　にし ま ごめ
o.shi.a.ge ＜ su.ka.i.tsu.ri.i.ma.e ＞　ni.shi.ma.go.me

押上＜スカイツリー前＞
おし あげ　　　　　　　　まえ
o.shi.a.ge ＜ su.ka.i.tsu.ri.i.ma.e ＞

本所吾妻橋
ほんじょあづまばし
ho.n.jo.a.zu.ma.ba.shi

浅草
あさくさ
a.sa.ku.sa

蔵前
くらまえ
ku.ra.ma.e

浅草橋
あさくさばし
a.sa.ku.sa.ba.shi

東日本橋
ひがしにほんばし
hi.ga.shi.ni.ho.n.ba.shi

人形町
にんぎょうちょう
ni.n.gyo.o.cho.o

日本橋
にほんばし
ni.ho.n.ba.shi

宝町
たからちょう
ta.ka.ra.cho.o

東銀座
ひがしぎんざ
hi.ga.shi.gi.n.za

新橋
しんばし
shi.n.ba.shi

大門
だいもん
da.i.mo.n

三田
みた
mi.ta

泉岳寺
せんがくじ
se.n.ga.ku.ji

高輪台
たかなわだい
ta.ka.na.wa.da.i

五反田
ごたんだ
go.ta.n.da

戸越
とごし
to.go.shi

中延
なかのぶ
na.ka.no.bu

馬込
まごめ
ma.go.me

西馬込
にしまごめ
ni.shi.ma.go.me

ほんと！？
ありがとう！

今日浅草で
和菓子買ったの！

256 ❀ 東京地下鐵路線

毎日
都営大江戸線で
会社に行きます！

ひかりおか
光が丘
hikari.oka

とちょうまえ
都庁前
to.cho.o.ma.e

とえいおおえどせん
都営大江戸線
to.e.i.o.o.e.do.se.n

ひかり　おか
光が丘
hi.ka.ri.ga.o.ka

ねりまかすがちょう
練馬春日町
ne.ri.ma.ka.su.ga.cho.o

としまえん
豊島園
to.shi.ma.e.n

ねりま
練馬
ne.ri.ma

しんえごた
新江古田
shi.n.e.go.ta

おちあいみなみながさき
落合南長崎
o.chi.a.i.mi.na.mi.na.ga.sa.ki

なかい
中井
na.ka.i

ひがしなかの
東中野
hi.ga.shi.na.ka.no

なかのさかうえ
中野坂上
na.ka.no.sa.ka.u.e

にししんじゅくごちょうめ
西新宿五丁目
ni.shi.shi.n.ju.ku.go.cho.o.me

とちょうまえ
都庁前
to.cho.o.ma.e

しんじゅく
新宿
shi.n.ju.ku

よよぎ
代々木
yo.yo.gi

こくりつきょうぎじょう
国立競技場
ko.ku.ri.tsu.kyo.o.gi.jo.o

あおやまいっちょうめ
青山一丁目
a.o.ya.ma.i.c.cho.o.me

ろっぽんぎ
六本木
ro.p.po.n.gi

あざぶじゅうばん
麻布十番
a.za.bu.ju.u.ba.n

あかばねばし
赤羽橋
a.ka.ba.ne.ba.shi

だいもん
大門
da.i.mo.n

しおどめ
汐留
shi.o.do.me

つきじしじょう
筑地市場
tsu.ki.ji.shi.jo.o

かち
勝どき
ka.chi.do.ki

つきしま
月島
tsu.ki.shi.ma

門前仲町
もんぜんなかちょう
mo.n.ze.n.na.ka.cho.o

清澄白河
きよすみしらかわ
ki.yo.su.mi.shi.ra.ka.wa

森下
もりした
mo.ri.shi.ta

両国
りょうごく
ryo.o.go.ku

蔵前
くらまえ
ku.ra.ma.e

新御徒町
しんおかちまち
shi.n.o.ka.chi.ma.chi

上野御徒町
うえのおかちまち
u.e.no.o.ka.chi.ma.chi

本郷三丁目
ほんごうさんちょうめ
ho.n.go.o.sa.n.cho.o.me

春日
かすが
ka.su.ga

飯田橋
いいだばし
i.i.da.ba.shi

牛込神楽坂
うしごめかぐらざか
u.shi.go.me.ka.gu.ra.za.ka

牛込柳町
うしごめやなぎちょう
u.shi.go.me.ya.na.gi.cho.o

若松河田
わかまつかわだ
wa.ka.ma.tsu.ka.wa.da

東新宿
ひがししんじゅく
hi.ga.shi.shi.n.ju.ku

新宿西口
しんじゅくにしぐち
shi.n.ju.ku.ni.shi.gu.chi

都庁前
とちょうまえ
to.cho.o.ma.e

西高島平 ⟷ 目黒
にしたかしまだいら   めぐろ
nishitakashimadaira   me.gu.ro

🔊 094

都営三田線
とえいみたせん
to.e.i.mi.ta.se.n

西高島平
にしたかしまだいら
ni.shi.ta.ka.shi.ma.da.i.ra

新高島平
しんたかしまだいら
shi.n.ta.ka.shi.ma.da.i.ra

高島平
たかしまだいら
ta.ka.shi.ma.da.i.ra

西台
にしだい
ni.shi.da.i

はすね
蓮根
ha.su.ne

しむらさんちょうめ
志村３丁目
shi.mu.ra.sa.n.cho.o.me

しむらさかうえ
志村坂上
shi.mu.ra.sa.ka.u.e

もとはすぬま
本蓮沼
mo.to.ha.su.nu.ma

いたばしほんちょう
板橋本町
i.ta.ba.shi.ho.n.cho.o

いたばしくやくしょまえ
板橋区役所前
i.ta.ba.shi.ku.ya.ku.sho.ma.e

しんいたばし
新板橋
shi.n.i.ta.ba.shi

にしすがも
西巣鴨
ni.shi.su.ga.mo

すがも
巣鴨
su.ga.mo

せんごく
千石
se.n.go.ku

はくさん
白山
ha.ku.sa.n

かすが
春日
ka.su.ga

すいどうばし
水道橋
su.i.do.o.ba.shi

じんぼうちょう
神保町
ji.n.bo.o.cho.o

おおてまち
大手町
o.o.te.ma.chi

ひびや
日比谷
hi.bi.ya

うちさいわいちょう
内幸町
u.chi.sa.i.wa.i.cho.o

おなりもん
御成門
o.na.ri.mo.n

しばこうえん
芝公園
shi.ba.ko.o.e.n

みた
三田
mi.ta

しろかねたかなわ
白金高輪
shi.ro.ka.ne.ta.ka.na.wa

しろかねだい
白金台
shi.ro.ka.ne.da.i

めぐろ
目黒
me.gu.ro

都営新宿線
とえいしんじゅくせん
to.e.i.shi.n.ju.ku.se.n

本八幡 もとやわた mo.to.ya.wa.ta

篠崎 しのざき shi.no.za.ki

瑞江 みずえ mi.zu.e

一之江 いちのえ i.chi.no.e

船堀 ふなぼり fu.na.bo.ri

東大島 ひがしおおじま hi.ga.shi.o.o.ji.ma

大島 おおじま o.o.ji.ma

西大島 にしおおじま ni.shi.o.o.ji.ma

住吉 すみよし su.mi.yo.shi

菊川 きくかわ ki.ku.ka.wa

森下 もりした mo.ri.shi.ta

浜町 はまちょう ha.ma.cho.o

馬喰横山 ばくろよこやま ba.ku.ro.yo.ko.ya.ma

岩本町 いわもとちょう i.wa.mo.to.cho.o

小川町 おがわまち o.ga.wa.ma.chi

神保町 じんぼうちょう ji.n.bo.o.cho.o

九段下 くだんした ku.da.n.shi.ta

市ケ谷 いちがや i.chi.ga.ya

曙橋 あけぼのばし a.ke.bo.no.ba.shi

新宿三丁目 しんじゅくさんちょうめ shi.n.ju.ku.sa.n.cho.o.me

新宿 しんじゅく shi.n.ju.ku

本八幡 もとやわた mo.to.ya.wa.ta ← → 新宿 しんじゅく shin.ju.ku

本八幡から新宿までどのぐらいかかるのかな？

40分ぐらいかな〜

260 東京・横濱地下鐵路線

私は関内に住んでるよ!

🔊 095

ブルーライン
bu.ru.u.ra.i.n

の
あざみ野 ←→ しょうなんだい
a.za.mi.no 湘南台 sho.o.nan.dai

の あざみ野	なかがわ 中川	きた センター北	みなみ センター南
a.za.mi.no	na.ka.ga.wa	se.n.ta.a.ki.ta	se.n.ta.a.mi.na.mi

なかまちだい 仲町台	にっぱ 新羽	きたしんよこはま 北新横浜	しんよこはま 新横浜
na.ka.ma.chi.da.i	ni.p.pa	ki.ta.shi.n.yo.ko.ha.ma	shi.n.yo.ko.ha.ma

きしねこうえん 岸根公園	かたくらちょう 片倉町	みつざわかみちょう 三ツ沢上町
ki.shi.ne.ko.o.e.n	ka.ta.ku.ra.cho.o	mi.tsu.za.wa.ka.mi.cho.o

みつざわしもちょう 三ツ沢下町	よこはま 横浜	たかしまちょう 高島町
mi.tsu.za.wa.shi.mo.cho.o	yo.ko.ha.ma	ta.ka.shi.ma.cho.o

さくらぎちょう 桜木町	かんない 関内	いせざきちょうじゃまち 伊勢佐木長者町
sa.ku.ra.gi.cho.o	ka.n.na.i	i.se.za.ki.cho.o.ja.ma.chi

ばんどうばし 阪東橋 ba.n.do.o.ba.shi	よしのちょう 吉野町 yo.shi.no.cho.o	まいた 蒔田 ma.i.ta	ぐみょうじ 弘明寺 gu.myo.o.ji
かみおおおか 上大岡 ka.mi.o.o.o.ka	こうなんちゅうおう 港南中央 ko.o.na.n.chu.u.o.o	かみながや 上永谷 ka.mi.na.ga.ya	しもながや 下永谷 shi.mo.na.ga.ya
まいおか 舞岡 ma.i.o.ka	とつか 戸塚 to.tsu.ka	おどりば 踊場 o.do.ri.ba	なかだ 中田 na.ka.da
たてば 立場 ta.te.ba	しもいいだ 下飯田 shi.mo.i.i.da	しょうなんだい 湘南台 sho.o.na.n.da.i	

そうですね！

とてもいい
天気ですね。

よこはま			もとまち ちゅうかがい
横浜	↔		元町・中華街
yo.ko.ha.ma			mo.to.ma.chi.chu.u.ka.ga.i

みなとみらい<ruby>線<rt>せん</rt></ruby>
mi.na.to.mi.ra.i.se.n

よこはま	しんたかしま	みなとみらい
横浜	新高島	みなとみらい
yo.ko.ha.ma	shi.n.ta.ka.shi.ma	mi.na.to.mi.ra.i

ばしゃみち	にほんおおどお	もとまち ちゅうかがい
馬車道	日本大通り	元町・中華街
ba.sha.mi.chi	ni.ho.n.o.o.do.o.ri	mo.to.ma.chi.chu.u.ka.ga.i

馬車道 ← 日本大通り → 元町・中華街
ni.ho.n.o.o.do.o.ri

南港ポートタウン線（ニュートラム）
な.ん.こ.お.ぽ.お.と.た.う.ん.せ.ん
na.n.ko.o.po.o.to.ta.u.n.se.n(nyu.u.to.ra.mu)

コスモスクエア
ko.su.mo.su.ku.e.a

トレードセンター前
まえ
to.re.e.do.se.n.ta.a.ma.e

中ふ頭
なか　とう
na.ka.fu.to.o

ポートタウン西
にし
po.o.to.ta.u.n.ni.shi

ポートタウン東
ひがし
po.o.to.ta.u.n.hi.ga.shi

たこ焼き
おいしいそう〜

フェリーターミナル
fe.ri.i.ta.a.mi.na.ru

南港東
なんこうひがし
na.n.ko.o.hi.ga.shi

南港口
なんこうぐち
na.n.ko.o.gu.chi

平林
ひらばやし
hi.ra.ba.ya.shi

住之江公園
すみのえこうえん
su.mi.no.e.ko.o.e.n

コスモスクエア ↔ 住之江公園
すみのえこうえん
ko.su.mo.su.ku.e.a　su.mi.no.e.ko.o.e.n

いらっしゃい

いらっしゃい！

おいしい！
おいしい！

大阪名物
たこ焼

千日前線

せんにちまえせん
se.n.ni.chi.ma.e.se.n

野田阪神 ↔ 南巽
no.da.han.shin minami.ta.tsu.mi

のだはんしん 野田阪神 no.da.ha.n.shi.n	たまがわ 玉川 ta.ma.ga.wa	あわざ 阿波座 a.wa.za	にしながほり 西長堀 ni.shi.na.ga.ho.ri
さくらがわ 桜川 sa.ku.ra.ga.wa	なんば na.n.ba	にっぽんばし 日本橋 ni.p.po.n.ba.shi	たにまちきゅうちょうめ 谷町九丁目 ta.ni.ma.chi.kyu.u.cho.o.me
つるはし 鶴橋 tsu.ru.ha.shi	いまざと 今里 i.ma.za.to	しんふかえ 新深江 shi.n.fu.ka.e	しょうじ 小路 sho.o.ji
きたたつみ 北巽 ki.ta.ta.tsu.mi	みなみたつみ 南巽 mi.na.mi.ta.tsu.mi		

中央線

ちゅうおうせん
chu.u.o.o.se.n

長田 ↔ コスモスクエア
na.ga.ta ko.su.mo.su.ku.e.a

| ながた 長田 na.ga.ta | たかいだ 高井田 ta.ka.i.da | ふかえばし 深江橋 fu.ka.e.ba.shi | みどりばし 緑橋 mi.do.ri.ba.shi |

PART5　日本便利通　❀ 265

| もりのみや
森ノ宮
mo.ri.no.mi.ya | たにまちよんちょうめ
谷町四丁目
ta.ni.ma.chi.yo.n.cho.o.me | さかいすじほんまち
堺筋本町
sa.ka.i.su.ji.ho.n.ma.chi |

| ほんまち
本町
ho.n.ma.chi | あわざ
阿波座
a.wa.za | くじょう
九条
ku.jo.o | べんてんちょう
弁天町
be.n.te.n.cho.o |

| あさしおばし
朝潮橋
a.sa.shi.o.ba.shi | おおさかこう
大阪港
o.o.sa.ka.ko.o | コスモスクエア
ko.su.mo.su.ku.e.a |

本町←阿波座→弁天町
a.wa.za

うん！わかった！

もうすぐ電車来るから

ホームで遊んじゃいかんよ！

は〜い

てんじんばしすじろくちょうめ
天神橋筋六丁目
te.n.ji.n.ba.shi.su.ji.ro.ku.cho.o.me

おうぎまち
扇町
o.u.gi.ma.chi

みなみもりまち
南森町
mi.na.mi.mo.ri.ma.chi

きたはま
北浜
ki.ta.ha.ma

さかいすじほんまち
堺筋本町
sa.ka.i.su.ji.ho.n.ma.chi

ながほりばし
長堀橋
na.ga.ho.ri.ba.shi

にっぽんばし
日本橋
ni.p.po.n.ba.shi

えびすちょう
恵美須町
e.bi.su.cho.o

どうぶつえんまえ
動物園前
do.o.bu.tsu.e.n.ma.e

てんがちゃや
天下茶屋
te.n.ga.cha.ya

やっと
天下茶屋に
着いた…

てんじんばしすじろくちょうめ
天神橋筋六丁目 ↔ てんがちゃや **天下茶屋**
te.n.jin.ba.shi.su.ji.ro.ku.cho.o.me　te.n.ga.cha.ya

たにまちせん
谷町線
ta.ni.ma.chi.se.n

だいにち
大日 ↔ やおみなみ **八尾南**
da.i.ni.chi　ya.o.mi.na.mi

だいにち
大日
da.i.ni.chi

もりぐち
守口
mo.ri.gu.chi

たいしばしいまいち
太子橋今市
ta.i.shi.ba.shi.i.ma.i.chi

せんばやしおおみや
千林大宮
se.n.ba.ya.shi.o.o.mi.ya

せきめたかどの
関目高殿
se.ki.me.ta.ka.do.no

のえうちんだい
野江内代
no.e.u.chi.n.da.i

みやこじま
都島
mi.ya.ko.ji.ma

てんじんばしすじろくちょうめ
天神橋筋六丁目
te.n.ji.n.ba.shi.su.ji.ro.ku.cho.o.me

なかざきちょう
中崎町
na.ka.za.ki.cho.o

ひがしうめだ
東梅田
hi.ga.shi.u.me.da

みなみもりまち
南森町
mi.na.mi.mo.ri.ma.chi

てんまばし
天満橋
te.n.ma.ba.shi

たにまちよんちょうめ
谷町四丁目
ta.ni.ma.chi.yo.n.cho.o.me

たにまちろくちょうめ
谷町六丁目
ta.ni.ma.chi.ro.ku.cho.o.me

たにまちきゅうちょうめ
谷町九丁目
ta.ni.ma.chi.kyu.u.cho.o.me

してんのうじまえゆうひがおか
四天王寺前夕陽ヶ丘
shi.te.n.no.o.ji.ma.e.yu.u.hi.ga.o.ka

てんのうじ
天王寺
te.n.no.o.ji

あべの
阿倍野
a.be.no

ふみ さと
文の里
fu.mi.no.sa.to

たなべ
田辺
ta.na.be

こまがわなかの
駒川中野
ko.ma.ga.wa.na.ka.no

ひらの
平野
hi.ra.no

きれうりわり
喜連瓜破
ki.re.u.ri.wa.ri

でと
出戸
de.to

ながはら
長原
na.ga.ha.ra

やおみなみ
八尾南
ya.o.mi.na.mi

えさか
江坂
e.sa.ka

ひがしみくに
東三国
hi.ga.shi.mi.ku.ni

しんおおさか
新大阪
shi.n.o.o.sa.ka

にしなかじまみなみがた
西中島南方
ni.shi.na.ka.ji.ma.mi.na.mi.ga.ta

なかつ
中津
na.ka.tsu

うめだ
梅田
u.me.da

よどやばし
淀屋橋
yo.do.ya.ba.shi

ほんまち
本町
ho.n.ma.chi

しんさいばし
心斎橋
shi.n.sa.i.ba.shi

なんば
na.n.ba

だいこくちょう
大国町
da.i.ko.ku.cho.o

どうぶつえんまえ
動物園前
do.o.bu.tsu.e.n.ma.e

てんのうじ
天王寺
te.n.no.o.ji

しょうわちょう
昭和町
sho.o.wa.cho.o

にしたなべ
西田辺
ni.shi.ta.na.be

ながい
長居
na.ga.i

あびこ
a.bi.ko

きたはなだ
北花田
ki.ta.ha.na.da

しんかなおか
新金岡
shi.n.ka.na.o.ka

なかもず
na.ka.mo.zu

えさか
江坂 ↔ なかもず
e.saka   na.ka.mo.zu

四つ橋線
よつばしせん
yo.tsu.ba.shi.se.n

にしうめだ
西梅田 ↔ 住之江公園
nishi.u.me.da

すみのえこうえん
住之江公園
sumino.e.ko.o.e.n

にしうめだ 西梅田 ni.shi.u.me.da	ひごばし 肥後橋 hi.go.ba.shi	ほんまち 本町 ho.n.ma.chi	よつばし 四ツ橋 yo.tsu.ba.shi
なんば na.n.ba	だいこくちょう 大国町 da.i.ko.ku.cho.o	はなぞのちょう 花園町 ha.na.zo.no.cho.o	きしのさと 岸里 ki.shi.no.sa.to
たまで 玉出 ta.ma.de	きたかがや 北加賀屋 ki.ta.ka.ga.ya	すみのえこうえん 住之江公園 su.mi.no.e.ko.o.e.n	

大国町 ← 花園町 → 岸里
ha.na.zo.no.cho.o

なに食べに
行く？

なんでも
いいよ。

最近忙しそう
だけど、
どうしたの？

別に！そんな
ことないよ！

かどまみなみ 門真南 ka.do.ma.mi.na.mi	↔	たいしょう 大正 ta.i.sho.o

門真南
かどまみなみ
ka.do.ma.mi.na.mi

鶴見緑地
つるみりょくち
tsu.ru.mi.ryo.ku.chi

横堤
よこづつみ
yo.ko.zu.tsu.mi

今福鶴見
いまふくつるみ
i.ma.fu.ku.tsu.ru.mi

蒲生四丁目
がもうよんちょうめ
ga.mo.o.yo.n.cho.o.me

京橋
きょうばし
kyo.o.ba.shi

大阪ビジネスパーク
おおさか
o.o.sa.ka.bi.ji.ne.su.pa.a.ku

森ノ宮
もりのみや
mo.ri.no.mi.ya

玉造
たまつくり
ta.ma.tsu.ku.ri

谷町六丁目
たにまちろくちょうめ
ta.ni.ma.chi.ro.ku.cho.o.me

松屋町
まつやまち
ma.tsu.ya.ma.chi

長堀橋
ながほりばし
na.ga.ho.ri.ba.shi

心斎橋
しんさいばし
shi.n.sa.i.ba.shi

西大橋
にしおおはし
ni.shi.o.o.ha.shi

西長堀
にしながほり
ni.shi.na.ga.ho.ri

ドーム前千代崎
まえちよざき
do.o.mu.ma.e.chi.yo.za.ki

大正
たいしょう
ta.i.sho.o

京都地下鉄路線

烏丸線
からすません
ka.ra.su.ma.se.n

| こくさいかいかん
国際会館
ko.ku.sa.i.ka.i.ka.n | まつがさき
松ヶ崎
ma.tsu.ga.sa.ki | きたやま
北山
ki.ta.ya.ma | きたおおじ
北大路
ki.ta.o.o.ji |

| くらまぐち
鞍馬口
ku.ra.ma.gu.chi | いまでがわ
今出川
i.ma.de.ga.wa | まるたまち
丸太町
ma.ru.ta.ma.chi | からすまおいけ
烏丸御池
ka.ra.su.ma.o.i.ke |

| しじょう
四条
shi.jo.o | ごじょう
五条
go.jo.o | きょうと
京都
kyo.o.to | くじょう
九条
ku.jo.o |

| じゅうじょう
十条
ju.u.jo.o | ばし
くいな橋
ku.i.na.ba.shi | たけだ
竹田
ta.ke.da |

こくさいかいかん　　たけだ
国際会館 ↔ 竹田
kokusaikaikan　take.da

やっと京都に着いた…

ええ！

とうざいせん
東西線
to.o.za.i.se.n

うずまさてんじんがわ
太秦天神川 ←→ 六地蔵
u.zu.ma.sa.te.n.ji.n.ga.wa

ろくじぞう
ro.ku.ji.zo.o

うずまさてんじんがわ
太秦天神川
u.zu.ma.sa.te.n.ji.n.ga.wa

にしおおじおいけ
西大路御池
ni.shi.o.o.ji.o.i.ke

にじょう
二条
ni.jo.o

にじょうじょうまえ
二条城前
ni.jo.o.jo.o.ma.e

からすまおいけ
烏丸御池
ka.ra.su.ma.o.i.ke

きょうとしやくしょまえ
京都市役所前
kyo.o.to.shi.ya.ku.sho.ma.e

さんじょうけいはん
三条京阪
sa.n.jo.o.ke.i.ha.n

ひがしやま
東山
hi.ga.shi.ya.ma

けあげ
蹴上
ke.a.ge

みささぎ
御陵
mi.sa.sa.gi

やましな
山科
ya.ma.shi.na

ひがしの
東野
hi.ga.shi.no

なぎつじ
椥辻
na.gi.tsu.ji

おの
小野
o.no

だいご
醍醐
da.i.go

いしだ
石田
i.shi.da

ろくじぞう
六地蔵
ro.ku.ji.zo.o

六地蔵で
降りるよ。

どこで
降りる？

🔊 099

せいしん・やまてせん
西神・山手線
se.i.shi.n・ya.ma.te.se.n

せいしんちゅうおう 西神中央 se.i.shi.n.chu.u.o.o	せいしんみなみ 西神南 se.i.shi.n.mi.na.mi	いかわだに 伊川谷 i.ka.wa.da.ni	がくえんとし 学園都市 ga.ku.e.n.to.shi

そうごううんどうこうえん 総合運動公園 so.o.go.o.u.n.do.o.ko.o.e.n		みょうだに 名谷 myo.o.da.ni	みょうほうじ 妙法寺 myo.o.ho.o.ji

いたやど 板宿 i.ta.ya.do	しんながた 新長田 shi.n.na.ga.ta	ながた 長田 na.ga.ta	かみさわ 上沢 ka.mi.sa.wa

みなとがわこうえん 湊川公園 mi.na.to.ga.wa.ko.o.e.n	おおくらやま 大倉山 o.o.ku.ra.ya.ma	けんちょうまえ 県庁前 ke.n.cho.o.ma.e	さんのみや 三宮 sa.n.no.mi.ya

しんこうべ
新神戸
shi.n.ko.o.be

ここは
どこ？

??

せいしんちゅうおう 西神中央 se.i.shi.n.chu.u.o.o	←→	しんこうべ 新神戸 shi.n.ko.o.be

しんながた
新長田
shi.n.na.ga.ta

こまがばやし
駒ケ林
ko.ma.ga.ba.ya.shi

かるも
苅藻
ka.ru.mo

みさきこうえん
御崎公園
mi.sa.ki.ko.o.e.n

わだみさき
和田岬
wa.da.mi.sa.ki

ちゅうおういちばまえ
中央市場前
chu.u.o.o.i.chi.ba.ma.e

ハーバーランド
ha.a.ba.a.ra.n.do

もとまち
みなと元町
mi.na.to.mo.to.ma.chi

きゅうきょりゅうち　　だいまるまえ
旧居留地・大丸前
kyu.u.kyo.ryu.u.chi　da.i.ma.ru.ma.e

さんのみや　　　はなどけいまえ
三宮・花時計前
sa.n.no.mi.ya　ha.na.do.ke.i.ma.e

しんながた　　　　　　さんのみやはなどけいまえ
新長田 ←→ 三宮花時計前
shi.n.na.ga.ta　sa.n.no.mi.ya.ha.na.do.ke.i.ma.e

🔊100

なんぼくせん
南北線
na.n.bo.ku.se.n

あさぶ 麻生 a.sa.bu	きたさんじゅうよじょう 北34条 ki.ta.sa.n.ju.u.yo.jo.o	きたにじゅうよじょう 北24条 ki.ta.ni.ju.u.yo.jo.o	きたじゅうはちじょう 北18条 ki.ta.ju.u.ha.chi.jo.o
きたじゅうにじょう 北12条 ki.ta.ju.u.ni.jo.o	さっぽろ sa.p.po.ro	おおどおり 大通 o.o.do.o.ri	すすきの su.su.ki.no
なかじまこうえん 中島公園 na.ka.ji.ma.ko.o.e.n	ほろひらばし 幌平橋 ho.ro.hi.ra.ba.shi	なか　しま 中の島 na.ka.no.shi.ma	ひらぎし 平岸 hi.ra.gi.shi
みなみひらぎし 南平岸 mi.na.mi.hi.ra.gi.shi	すみかわ 澄川 su.mi.ka.wa	じえいたいまえ 自衛隊前 ji.e.i.ta.i.ma.e	まこまない 真駒内 ma.ko.ma.na.i

あさぶ　　　　まこまない
麻生 ↔ 真駒内
asabu　　makomanai

やっと札幌
に着いた…

そうです
ね！

とうほうせん
東豊線
to.o.ho.o.se.n

| さかえまち
栄町
sa.ka.e.ma.chi | しんどうひがし
新道東
shi.n.do.o.hi.ga.shi | もとまち
元町
mo.to.ma.chi | かんじょうどおりひがし
環状通東
ka.n.jo.o.do.o.ri.hi.ga.shi |

| ひがしくやくしょまえ
東区役所前
hi.ga.shi.ku.ya.ku.sho.ma.e | きたじゅうさんじょうひがし
北13条東
ki.ta.ju.u.sa.n.jo.o.hi.ga.shi |

| さっぽろ
sa.p.po.ro | おおどおり
大通
o.o.do.o.ri | ほうすい
豊水すすきの
ho.o.su.i.su.su.ki.no |

| がくえんまえ
学園前
ga.ku.e.n.ma.e | とよひらこうえん
豊平公園
to.yo.hi.ra.ko.o.e.n | みその
美園
mi.so.no | つきさむちゅうおう
月寒中央
tsu.ki.sa.mu.chu.u.o.o |

| ふくずみ
福住
fu.ku.zu.mi |

さかえまち　　　ふくずみ
栄町 ←→ 福住
sa.ka.e.ma.chi　　fu.ku.zu.mi

時刻表は
どこに
ありますか？

案内所に
あります。

みや さわ **宮の沢** mi.ya.no.sa.wa	はっさむみなみ **発寒南** ha.s.sa.mu.mi.na.mi	ことに **琴似** ko.to.ni	にじゅうよんけん **二十四軒** ni.ju.u.yo.n.ke.n

にしにじゅうはっちょうめ **西28丁目** ni.shi.ni.ju.u.ha.c.cho.o.me	まるやまこうえん **円山公園** ma.ru.ya.ma.ko.o.e.n	にしじゅうはっちょうめ **西18丁目** ni.shi.ju.u.ha.c.cho.o.me

にしじゅういっちょうめ **西11丁目** ni.shi.ju.u.i.c.cho.o.me	おおどおり **大通** o.o.do.o.ri	まえ **バスセンター前** ba.su.se.n.ta.a.ma.e

きくすい **菊水** ki.ku.su.i	ひがしさっぽろ **東札幌** hi.ga.shi.sa.p.po.ro	しろいし **白石** shi.ro.i.shi	なんごうななちょうめ **南郷7丁目** na.n.go.o.na.na.cho.o.me

なんごうじゅうさんちょうめ **南郷13丁目** na.n.go.o.ju.u.sa.n.cho.o.me	なんごうじゅうはっちょうめ **南郷18丁目** na.n.go.o.ju.u.ha.c.cho.o.me	おおやち **大谷地** o.o.ya.chi

おか **ひばりが丘** hi.ba.ri.ga.o.ka	しん **新さっぽろ** shi.n.sa.p.po.ro

みや さわ しん
宮の沢 ↔ 新さっぽろ
miya.no.sa.wa　　shin.sa.p.po.ro

 仙台地下鉄路線　　　🔊101

なんぼくせん
南北線
na.n.bo.ku.se.n

いずみちゅうおう
泉中央
i.zu.mi.chu.u.o.o

やおとめ
八乙女
ya.o.to.me

くろまつ
黒松
ku.ro.ma.tsu

あさひがおか
旭ヶ丘
a.sa.hi.ga.o.ka

だいのはら
台原
da.i.no.ha.ra

きたせんだい
北仙台
ki.ta.se.n.da.i

きたよばんちょう
北四番丁
ki.ta.yo.ba.n.cho.o

こうとうだいこうえん
勾当台公園
ko.o.to.o.da.i.ko.o.e.n

ひろせどおり
広瀬通
hi.ro.se.do.o.ri

せんだい
仙台
se.n.da.i

いつつばし
五橋
i.tsu.tsu.ba.shi

あたごばし
愛宕橋
a.ta.go.ba.shi

かわらまち
河原町
ka.wa.ra.ma.chi

ながまちいっちょうめ
長町一丁目
na.ga.ma.chi.i.c.cho.o.me

ながまち
長町
na.ga.ma.chi

ながまちみなみ
長町南
na.ga.ma.chi.mi.na.mi

とみざわ
富沢
to.mi.za.wa

いずみちゅうおう
泉中央
izumichu.u.o.o
↔
とみざわ
富沢
tomizawa

名古屋地下鉄路線

東山線
ひがしやません
hi.ga.shi.ya.ma.se.n

ふじがおか **藤ヶ丘** fu.ji.ga.o.ka	ほんごう **本郷** ho.n.go.o	かみやしろ **上社** ka.mi.ya.shi.ro	いっしゃ **一社** i.s.sha
ほしがおか **星ヶ丘** ho.shi.ga.o.ka	ひがしやまこうえん **東山公園** hi.ga.shi.ya.ma.ko.o.en	もとやま **本山** mo.to.ya.ma	かくおうざん **覚王山** ka.ku.o.o.za.n
いけした **池下** i.ke.shi.ta	いまいけ **今池** i.ma.i.ke	ちくさ **千種** chi.ku.sa	しんさかえまち **新栄町** shi.n.sa.ka.e.ma.chi
さかえ **栄** sa.ka.e	ふしみ **伏見** fu.shi.mi	なごや **名古屋** na.go.ya	かめじま **亀島** ka.me.ji.ma
ほんじん **本陣** ho.n.ji.n	なかむらにっせき **中村日赤** na.ka.mu.ra.ni.s.se.ki	なかむらこうえん **中村公園** na.ka.mu.ra.ko.o.e.n	

いわつか
岩塚
i.wa.tsu.ka

はった
八田
ha.t.ta

たかばた
高畑
ta.ka.ba.ta

ふじがおか
藤ヶ丘
fu.ji.ga.o.ka
↔
たかばた
高畑
ta.kaba.ta

めいじょうせん
名城線
me.i.jo.o.se.n

おおぞね
大曽根
o.o.zo.ne
↔
ナゴヤドーム前矢田
na.go.ya.do.o.mu.ma.e.ya.da

おおぞね
大曽根
o.o.zo.ne

へいあんどおり
平安通
he.i.a.n.do.o.ri

しがほんどおり
志賀本通
shi.ga.ho.n.do.o.ri

くろかわ
黒川
ku.ro.ka.wa

めいじょうこうえん
名城公園
me.i.jo.o.ko.o.e.n

しやくしょ
市役所
shi.ya.ku.sho

ひさやおおどおり
久屋大通
hi.sa.ya.o.o.do.o.ri

さかえ
栄
sa.ka.e

やばちょう
矢場町
ya.ba.cho.o

かみまえづ
上前津
ka.mi.ma.e.zu

ひがしべついん
東別院
hi.ga.shi.be.tsu.i.n

かなやま
金山
ka.na.ya.ma

にしたかくら
西高蔵
ni.shi.ta.ka.ku.ra

じんぐうにし
神宮西
ji.n.gu.u.ni.shi

てんまちょう
伝馬町
te.n.ma.cho.o

ほりた
堀田
ho.ri.ta

みょうおんどおり
妙音通
myo.o.o.n.do.o.ri

あらたまばし
新瑞橋
a.ra.ta.ma.ba.shi

みずほうんどうじょうひがし
瑞穂運動場東
mi.zu.ho.u.n.do.o.jo.o.hi.ga.shi

そうごう
総合リハビリセンター
so.o.go.o.ri.ha.bi.ri.se.n.ta.a

やごと
八事
ya.go.to

やごとにっせき
八事日赤
ya.go.to.ni.s.se.ki

なごやだいがく
名古屋大学
na.go.ya.da.i.ga.ku

もとやま
本山
mo.to.ya.ma

じゆうがおか
自由ヶ丘
ji.yu.u.ga.o.ka

ちゃやがさか
茶屋ヶ坂
cha.ya.ga.sa.ka

すなだばし
砂田橋
su.na.da.ba.shi

まえやだ
ナゴヤドーム前矢田
na.go.ya.do.o.mu.ma.e.ya.da

名古屋の天むす
おいしいよ！

せっかく名古屋に
来たんだから！
天むすを食べに
行かない？

天むすいいね！

もうすぐ降り
るからね。

うん！
わかった！

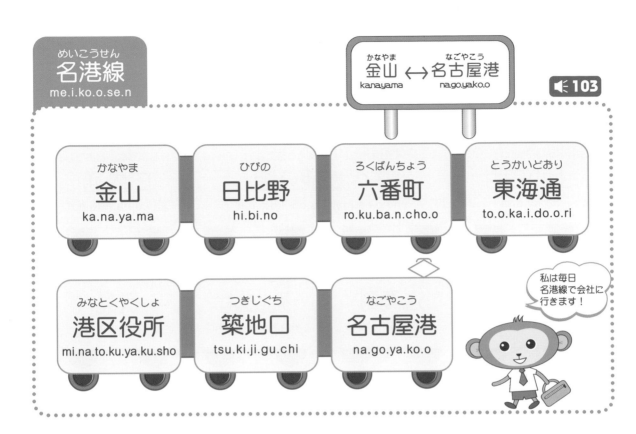

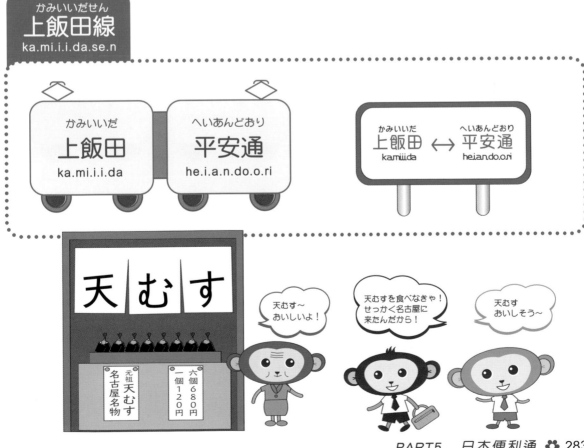

鶴舞線
つるまいせん
tsu.ru.ma.i.se.n

| かみおたい 上小田井 ka.mi.o.ta.i | しょうないりょくちこうえん 庄内緑地公園 sho.o.na.i.ryo.ku.chi.ko.o.e.n | しょうないどおり 庄内通 sho.o.na.i.do.o.ri |

| じょうしん 浄心 jo.o.shi.n | せんげんちょう 浅間町 se.n.ge.n.cho.o | まる うち 丸の内 ma.ru.no.u.chi | ふしみ 伏見 fu.shi.mi |

| おおすかんのん 大須観音 o.o.su.ka.n.no.n | かみまえづ 上前津 ka.mi.ma.e.zu | つるまい 鶴舞 tsu.ru.ma.i | あらはた 荒畑 a.ra.ha.ta |

| ごきそ 御器所 go.ki.so | かわな 川名 ka.wa.na | いりなか i.ri.na.ka | やごと 八事 ya.go.to |

| しおがまぐち 塩釜口 shi.o.ga.ma.gu.chi | うえだ 植田 u.e.da | はら 原 ha.ra | ひらばり 平針 hi.ra.ba.ri |

| あかいけ 赤池 a.ka.i.ke |

かみおたい 上小田井 kami.o.tai ←→ あかいけ 赤池 akai.ke

どこで
降りるの?

大須観音で
降りるよ。

なかむらくやくしょ
中村区役所 ↔ とくしげ 徳重
na.ka.mu.ra.ku.ya.ku.sho   to.ku.shi.ge

なかむらくやくしょ
中村区役所
na.ka.mu.ra.ku.ya.ku.sho

なごや
名古屋
na.go.ya

こくさい
国際センター
ko.ku.sa.i.se.n.ta.a

まる　うち
丸の内
ma.ru.no.u.chi

ひさやおおどおり
久屋大通
hi.sa.ya.o.o.do.o.ri

たかおか
高岳
ta.ka.o.ka

くるまみち
車道
ku.ru.ma.mi.chi

いまいけ
今池
i.ma.i.ke

ふきあげ
吹上
fu.ki.a.ge

ごきそ
御器所
go.ki.so

さくらやま
桜山
sa.ku.ra.ya.ma

みずほくやくしょ
瑞穂区役所
mi.zu.ho.ku.ya.ku.sho

みずほうんどうじょうにし
瑞穂運動場西
mi.zu.ho.u.n.do.o.jo.o.ni.shi

あらたまばし
新瑞橋
a.ra.ta.ma.ba.shi

さくらほんまち
桜本町
sa.ku.ra.ho.n.ma.chi

つるさと
鶴里
tsu.ru.sa.to

のなみ
野並
no.na.mi

なるこきた
鳴子北
na.ru.ko.ki.ta

あいおいやま
相生山
a.i.o.i.ya.ma

かみさわ
神沢
ka.mi.sa.wa

とくしげ
徳重
to.ku.shi.ge

福岡地下鉄路線

🔊104

くうこうせん
空港線
ku.u.ko.o.se.n

めいのはま
姪浜
me.i.no.ha.ma

むろみ
室見
mu.ro.mi

ふじさき
藤崎
fu.ji.sa.ki

にしじん
西新
ni.shi.ji.n

とうじんまち
唐人町
to.o.ji.n.ma.chi

おおほりこうえん
大濠公園
o.o.ho.ri.ko.o.e.n

あかさか
赤坂
a.ka.sa.ka

てんじん
天神
te.n.ji.n

なかすかわばた
中洲川端
na.ka.su.ka.wa.ba.ta

ぎおん
祇園
gi.o.n

はかた
博多
ha.ka.ta

ひがしひえ
東比恵
hi.ga.shi.hi.e

ふくおかくうこう
福岡空港
fu.ku.o.ka.ku.u.ko.o

めいのはま
姪浜
me.i.no.ha.ma
↔
ふくおかくうこう
福岡空港
fu.ku.o.ka.ku.u.ko.o

ほんと！？
ありがとう！

昨日福岡で
明太子買ったの！

箱崎線
はこざきせん
ha.ko.za.ki.se.n

なかすかわばた	ごふくまち	ちよけんちょうぐち
中洲川端	呉服町	千代県庁口
na.ka.su.ka.wa.ba.ta	go.fu.ku.ma.chi	chi.yo.ke.n.cho.o.gu.chi

まいだしきゅうだいびょういんまえ	はこざきみやまえ
馬出九大病院前	箱崎宮前
ma.i.da.shi.kyu.u.da.i.byo.o.i.n.ma.e	ha.ko.za.ki.mi.ya.ma.e

はこざききゅうだいまえ	かいづか
箱崎九大前	貝塚
ha.ko.za.ki.kyu.u.da.i.ma.e	ka.i.zu.ka

ごふくまち	かいづか
呉服町 ↔	貝塚
go.fu.ku.ma.chi	ka.i.zu.ka

七隈線
ななくません
na.na.ku.ma.se.n

はしもと	てんじんみなみ
橋本 ↔	天神南
ha.shi.mo.to.	te.n.ji.n.mi.na.mi

はしもと	じろうまる	かも	のけ
橋本	次郎丸	賀茂	野芥
ha.shi.mo.to	ji.ro.o.ma.ru	ka.mo	no.ke

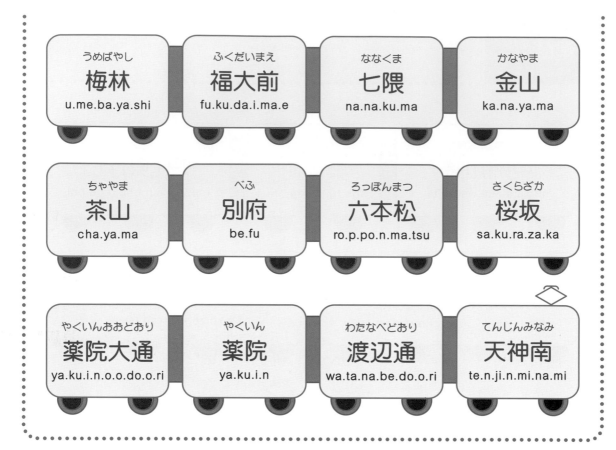

おきなわ
沖縄ゆいレール
o.ki.na.wa.yu.i.re.e.ru

なはくうこう
那覇空港
na.ha.ku.u.ko.o

あかみね
赤嶺
a.ka.mi.ne

おろく
小禄
o.ro.ku

おうのやまこうえん
奥武山公園
o.u.no.ya.ma.ko.o.e.n

つぼがわ
壺川
tsu.bo.ga.wa

あさひばし
旭橋
a.sa.hi.ba.shi

けんちょうまえ
県庁前
ke.n.cho.o.ma.e

みえばし
美栄橋
mi.e.ba.shi

まきし
牧志
ma.ki.shi

あさと
安里
a.sa.to

おもろまち
おもろまち
o.mo.ro.ma.chi

ふるじま
古島
fu.ru.ji.ma

しりつびょういんまえ
私立病院前
shi.ri.tsu.byo.o.i.n.ma.e

ぎぼ
儀保
gi.bo

しゅり
首里
shu.ri

なはくうこう　　しゅり
那覇空港 ←→ 首里
nahakuukoo　shuri

今日渋谷に行って買い物しようかな〜

🔊106

到東京不可不知的山手線各站

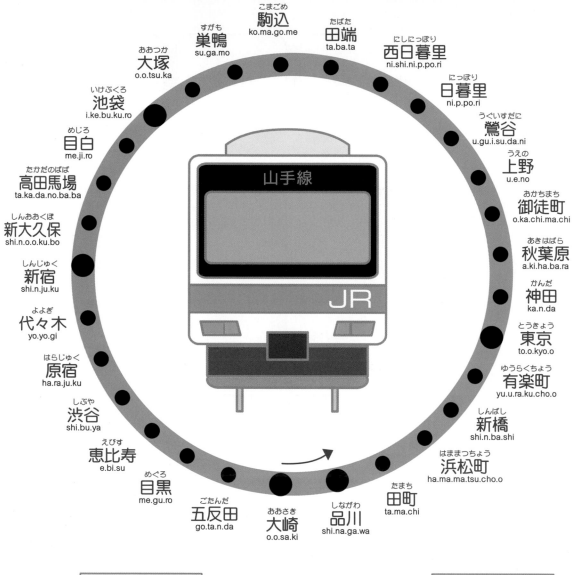

こまごめ
駒込
ko.ma.go.me

すがも
巣鴨
su.ga.mo

たばた
田端
ta.ba.ta

にしにっぽり
西日暮里
ni.shi.ni.p.po.ri

おおつか
大塚
o.o.tsu.ka

にっぽり
日暮里
ni.p.po.ri

いけぶくろ
池袋
i.ke.bu.ku.ro

うぐいすだに
鶯谷
u.gu.i.su.da.ni

めじろ
目白
me.ji.ro

うえの
上野
u.e.no

たかだのばば
高田馬場
ta.ka.da.no.ba.ba

おかちまち
御徒町
o.ka.chi.ma.chi

しんおおくぼ
新大久保
shi.n.o.o.ku.bo

あきはばら
秋葉原
a.ki.ha.ba.ra

しんじゅく
新宿
shi.n.ju.ku

かんだ
神田
ka.n.da

よよぎ
代々木
yo.yo.gi

とうきょう
東京
to.o.kyo.o

はらじゅく
原宿
ha.ra.ju.ku

ゆうらくちょう
有楽町
yu.u.ra.ku.cho.o

しぶや
渋谷
shi.bu.ya

しんばし
新橋
shi.n.ba.shi

えびす
恵比寿
e.bi.su

はままつちょう
浜松町
ha.ma.ma.tsu.cho.o

めぐろ
目黒
me.gu.ro

たまち
田町
ta.ma.chi

ごたんだ
五反田
go.ta.n.da

おおさき
大崎
o.o.sa.ki

しながわ
品川
shi.na.ga.wa

山手線 JR

上野動物園
に行きたい！

107

走訪日本各地
旅遊景點

 東京旅遊景點

せんそう じ
浅草寺
se.n.so.o.ji
淺草神社

ふ じ きゅう
富士 急ハイランド
fu.ji.kyu.u.ha.i.ra.n.do
富士急樂園

とうきょう
東京 スカイツリー
to.o.kyo.o.su.ka.i.tsu.ri.i
東京晴空塔

とうきょう
東京タワー
to.o.kyo.o.ta.wa.a
東京鐵塔

めい じ じんぐう
明治神宮
me.i.ji.ji.n.gu.u
明治神宮

たけしたどお
竹下通り
ta.ke.shi.ta.do.o.ri
竹下通

よ よ ぎ こうえん
代々木公園
yo.yo.gi.ko.o.e.n
代代木公園

うえ の どうぶつえん
上野動物園
u.e.no.do.o.bu.tsu.e.n
上野動物園

ディズニーランド
di.zu.ni.i.ra.n.do
迪士尼樂園

ディズニーシー
di.zu.ni.i.shi.i
DISNEY SEA 迪士尼海洋

皇居
ko.o.kyo
日本天皇御所

東京駅一番街
to.o.kyo.o.e.ki.i.chi.ba.n.ga.i
東京車站一番街

三鷹の森ジブリ美術館
mi.ta.ka.no.mo.ri.ji.bu.ri.bi.ju.tsu.ka.n
三鷹之森吉卜力美術館

秋葉原電気街
a.ki.ha.ba.ra.de.n.ki.ga.i
秋葉原電器街

アメ横
a.me.yo.ko
阿美横丁

六本木ヒルズ
ro.p.po.n.gi.hi.ru.zu
六本木 HILLS

東京ドームシティー
to.o.kyo.o.do.o.mu.shi.ti.i
東京巨蛋城

川崎市藤子・F・藤二雄ミュージアム（ドラえもんミュージアム）
ka.wa.sa.ki.shi.fu.ji.ko・e.fu・fu.ji.o.myu.u.ji.a.mu (do.ra.e.mo.n.myu.u.ji.a.mu)
川崎市藤子・F・不二雄博物館（哆啦 A 夢博物館）

サンリオピューロランド
sa.n.ri.o.pyu.u.ro.ra.n.do
三麗鷗彩虹樂園

築地市場
tsu.ki.ji.i.chi.ba
＊築地市場

としまえん
to.shi.ma.e.n
豊島園

東京青梅ダイバーシティ東京プラザ
to.o.kyo.o.o.u.me.da.i.ba.a.shi.ti.to.o.kyo.o.pu.ra.za
東京青梅 DIVER CITY TOKYO PLAZA

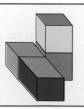

お台場海浜公園
o.da.i.ba.ka.i.hi.n.ko.o.e.n
台場海濱公園

鎌倉大仏
ka.ma.ku.ra.da.i.bu.tsu
鎌倉大佛

橫濱旅遊景點

しんよこはま　　　　　　　はくぶつかん
新横浜ラーメン博物館
shi.n.yo.ko.ha.ma.ra.a.me.n.ha.ku.bu.tsu.ka.n
新橫濱拉麵博物館

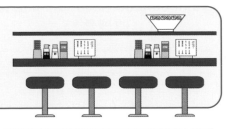

はっけいじま
八景島シーパラダイス
ha.k.ke.i.ji.ma.shi.i.pa.ra.da.i.su
八景島海洋遊樂園

よこはまちゅうかがい
横浜中華街
yo.ko.ha.ma.chu.u.ka.ga.i
橫濱中華街

けんちょうじ
建長寺
ke.n.cho.o.ji
建長寺

＊築地「場內市場」已於2018年10月11日搬遷至
「豐洲市場」（豊洲/とよす/to.yo.su）。但場
外市場的商家則繼續營業不搬遷。

 ## 大阪旅遊景點

しんさいばし
心斎橋
shi.n.sa.i.ba.shi
心齋橋

どうとんぼり
道頓堀
do.o.to.n.bo.ri
道頓堀

おおさかじょうこうえん
大阪城公園
o.o.sa.ka.jo.o.ko.o.e.n
大阪城公園

かいゆうかん
海遊館
ka.i.yu.u.ka.n
海遊館

おおさか
大阪ステーションシティ
o.o.sa.ka.su.te.e.sho.n.shi.ti
大阪站城市

うめだ　　　ちゃやまち
梅田・茶屋町
u.me.da・cha.ya.ma.chi
梅田・茶屋町

ユニバーサルスタジオジャパン
yu.ni.ba.a.sa.ru.su.ta.ji.o.ja.pa.n
環球影城

アメリカ村
a.me.ri.ka.mu.ra
美國村

なんば花月
na.n.ba.ka.ge.tsu
難波花月（吉本新喜劇場）

万博記念公園
ba.n.pa.ku.ki.ne.n.ko.o.e.n
萬博紀念公園

新世界・通天閣
shi.n.se.ka.i・tsu.u.te.n.ka.ku
新世界・通天閣

大阪城
o.o.sa.ka.jo.o
大阪城

千日前道具屋筋商店街
se.n.ni.chi.ma.e.do.o.gu.ya.su.ji.sho.
o.te.n.ga.i
千日前道具商店街

住吉大社
su.mi.yo.shi.ta.i.sha
住吉大社

わたしは昨日
ユニバーサルスタジオ
ジャパンに行って来た！

いいねえ！

廣島旅遊景點

平和記念公園
he.i.wa.ki.ne.n.ko.o.e.n
和平紀念公園

広島城
hi.ro.shi.ma.jo.o
廣島城

宮島
mi.ya.ji.ma
宮島

京都旅遊景點

きよみずでら 清水寺 ki.yo.mi.zu.de.ra 清水寺	きんかくじ 金閣寺 ki.n.ka.ku.ji 金閣寺	ぎんかくじ 銀閣寺 gi.n.ka.ku.ji 銀閣寺	とうじ 東寺 to.o.ji 東寺

へいあんじんぐう 平安神宮 he.i.a.n.ji.n.gu.u 平安神宮	びょうどういん 平等院 byo.o.do.o.i.n 平等院	あらしやま と げつきょう 嵐山渡月橋 a.ra.shi.ya.ma.to.ge.tsu.kyo.o 嵐山渡月橋

はなみ こうじ どお 花見小路通り ha.na.mi.ko.o.ji.do.o.ri 花見小路通	ふしみ いなり たいしゃ 伏見稲荷大社 fu.shi.mi.i.na.ri.ta.i.sha 伏見稲荷大社	きょうと 京都タワー kyo.o.to.ta.wa.a 京都塔	かみがも じんじゃ 上賀茂神社 ka.mi.ga.mo.ji.n.ja 上賀茂神社

しもがもじんじゃ 下鴨神社 shi.mo.ga.mo.ji.n.ja 下鴨神社	に じょうじょう 二条城 ni.jo.o.jo.o 二條城

ほんと！？
ありがとう！

昨日京都で
和菓子買ったの！

神戸旅遊景點

いじんかん 異人館 i.ji.n.ka.n 異人館	こうべ こう 神戸港 ko.o.be.ko.o 神戸港	ぬのびき えん 布引ハーブ園 nu.no.bi.ki.ha.a.bu.e.n 布引香草園	ろっこうさん 六甲山 ro.k.ko.o.sa.n 六甲山

もとまち ちゅうか がい 元町・中華街 mo.to.ma.chi・chu.u.ka.ga.i 元町・中華街	こうべ 神戸ポートタワー ko.o.be.po.o.to.ta.wa.a 神戸塔

福岡旅遊景點

スペースワールド
su.pe.e.su.wa.a.ru.do
太空世界

ふくおか
福岡ドーム
fu.ku.o.ka.do.o.mu
福岡巨蛋

 長崎旅遊景點

ハウステンボス
ha.u.su.te.n.bo.su
豪斯登堡

ざか
オランダ坂
o.ra.n.da.za.ka
荷蘭坡

きゅうながさきえいこくりょうじ かん
旧 長崎英国領事館
kyu.u.na.ga.sa.ki.e.i.ko.ku.ryo.o.ji.ka.n
舊長崎英國領事館

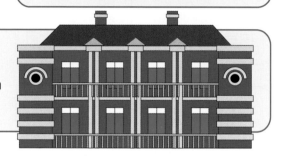

 北海道旅遊景點

お たるうん が
小樽運河
o.ta.ru.u.n.ga
小樽運河

さっぽろ と けい だい
札幌時計台
sa.p.po.ro.to.ke.i.da.i
札幌時鐘台

ふ ら の
富良野
fu.ra.no
富良野

はこだて
函館
ha.ko.da.te
函館

び えい
美瑛
bi.e.i
美瑛

はい！
楽しかった
ですね！

北海道
楽しかった？

沖繩旅遊景點

那覇国際通り
な は こくさいどお
na.ha.ko.ku.sa.i.do.o.ri
那霸國際通

美ら海水族館
ちゅ うみすいぞくかん
chu.ra.u.mi.su.i.zo.ku.ka.n
美海水族館

壺屋
つぼ や
tsu.bo.ya
壺屋

首里城
しゅ りじょう
shu.ri.jo.o
首里城

万座毛
まん ざ もう
ma.n.za.mo.o
萬座毛

瀬底ビーチ
せ そこ
se.so.ko.bi.i.chi
瀬底海灘

・美海水族館
・瀬底海灘

・萬座毛

首里城・
壺屋・
那覇△

沖繩
OKINAWA

日本名店瀏覽

 百貨公司

高島屋（たかしま や）
ta.ka.shi.ma.ya
高島屋

松坂屋（まつざか や）
ma.tsu.za.ka.ya
松阪屋

三越（みつこし）
mi.tsu.ko.shi
三越

伊勢丹（い せ たん）
i.se.ta.n
伊勢丹

小田急百貨店（お だ きゅうひゃっ か てん）
o.da.kyu.u.hya.k.ka.te.n
小田急百貨店

西武百貨店（せい ぶ ひゃっか てん）
se.i.bu.hya.k.ka.te.n
西武百貨店

東武百貨店（とう ぶ ひゃっか てん）
to.o.bu.hya.k.ka.te.n
東武百貨店

阪神百貨店（はんしん ひゃっか てん）
ha.n.shi.n.hya.k.ka.te.n
阪神百貨店

大丸（だいまる）
da.i.ma.ru
大丸

京王百貨店（けいおうひゃっ か てん）
ke.i.o.o.hya.k.ka.te.n
京王百貨

あべのハルカス
a.be.no.ha.ru.ka.su
阿倍野 HARUKAS
（綜合性設施大樓）

 流行購物大樓

109（いちまるきゅう）
i.chi.ma.ru.kyu.u
109百貨公司

東急プラザ（とうきゅう）
to.o.kyu.u.pu.ra.za
TOKYU PLAZA

ヘップファイブ	表参道ヒルズ
he.p.pu.fa.i.bu	o.mo.te.sa.n.do.o.hi.ru.zu
HEPFIVE	表参道 hills

LOFT	ルミネ	パルコ	丸井 (OIOI)
ro.fu.to	ru.mi.ne	pa.ru.ko	ma.ru.i
LOFT	LUMINE	PARCO	丸井

三越に行きましょうか？

いいね。行きましょう！

 連鎖書店

紀伊国屋	丸善	ブックファースト (BOOK 1st)
ki.no.ku.ni.ya	ma.ru.ze.n	bu.k.ku.fa.a.su.to
紀伊國屋	丸善	第一書店

ジュンク堂	ツタヤ書店	ブックオフ	三省堂書店
ju.n.ku.do.o	tsu.ta.ya.sho.te.n	bu.k.ku.o.fu	sa.n.se.i.do.o.sho.te.n
淳久堂	TSUTAYA 書店	BOOK OFF	三省堂書店

読書大好き！

 **連鎖速食店**

モスバーガー	マクドナルド
mo.su.ba.a.ga.a	ma.ku.do.na.ru.do
（MOS BURGER）	（McDonald's）
摩斯漢堡	麥當勞 

ロッテリア
ro.t.te.ri.a
（LOTTERIA）
儂特利

ウェンディーズ
we.n.di.i.zu
（Wendy's）
溫蒂漢堡

サブウェイ
sa.bu.we.i
（SUBWAY）
潛艇堡

ケンタッキー
ke.n.ta.k.ki.i
（KFC）
肯德基

ミスタードーナツ
mi.su.ta.a.do.o.na.tsu
（Mister Donut）
甜甜圈專賣店

 餐飲連鎖店

吉野家
よしのや
yo.shi.no.ya
吉野家

イタリアントマト
i.ta.ri.a.n.to.ma.to
義大利麵專賣店

松屋
まつや
ma.tsu.ya
松屋（定食專賣店）

富士そば
ふじ
fu.ji.so.ba
富士麵屋

てん屋
や
te.n.ya
天屋天婦羅

CoCo 壱番
いちばん
ko.ko.i.chi.ba.n
COCO 壹番屋咖哩

すき家
や
su.ki.ya
SUKI 家牛丼
（全日本最多分店）

餃子の王将
ぎょうざ　おうしょう
gyo.o.za.no.o.o.sho.o
餃子的王將

だるま
da.ru.ma
大阪老字號
串炸連鎖店

ガスト
ga.su.to
連鎖家庭餐廳

サイゼリア
sa.i.ze.ri.a
薩利亞義式餐廳

アフタヌーンティー
a.fu.ta.nu.u.n.ti.i
午茶風光

丸亀製麺
まるがめせいめん
ma.ru.ga.me.se.i.me.n
丸龜製麵（連鎖烏龍麵店）

ヤマザキ
ya.ma.za.ki
（Yamazaki）
山崎麵包店
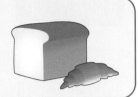

551 蓬莱
ほうらい
go.go.i.chi.ho.o.ra.i
551 蓬萊

太郎ずし
たろう
ta.ro.o.zu.shi
太郎壽司

ロイヤルホスト
ro.i.ya.ru.ho.su.to
樂雅樂

ポムの樹
き
po.mu.no.ki
蘋果樹
（蛋包飯專賣店）

 ## 連鎖便利商店

コンビニエンスストア（コンビニ）
ko.n.bi.ni.e.n.su.su.to.a(ko.n.bi.ni)
（Covenience Store）
便利商店

ファミリーマート
fa.mi.ri.i.ma.a.to
（Family mart）
全家便利商店

セブンイレブン
se.bu.n.i.re.bu.n
（Seven Eleven）
7-11

ミニストップ
mi.ni.su.to.p.pu
Mini Stop

サークルK
sa.a.ku.ru.ke.e
Circle K

サンクス
sa.n.ku.su
Sunkus

ローソン
ro.o.so.n
Lawson

いいよ。

スターバックスで
コーヒーを
飲まない？

咖啡品牌

ネスレ
ne.su.re
（Nestle）
雀巢

マクスウェルハウス
ma.ku.su.we.ru.ha.u.su
麥斯威爾

コーヒーかん
珈琲館
ko.o.hi.i.ka.n
咖啡館

スターバックス
su.ta.a.ba.k.ku.su
（Starbucks）
星巴克

キーコーヒー
ki.i.ko.o.hi.i
Key Coffee

ドトールコーヒー
do.to.o.ru.ko.o.hi.i
(Doutor Coffee)
羅多倫咖啡

其他連鎖店

むじるしりょうひん
無印良品
mu.ji.ru.shi.ryo.o.hi.n
無印良品

ユニクロ
yu.ni.ku.ro
UNIQLO

gu
ji.i.yu.u
gu
（UNIQLO 副牌）

ウィゴー
wi.go.o
WEGO 服飾店

ABC マート
e.i.bi.i.shi.i.ma.a.to
ABC MART 鞋店

メガネドラック
me.ga.ne.do.ra.k.ku
眼鏡連鎖店

zoff
zo.fu
zoff 眼鏡連鎖店

めがね いちば
眼鏡市場
me.ga.ne.i.chi.ba
眼鏡市場

イオン
i.o.n
（AEON）
大型超市

私はよくイオンへ
買い物に行くよ。

ジャスコ
ja.su.ko
（JASCO）
大型超市

私はよくジャスコ
買い物に行くよ。

マツモトキヨシ
ma.tsu.mo.to.ki.yo.shi
大型藥妝店

ドンキホーテ
do.n.ki.ho.o.te
大型特價賣場

とうきゅう
東急ハンズ
to.o.kyu.u.ha.n.zu
台隆手創館

フランフラン
fu.ra.n.fu.ra.n
Francfranc

モノコムサ
mo.no.ko.mu.sa
MONO COMME CA
（生活雜貨店）

スリーコインズ
3COINS
su.ri.i.ko.i.n.zu
315日圓商店

ダイソー
da.i.so.o
大創39元商店

ビックカメラ
bi.k.ku.ka.me.ra
（Bic Camera）
電器用品店

タワーレコード
ta.wa.a.re.ko.o.do
（Tower Record）
淘兒音樂城

初學者開口說日語/中間多惠編著. -- 5版. --
臺北市：笛藤, 2021.10
　　面；　公分
大字清晰版
ISBN 978-957-710-834-0(平裝)
1.日語 2.會話
803.188　　　　　　　　　　110017043

大字清晰版

一籍に日本語を
覚えましょう！

附中日發音
音檔QR Code

初學者 開口說日語

2024年7月15日　5版第3刷　定價420元

著　　　者	中間多惠
編　　　輯	詹雅惠．羅巧儀．徐一巧
編 輯 協 力	立石悠佳．林育萱
內 頁 設 計	李靜屏．川瀨隆士
封 面 設 計	王舒玗
總 編 輯	洪季楨
編 輯 企 劃	笛藤出版
發 行 人	林建仲
發 行 所	八方出版股份有限公司
地　　　址	台北市中山區長安東路二段171號3樓3室
電　　　話	(02) 2777-3682
傳　　　真	(02) 2777-3672
總 經 銷	聯合發行股份有限公司
地　　　址	新北市新店區寶橋路235巷6弄6號2樓
電　　　話	(02) 2917-8022．(02) 2917-8042
製 版 廠	造極彩色印刷製版股份有限公司
地　　　址	新北市中和區中山路二段380巷7號1樓
電　　　話	(02) 2240-0333．(02) 2248-3904
印 刷 廠	皇甫彩藝印刷股份有限公司
地　　　址	新北市中和區中正路988巷10號
電　　　話	(02) 3234-5871
郵 撥 帳 戶	八方出版股份有限公司
郵 撥 帳 號	19809050